내가
엄마가
되어도
될까

내가 엄마가 되어도 될까

초판 1쇄 발행 | 2017년 10월 16일
초판 4쇄 발행 | 2020년 5월 14일

지은이 장보영
발행인 한명선

기획 나은심 **편집** 김화영 나은심
마케팅 배성진 **관리** 이영혜
디자인 모리스

주소 서울시 종로구 평창길 329(우편번호 03003)
문의전화 02-394-1037(편집) 02-394-1047(마케팅)
팩스 02-394-1029
전자우편 saeum98@hanmail.net
블로그 blog.naver.com/saeumpub
페이스북 facebook.com/saeumbooks
인스타그램 instagram.com/saeumbooks

발행처 (주)새움출판사
출판등록 1998년 8월 28일(제10-1633호)

ⓒ 장보영, 2017
ISBN 979-11-87192-58-9 03810

• 잘못된 책은 바꾸어 드립니다.
• 책값은 뒤표지에 있습니다.

내가
엄마가
되어도
될까

장보영 지음

새홍

3

겨우 낳았는데
끝이 아니다

4

우리 모두 자란다

5

육아하는 부부 생활

남편 인터뷰

에필로그

내가 이 책을 써도 될까

말하고 싶은 만큼 침묵하고 싶고
혼자 있길 원하면서 외롭고
다 보여주고 싶지만 숨어버리고
믿으면서 의심해

머물고 싶은 만큼 떠나고 싶고
사랑하고 있으면서 미워해
너무나 살고 싶지만 끝을 생각해
피곤한데 불면증

인디밴드 '싱잉앤츠'의 노래 〈모순〉의 가사 일부분이다.

살다 보면 상반되는 두 가지 감정이 모두 진심일 때가 얼마나
많은가. 나는 보색의 감정이 뛰노는 마음을 가사로 적었다. 이 모
순을 정직하게 인정하면 스스로를 옭아맨 부조리에서 자유로워

질 수 있다.

임신 기간 중에 태아에 대한 사랑과 축복의 마음을 담아 태교 책을 냈다. 새 생명을 잉태하는 일이 얼마나 큰 축복인지, 이 아이는 얼마나 소중한 존재인지 내가 가진 빛나고 밝은 어휘를 다 털어 글로 옮겼다. 그리고 출산 후 뼈저린 당혹감과 혼란을 통과하고 문자 그대로 전쟁 같은 일상을 매일 치르면서 주체성이 희미해질 무렵, 그야말로 살아남기 위해 기록한 글을 모아 이 책을 출간하게 되었다.

아이를 낳고 키우는 건 분명 헤아리기 어려운 큰 기쁨이고, 이 아이는 세상의 어떤 귀한 것과도 바꿀 수 없을 만큼 소중하다. 성마른 나에게 사랑이 샘솟는 것 자체도 놀라웠다. 하지만 그렇다고 해서 당혹스럽지 않은 것은 아니었다. 육아의 고단함이 덜어지지도 않았다. 사랑과 축복과 신비, 그리고 몸과 정신의 극심한 고통 모두가 사실이고 진심이다. 축복이 곧 시련이 되며 기쁨과 한숨이 공존한다. 모순이다. 이것을 직면하고서야 이 책을 쓸 동력을 얻었다.

적당한 나이에 결혼해서 첫 아이를 낳고 키우고 있다. 이력이라고는 이것뿐인, 이 땅의 뭇 어머니들에 비하면 1학년 수준일 내가 이런 책을 써도 될까? 더 힘들게, 대단하게 살아가는 사람들도 많은데? 며칠 고민하다 관두었다. 나는 습관적으로 저마다의 삶의 무게를 나와 비교한다. 겨우 살아내고 있으면서 나보다 훨씬 힘든 사람들을 생각하며 내 고단함을 무르려 했다. 세 아이를 키우는 사람이 넌 아직 모른다고 말할 때 혹은 더 큰 아이들을 기르는 엄마가 그때가 좋을 때라고 하면 나는 할 말이 없다.

하지만 그럼에도 발화하지 않으면 견딜 수 없을 것 같았다. 출산 후 산후조리원에서 당혹감에 잠을 이루지 못했던 기억, 갓 태어난 조막만 한 핏덩이를 키워내려고 초능력을 일으켰던 순간들, 매일 얼굴을 바꾸는 고통에 대해 나는 자꾸만 말하고 싶었다.

엄마 되기를 선택하려는 사람들, 또는 계획하거나 고민하는 이들과 차 한잔 마시며 이야기 나누는 기분으로 글을 엮는다. 텔레비전 프로그램의 잘 갖춰진 환경에서 예쁜 아기들이 나오는 모습은 출산 장려에 어느 정도 도움이 될 수도 있겠지만 임신, 출산, 육아의 실상을 상당 부분 가리고 있는 게 사실이다. 임신과 출산에 대한 더 많은 이야기가 수면 위로 드러나면 좋겠다. 로맨스 드라마에서 육아하는 커플의 사랑도 아주 입체감 있게 다뤄주면 좋겠다. 임신에서 육아로 이어지는 지난한 과정에 대해 아무것도 모른 채 맞닥뜨리는 것보다는 어느 정도 준비된 상태에서 시작하는 게 훨씬 낫다. 다 알아도 당혹스럽기는 마찬가지겠지만.

1

결혼, 해버렸다.

어쩌다가 결혼하기로 했다

왜 결혼 얘기를 안 꺼내지?

혼기 꽉 찬 남녀가 서로에 대한 분명한 확신을 가지고 만나고 있다. 언젠가 우리는 결혼하게 될 거란 것도 알고 있다. 이 사실을 각자 부모님께도 이미 말씀드렸고, 교제는 안정기에 접어들었다. 가까운 친구들이 너도나도 결혼 준비를 시작했다.

그렇다면 우리도 뭔가 진전이 있어야 하지 않을까? 결혼 준비를 시작하려면 둘 중 한 명이라도 능동적으로 움직여야 한다던데, 내가 움직이는 건 영 내키지 않았다. 연애하기 전에 먼저 불을 당긴 것도, 기다린 것도 나였다. 이제 능동적인 역할은 그만하고 싶었다. 매번 나만 당길 수는 없지 않겠는가. 그래서 그가 먼저 말해주기를 기다려보았다.

매사에 신중한 내 애인은 결정적인 동기부여를 바라는 것 같았다. 그럼 나는 그게 또 서운했다. 결혼을 생각할 정도로 나를 사랑하는 건 아닌 걸까? 결혼을 하고 싶다면 뭘 준비하고 뭘 정리해야 할지 슬슬 살펴야 하는 것 아닌가?

생각이 차고 넘치면 어느 순간 말로 나오는 법이다. 서운한 마음은 특히 더 그렇다. 불쑥, 그간의 불만이 터져나왔다. 일반적인 레퍼토리를 충실히 따랐다.

"넌 결혼에 소극적인 것 같아. 나에 대한 애정이 별로 없는 건 아니야? 서운해!"

하지만 애인은 별 반응이 없다. 그는 무척이나 신중하며 현실적인 사람이고, 고민의 종지부를 찍을 어떤 '한 방'을 기다리고 있었다.

"미안해."

그럼에도 변함없는 애정을 확인시켜 주었으니 봐줬다. 이런 사람인 줄 모르고 만난 것도 아니니까.

나는 심각하게 생각하지 않았다. 결혼이 그리 큰 문제로 보이지 않았던 것이다. 그러니 그가 왜 그렇게 많은 고민을 껴안은 채 도무지 움직이지 않는지 이해될 리 없었다.

모든 과정을 다 거친 후에야 알았다. 교제를 결정하는 건 차라리 쉬운 일이다. 결혼은 또 다른 세계다. 서로가 내 짝이란 확신이 있어도 어려운 큰일. 그만큼 고려해야 할 점도, 준비해야 하는 것도 생각보다 굉장히 많다. '적기'는 정말 중요한 것 같다. 가장 좋은 그때가 오기까지 기다리는 일도.

그러던 어느 날, 회사에 있는데 그에게 메시지가 왔다. 엄청난 일이 일어났으니 빠른 시간 안에 전화를 달라고 한다. 잠시 나와 전화를 걸었더니 그는 숨을 고르고 천천히 말했다.

"집주인이 집을 내놨다고 이사를 하래."

갑자기 이 말을 왜 하는지 몰라서 어리둥절했다. 그는 말을 이었다.

"아직 전세 계약 기간이 남았는데 갑자기 이사를 하라고 했다니까."

그는 동생과 자취를 하고 있었다. 그럼 어떡하지?

"생각해보니 이사를 하려면 결정을 먼저 해야 하겠더라고. 동생과 둘이 살 집을 알아보든가, 아니면……."

"설마… 나, 나랑 살 집?"

말하면서도 소름이 돋았다.

"응, 새집을 계약하면 2년은 살아야 하는데 그사이에 결혼을 한다고 또 이사를 나오면 이래저래 일이 복잡해지잖아. 엄마하고도 의논해봤는데 아무래도……."

"뭐라고 하셨는데?"

"이제는 결혼 준비를 해야 할 것 같아."

그렇게 우리는 결혼하기로 했다. 자취방 집주인 덕분에.

그는 이 일을 운명이라 여기는 것 같았다. 이렇게까지 상황이 등 떠미는 걸 보면 지금이야말로 적기가 아니겠냐고 생각하는 모양이었다. '한 방'의 동기부여를 기다렸으니 이런 상황이 신기하겠지.

오히려 결혼을 내심 바라던 내가 더 얼떨떨했다. 환상 속에 있던 결혼이 현실로 살포시 내려왔다.

'그러니까, 내가 이 남자랑 평생 한집에서 먹고 자고 살아야 한다는 거지?'

예식장, 스드메, 혼수, 예단, 신혼여행… 그동안 주위들은 단어들이 머릿속을 맴돌았다. 말로만 듣던 그 험한 길을 이제 나도 가야겠구나.

결혼에 다소 소극적이었던 그는 지금이 맞다는 분명한 확신을 얻은 뒤 언제 그랬냐는 듯 적극적으로 상황을 정리하고 준비해야 할 것을 알아보았다. 일단은 동생 혼자 당장 살아야 할 새집을 구하고, 거기 얹혀살며 결혼을 준비하다가 신혼집을 구하면 그때 나오기로 했다. 놀랍게도 저렴하고 괜찮은 집을 금방 구했다. 이제는 정말로 결혼 준비를 시작해야 했다. 그는 그길로 은행에 가서 전세 대출을 알아보았다. 이렇게 발 빠른 남자였는지 몰랐다.

봄은 너무 이르고, 여름은 비수기라 비용은 싸겠지만 너무 덥고, 그러면 가을이 좋지 않을까? 대충 이 정도로 얘기했는데 잠시 후 그에게서 전화가 왔다. 흥분된 목소리였다.

"올해 가을이 윤달이래."

"응? 그게 뭔데?"

"미신 같은 건데, 윤달에 결혼하면 복을 못 받는다는 말이 있어서 그때는 비수기래."

"가을은 원래 성수기잖아?"

"응, 근데 10월 중순부터 11월 초까지는 윤달이라서 지금 9월에 다 몰리기 시작했대."

"어머! 그럼 윤달에 결혼하면 비용이 저렴하겠네?"

우리는 기독교인이라 그런 미신에 조금도 구애받지 않았기 때문에 오히려 기회라고 생각했다. 그래서 각자 부모님께 날짜 확인을 받기로 했다. 우리 부모님은 이미 두 딸을 결혼시킨 분들이니 여유 있게 승낙하셨다. 그의 부모님 역시 좋다고 하셨다. 이렇게 큰 어려움 없이 일단 날짜를 정했다.

누구나 꿈꾸는 결혼식이 있다.

친지와 지인 몇 분만 초대한 작은 결혼식, 신랑과 신부가 함께 즐기는 파티 같은 결혼식, 그림 같은 푸른 정원에서 올리는 야외 결혼식. 당연히 나도 꿈꿔 보았다. 하지만 두 가지 제약이 있었다.

첫째, 한국에서 결혼이라는 것은 여전히 부모님과 가족의 의견이 중요하다는 점이다. 요즘 점점 늘어나는 추세라는 '작은 결혼식'은 현실적으로 부모님의 양보가 있어야 가능한 일이다. 하지만 아직도 많은 부모님들은 자녀의 결혼을 염두에 두면서 지인들의 결혼식에 가서 축의금을 내고 오신다. 그간의 수고를 보상받고 싶은 마음을 거두기 어려우실 수 있다. 우리 부모님들도 마찬가지였다. 이건 더 말할 것도 없이 일찌감치 포기했다.

둘째, 파티나 야외 결혼식은 생각보다 신경 쓸 것이 많고, 비용도 많이 필요하다. 사실 주말마다 예식장이 '부부 자판기'가 되어 한 시간마다 부부를 만들어내는 풍경이 늘 불편했다. 과한 돈을 들이지만 진정한 축하와 축복이 과연 오가고 있는지 의심하기도 했다. 그래서 요즘에는 신랑과 신부가 주체가 되어 즐거운 파티를 만드는 결혼식도 많아지고 있다. 하지만 비용이 생각보다 만만치 않았다. 우리는 부모님 원조 없이 결혼식을 할 작정이었기 때문에 되도록 아끼고 싶었다. 게다가 어디서, 어떤 방식으로, 어떤 프로그램으로 진행할 것인지를 생각하면 한없이 복잡해질 것 같았다. 그제야 알았다. 왜 사람들이 플래너를 줄줄 따라다니며 예식장으로 가는지. 그게 가장 속 편하고 저렴한 방법이었다.

우리는 오직 각자가 모은 돈으로만 결혼을 준비하기로 했다. 데이트 통장을 썼던 것처럼 결혼 준비 통장을 만들고 각각 똑같은 금액을 입금했다. 이제는 어떻게 쓸지가 중요했다.

결혼 준비는 무수한 선택의 연속이며 선택은 가치관을 반영한다. 무엇을 중요히 여기느냐에 따라 선택이 달라지는 것이다. 그래서 두 사람의 가치 판단, 그러니까 선택의 기준을 합치는 것이 중요하다. 우리는 다행히 처음부터 뜻이 맞았다.

결혼 준비를 하다가 싸우는 커플이 많다는 얘기는 숱하게 들어왔다. 그래서 우리는 서로의 의견을 반영하고 존중하려 노력했고, 넉넉지 않은 비용으로도 아주 다이나믹하고 즐겁게 준비할 수 있었다. 두 사람이 한 팀이 되는 결혼. 계획과 실행의 모든 과정을 함께 발품을 팔며 결정하는 것. 지금 생각해봐도 잘한 일이다.

"그래도 하고 싶은 건 다 해. 알겠지?"

뭐든 저렴한 것을 찾는 나에게 그는 넉넉한 여유를 보여주었다. 로망이 있었다면 다 말해보고, 할 수 있는 만큼 해보자는 것이다. 안 그러면 나중에 서운할 수도 있으니까. 그러면서 우리는 포기할 것과 포기하고 싶지 않은 것을 구분해갔다. 기준을 미리 정해놓으니 무수한 선택 앞에 정신 차리고 현명하게 판단할 수 있었다.

그와 결혼을 준비하면서, 이것이 일생에서 가장 즐거운 팀 프로젝트가 될 수 있다는 걸 알았다. 그 수개월 동안 나는 몇 번이고 이렇게 말했다.

"우린 정말 좋은 팀이야. 그치?"

세상에서 가장 정신없는 결혼식

별 탈 없이 결혼하기란 얼마나 어려운 일인가.

아침에 일어나자마자 하루를 망칠 계획을 하는 사람은 없듯이, 결혼식을 준비하는 사람이라면 누구나 별 탈 없는 예식을 기대한다. 나는 평소 일이 너무 잘 풀리면 어딘지 불안하고 어느 정도는 꼬여야 안정을 느꼈지만 그래도 내 결혼식만큼은 평온하리라 예상했다. 하지만 역시 마음처럼 되는 일은 별로 없다. 특히 결혼식 전야부터 초야에 이르는 2박 3일 동안은 행복과 기쁨, 분노와 좌절까지 온통 뒤섞인, 인생의 압축판 같았다.

결혼식 전날 밤은 지나간 시절을 돌아보며 가족들과 특별한 시간을 보낼 거라 생각했다. 언니들이 결혼하기 전날에도 우리

세 자매는 옹기종기 모여 케이크에 촛불을 끄고 조촐하게 파티를 하며 미리 축하했다. 원래 다 그렇게 하는 줄 알았다.

하지만 나는 그 어느 날보다도 분주했다. 결혼 준비 하느라 시간이 도저히 나지 않아 머리와 손톱 관리를 차일피일 미뤘기 때문이다. 본식 메이크업을 할 때까지 '매직 스트레이트 펌은 하지 말라'는 주의를 듣고 오직 본식을 위해 몇 개월 동안 곱슬머리와 삐침머리를 꿋꿋이 참아냈으나, 뿌리 쪽이 자라며 생긴 '투톤'만큼은 방치할 수 없었다. 새로 펌은 하지 못하더라도 염색은 반드시 해야 했다. 예식 때 따로 장갑을 준비하지 않기로 했으니 기본적인 네일 케어도 필요했다. 결혼식이 코앞이라 더는 미룰 수도 없었다. 결국 결혼식 전날, 혼자 하루 종일 신사동과 압구정동을 헐레벌떡 뛰어다니며 관리를 받았다.

저녁 무렵 신랑과 신혼집에서 만나 내내 신혼여행 짐을 쌌다. 이것저것 챙기는 와중에 혼인서약서도 작성했다. 우리는 예식 때 직접 쓴 서약을 낭독할 계획이었는데 아직 출력도 못 한 것이다. 나는 대충 메모라도 하면서 미리 구상했으나 내 남편 될 사람은 그렇지 않은 모양이었다. 이 일로 푸념 섞인 말이 오가다 결국 한바탕 전투를 치른 뒤 잘 화해하고 얌전히 서약서를 쓰고 다시 맹렬히 짐을 쌌다. 그야말로 격정의 전야제였달까. 그렇게 정신없이 하루를 다 보내니 어느덧 새벽 무렵이었다.

망했다.

우리는 마스크팩을 하나씩 사이좋게 나눠 붙이고 뻗어버렸다.

다음 날 아침. 그래도 늦은 오후 예식이라 여유가 있었다. 트렁크 두 개를 질질 끌고 통통 부은 얼굴로 집을 나섰다. 본식 메이크업을 받으려면 하얀 도화지와 같은 민낯으로 가야 한다고 들었다. 결혼식을 몇 시간 앞에 두고서 둘 다 꼬락서니가 말이 아니었다.

택시를 타고 청담동까지 갔다. 미용실은 아침부터 북적였다. 똑같은 날 결혼하는 사람들이 이렇게 많구나. 이 사람들도 나처럼 고생하며 오늘을 준비했겠지. 눈짓 한 번 나누지 못했지만 동지애가 느껴졌다.

본식 메이크업은 생각보다 오래 걸렸다. 남편도 난생처음 화장을 했다. 나는 딱히 생각해놓은 헤어스타일이 없어서 무난한 올림머리를 했다. 스타일링을 마치고 드레스를 갈아입으라고 한다. 오늘 나와 함께할 도우미님이 오셨다. 고심 끝에 골랐던 내 드레스를 다시 만났다. 여전히 예뻤다.

"피팅 때보다 좀더 들어갈 거예요. 오늘이 본식이니까."

이게 무슨 말이지? 의아해할 찰나에 숨이 턱 막혔다. 헉! 도우미는 있는 힘을 다해 코르셋을 팍팍 조였다. 평생 적당한 간격을 유지해온 내 양쪽 갈비뼈가 서로 맞닿는 느낌. 나는 숨을 헐떡이며 밖으로 나왔다. 내 사정을 알 길 없는 신랑이 나를 보며 환하게 웃었다.

"와! 예쁘네!"

전문가의 메이크업, 참하게 올린 머리, 성운단처럼 눈부신 새하얀 드레스. 예쁘지 않을 도리가 없는 조합이다. 다음은 귀걸이와 티아라를 고르고 면사포를 어디부터 늘어뜨릴 것인지 결정했다. 공주님이 된 기분이 이런 거구나.

오늘의 드라이버를 자처한 친구 부부가 도착했다. 도우미 이모님까지 총 다섯 명이 그 차를 타고 청담동에서 마포구로 향했다. 토요일 정오의 올림픽대로는 어쩌나 막히던지. 아까는 예뻐진 내 모습이 즐거워 잠시 잊고 있었으나 이제는 갈비뼈와 척추가 못 견디게 지끈거렸다. 잠깐이라도 코르셋을 풀고 싶었지만 그럴 수 없었다. 예식이 완전히 끝날 때까지 이 고통을 안고 가야 한다니 절망적이었다.

보통 예식 때 하객들은 신랑 신부의 뒷모습을 주로 보지만, 우리가 간 예식장은 두 사람의 전면을 생중계로 화면에 띄워주었다. 그래서 각 예식 순서마다 우리의 표정과 반응이 생생하게 보였다.

결혼식 날에는 일부러 더 웃느라 나중에는 입 주위 근육이 떨린다는데 나는 웃는 일이 그리 어렵진 않았다. 갈비뼈 통증이 있긴 했지만 그날은 진심으로 즐겁고 행복해서 저절로 웃음이 나오더라. 어쩌나 잘 웃었는지 하객들이 나중에 꼭 한 소리씩을 했다.

"신부가 신랑보다 더 싱글벙글하더라."

그렇다. 보통은 신랑이 활짝 웃어야 사람들이 좋아한다. 나의 신랑이 잘 웃지 못했던 이유는 따로 있었다. 그는 대학원 공부와 결혼 준비와 앨범 작업을 동시에 해야 했는데, 결혼식 바로 이틀 전에 다급히 마스터링을 맡겼으니 그전까지 도무지 쉴 틈이 없었다. 그는 밴드에서 연주와 편곡, 레코딩 엔지니어와 믹싱까지 도맡고 있었다. 우리는 드레스 피팅하던 날에도 헐레벌떡 레코딩을 하러 달려가야 했다. 나 역시 같은 밴드 멤버이기 때문에 이런 상황을 같이 끌어안을 수밖에 없었고, 사실 그건 별로 어렵지 않았다. 다만 그의 건강 상태가 많이 나빠져서 걱정이었다. 대장 질환이 생겼는지 하루에도 몇 번씩 화장실에 뛰어가고 잘 먹지도 못했다. 앨범 작업이 막바지로 가면서 스트레스도 더 많아졌다. 평소 보기 좋게 건장한 체격이었지만 결혼 준비를 하면서 점점 살이 빠지더니 본식 무렵에는 무려 10킬로그램이 줄어서 얼굴이 그야말로 반쪽이 되었다. 질병과 스트레스의 시너지라고 할까. 그는 진지한 표정으로 자주 말했다.

"예식 중간에 신호 와서 화장실로 뛰어가는 일만 없으면 좋겠어."

다행히 그런 일은 일어나지 않았다. 몇 번의 위기가 있었으나 마인드 컨트롤을 하며 괄약근을 조였다고 한다. 여기까지 애를 쓰느라 싱글벙글 웃지는 못했다고. 괜찮아. 내가 다 웃었어…….

우리의 문제는 신랑의 괄약근이 아닌 다른 곳에 있었다. 예식장 측에서 결혼식 당일에 추가 비용을 요구한 것이다. 얘기는 익히 들었던 터라 계약할 때도 몇 번은 확인했었다. 예식장 측에서는 이후에 다른 추가 비용이 필요하지 않다고 단언했는데 알고 보니 반은 맞고 반은 틀린 말이었다. 예식 당일의 진행은 행사 업체에 외주를 맡긴다. 그래서 예식장 측에서는 자기들이 받는 추가 비용은 없다고 했던 것. 결혼식 당일, 나는 대기실에서 방글방글 웃고 신랑은 정신없이 손님맞이를 하던 바로 그때, 말로만 듣던 그들이 찾아왔다.

"혼주 입장 시 도우미 서비스 5만 원, 축포 5만 원, 하객용 다과 트레이 5만 원, 신부 입장 보디가드 서비스 비용 5만 원을 현금으로 주셔야 해요. 원하시는 것만 고르실 수도 있지만 보통은 딱 20만 원에 이 모든 서비스를 받으시곤 해요."

당황한 신랑은 이걸 자기 혼자 결정했다가는 나중에 내가 화를 낼 것 같아서 그들을 신부대기실로 보냈다. 외주업체 직원의 말을 듣고 있으려니 웃음기가 싹 가셨다.

"이 돈을 안 내면 각자 알아서 입장해야 하나요? 옆에서 도와주는 건 기본 아닌가요?"

"아, 기본적인 건 해드리고요, 옆에 붙어서 지도해드리는 걸 말하는 거예요."

이 기쁜 날에 얼굴 붉히며 싸울 수는 없는 일이다. 그들은 바로 이 점을 잘 알고 있는 듯했다. 같지도 않은 서비스로 현금을 요구하다니 생각할수록 어이가 없다. 하지만 차분히 현실적으로 생각하기로 했다.

"그럼 축포 하나만 할게요." 그들은 현금 5만 원을 받아갔다.

이 축포 때문에 나중에 또 문제가 생겼다.

기쁨과 감동이 있는 예식이었다. 모든 순서가 따뜻하고 경건하게 잘 지나갔다. 주례사도 좋았고, 하객들의 축복도 잊을 수 없었다. 축가는 총 세 팀이었는데 각각의 매력과 감동이 있었다. 예식은 탈 없이 아름답게 잘 끝났다. 그러면서도 나는 숨이 막힐 것 같아서 오늘의 모든 과업을 어서 마치길 간절히 바라고 있었다. 마지막 행진을 하려는데 외주 직원들이 뭔가 분주하고 어설퍼 보였다. 초보처럼 허둥대면서 축포를 들여다보기도 했다.

이상했지만 신경 쓰지 않고 행진까지 잘 마친 뒤 사진을 찍으러 돌아왔는데 진행이 더디어서 너무 답답했다. 게다가 나는 코르셋 때문에 마지막 힘을 겨우 모으고 있던 참이었다.

나중에야 알았다. 축포에 사람이 맞은 것이다. 그것도 내 하객. 그중에서도 가장 어려운 손님, 우리 언니의 손위 시누이였다. 언니의 시누이지만 나도 평소 언니라고 부르며 가깝게 지냈던 터라 내 결혼식까지 와준 고마운 분이다. 듣자 하니 얼굴에 축포를 맞고 코피까지 났다고 한다. 어설픈 외주업체 때문에 추가 비용까지 감수하며 축포를 받았는데 사고가 날 줄이야. 사돈언니는 사려 깊게도 내 결혼식에 방해가 될까 봐 문제를 크게 일으키지 않았다고 한다. 그리고 피가 멎었으니 괜찮다며 몇 번이고 나를 안심시켜주었다. 실로 죄송하고 감사했다. 예식장 측에 따지니 병원비가 나오면 청구하라는 답변만 돌아왔다. 무지무지하게 화가 났지만 이후의 일정이 남았으니 언제까지 직원을 붙들 수는 없는 일이었다.

하객 촬영까지 마치고 드디어 드레스를 벗었다. 우두둑! 갈비뼈가 다시 제자리로 돌아가면서 명치에 격한 통증이 느껴졌다.

"아, 결혼식 두 번은 못하겠다!"

폐백은 따로 하지 않기로 했기에 정장 예복으로 갈아입고 곧바로 피로연장에 갔다. 서로의 손님을 소개하며 인사를 드리고 혼주석에 앉아 뭐 밥을 귀에도 넣고 코에도 넣었던 것 같다.

그렇게 결혼식을 모두 마쳤다.

오늘의 드라이버였던 친구가 끝까지 남아주었다. 그는 결혼 선물로 우리가 첫날밤을 보낼 호텔을 예약해주었다. 고마운 친구다.

"호텔은 인천에 있어. 그 호텔에는 공항 가는 셔틀버스가 있더라고."

그 말에 우리는 당연히 인천공항 근처로 가겠거니 생각했다. 그런데 점점 인천 중심가로 들어가는 것이었다. 나와 남편 둘 다

인천 토박이였으니 빤히 알 만한 곳이었다. 심지어 우리가 얼마 전까지 살던 동네도 지났다.

"뭐야, 결국 여기야?"

아무리 생각해도 공항과 별로 상관없는 위치였다. 이 동네에 이런 좋은 호텔이 있다는 것은 처음 알았다.

"여기가 공항 셔틀이 된대서. 그래서 온 거야."

친구가 당당하게 말하며 앞섰다. 공항 셔틀 안내가 쓰인 입간판도 보여서 안심했다. 그래도 혹시 모르니 체크인을 하면서 재차 확인했다.

"내일 공항 셔틀 되죠?"

직원은 태연하게 말했다.

"주말에는 공항 셔틀 운행이 안 돼요."

3초 정도 정적이 흐르다 모두 웃음을 터뜨렸다. 왠지 눈물도 날 것 같은 이상한 감정이었지만 그래도 웃을 수 있었다. 그렇지. 백 퍼센트 완벽한 날이 어딨어. 내 인생에는 이런 일이 자주 일어나니 특별히 이상한 것도 아니었다. 호텔 잡아주고 운전해준 것만으로도 충분히 고마운 일이다. 그래도 룸 업그레이드를 받아서 기분이 좋아졌다. 친구와 인사를 나누고 우리는 방에 들어갔다.

어릴 땐 신혼 초야에 대한 환상이 있었다. 단둘이 보내는 첫 번째 밤. 분명 로맨틱하고 아름다울 거라 생각했다. 하지만 나

30

이 들면서 주위 사람들에게 첫날밤에 대한 현실적인 얘기를 재차 들어온 데다가, 일찍 혼인신고를 해서 한 달 전부터 살림을 합친 터라 특별할 것도 없었다. 다들 그러는 것처럼 우리도 오자마자 뻗어 밍기적거리다가 머리에서 핀을 끝없이 뽑아내고 화장을 지우고 축의금을 세기도 하며 시간을 보냈다. 생각해보니 저녁도 제대로 못 먹었더라. 배가 고팠다.

"우리 치킨 시켜 먹을래?"

나의 제안이었다. 우리는 둘 다 양념치킨을 가장 좋아한다. 남편은 그전까지 뭘 먹어도 화장실로 직행했지만 오늘 낮에 뷔페 음식을 먹은 뒤에는 괜찮았다. 화장실도 몇 번 안 갔다. 다행히 몸 컨디션도 나쁘지 않다고 했다. 그래서 기꺼이 호텔로 치킨을 주문했다. 따끈하고 바삭한 치킨을 와작와작 뜯어 먹으니 이제 좀 살 것 같고 행복감이 차올랐다. 그렇게 배부르고 기분 좋게 잠들었다.

그날 밤, 그러니까 새벽이었을 것이다. 정신없이 자고 있는데 누가 나를 흔들어 깨운다.

"잠깐… 좀 일어나 봐."

일어나보니 신랑이 극심한 복통으로 끙끙 앓으며 괴로워하고 있었다. 치킨을 먹고 탈이 난 것이다. 내가 자는 동안 화장실도 수차례 다녀왔다고 했다. 멀쩡한 사람도 밤에 치킨 먹고 바로 자면 탈이 날 수 있는 법인데 환자에게 그런 걸 먹이다니…… 돌이켜 생각해보니 정말 바보 같은 짓이었다. 응급실에 가야 하나. 만약 구급차에 실려 간다면 평생 남을 추억이 되긴 했을 테지만 그건 남편이 원하지 않았다. 나는 연신 그의 배를 쓸어 만져주었다. 새신랑이 불쌍하고 걱정되어서 눈물이 날 것 같은데 한편으론 이게 무슨 꼴이냐 싶어 웃음도 굴러나오는 상황. 나로서는 해줄 수 있는 게 없어서 계속 마사지를 해주었다. 그러다 좀 나아져 겨우 다시 잠들었다.

우리의 첫날밤은 이렇게 지나갔다.

다음 날 아침. 나는 셔틀버스가 없으니 당연히 택시를 타야 한다고 생각했지만 남편은 리무진버스 아니면 지하철을 택하자고 했다. 난 펄쩍 뛰며 말했다.

"난 지하철 절대 절대 안 타! 신혼여행까지 지하철을 타고 싶지 않아, 정말로."

우리는 트렁크를 질질 끌고 공항버스 정류장을 찾아 하염없이 버스를 기다렸다. 버스 위치 안내로 확인해보니 이제 곧 도착할 것 같았다. 그런데 아무리 기다려도 버스가 오지 않는 것이다.

"그냥 지나간 거 아니야?"

남편이 슬슬 불안해하기 시작했다.

"버스보다는 지하철이 나을 것 같지 않아? 비행기 시간에 맞춰 가려면……."

그의 말에 나는 정색을 하며 대답했다.

"알다시피 나 결혼식에 별로 욕심 없었어. 공항버스 타는 것 정도는 욕심도 아닌 것 같은데 이거라도 좀 해주면 안 돼? 다음 차를 기다리면 되잖아."

그래서 또다시 하염없이 기다렸다. 다음 버스가 곧 온다고 한다. 이번엔 꼭 탈 수 있겠지. 그런데 역시 보이지 않는다. 다시 확인해 보니 충격적이게도 이미 지나갔다고 나온다.

"또 다음 차를 기다려서 타고 가기엔 촉박할 것 같은데……."

"그래도 지하철은 싫어! 평생 타고 다닌 지하철을 신혼여행 가는 길까지 타긴 싫단 말이야!"

결국 지하철을 탔다. 시간이 촉박해 선택의 여지가 없었다. 울고 싶었다. 남편은 오리처럼 입이 나온 나를 어르고 달래서 질질 끌고 갔다.

"대신, 오늘 아주 맛있는 걸 사먹자!"

좋지 않은 상황 앞에서 나는 선택할 수 있다. 이 일이 내 감정과 기분을 멋대로 지배하도록 놔둘 수도 있고, 이 와중에도 좋은 지점을 찾아 남은 하루까지 엉망이 되는 걸 막을 수도 있다. 지나간 일은 불평해봐야 소용이 없다. 감정만 상할 뿐.

다행히 신혼여행은 그 자체로 기분 좋은 일이기 때문에 선택이 어렵지 않았다. 긍정적인 부분을 애써 찾지 않아도 단둘이 떠나는 해외여행이라는 점에서 우리는 다시 흥분했다. 에너지가 차올랐는지 공항에서도 어린애처럼 즐겁게 돌아다녔다. 행복은 발견하는 것이라고 했던가. 결혼 전날부터 격정의 2박 3일을 지나 여기까지 오니 이제야 맘 편히 웃을 수 있었다. 배배 꼬인 듯한 일들도 웃으며 돌아볼 여유가 생겼다.

신혼여행 에피소드도 많지만 다 쓰진 않겠다. 허니문은 그 자체로 마법 같은 힘이 있다. 나는 평소 물놀이를 썩 좋아하지 않았는데 신혼여행에서는 남편과 물장구를 치기만 해도 재미있었다. 그곳에서는 뭘 해도 즐거울 수 있더라.

비록 휴대전화를 떨어뜨려 후면이 박살 나고, 관광지 바가지 요금이 아까워 쩔쩔매고, 안경을 잃어버리고, 카메라를 떨어뜨려 찌그러졌지만. 비록 땡볕 아래에서 두 시간 동안 지옥의 스노클링을 하고 허벅지에 심각한 햇볕 화상을 입어 앉지도 눕지도 못하게 되었지만. 그럼에도 우리는 끝내 싸우지 않고 웃으며 잘 넘겼다. 앞으로 함께 걸어갈 멀고 험한 여정을 헤아려보면 이 정도는 정말 아무것도 아닐 것이다.

어쨌든, 이렇게 우린 부부가 되었다.

만년 친구일 줄 알았던 두 사람의 마음이 통하고 끝내 한 가정을 이루었다. 결혼까지도 여러 힘든 과정을 지나야 하지만, 그 후에도 현실은 자주 무드 없고 당혹스럽게 다가오며 애써 평정심을 지켜야 하는 상황도 찾아온다. 때로는 서로가 날것이 되어 마주 섰다 등을 돌리기도 하며, 그러다 다시 돌아서서 안아주기도 하면서 살아갈 것이다. 이제는 가족이 된 우리. 앞으로는 또 어떤 이야기를 함께 쓸까.

2

임신이라니

만나본 적 없는 네가 그리웠다

　햇수로 8년. 결혼하기 전까지 언니네 집에 살면서 조카 삼 남매의 성장을 고스란히 함께 지켜보았다. 덕택에 육아의 단맛과 쓴맛을 어느 정도 경험할 수 있었는데, 언니는 내게 이 시간이 의미 있는 경험이 될 것이며 너는 분명 좋은 엄마가 될 거라고 자주 말해주었다. 고마운 말이고, 또 그만큼 내가 조카들을 정말 사랑하지만 앞으로 육아를 더 할 에너지는 없을 거라 생각했다. 언니가 그런 말을 할 때마다 고개를 절레절레 저었다.

　"지금으로선 난 애를 낳을 생각이 없어."

　이상한 일이다.

　누구도 우리에게 강요하지 않았고 대단한 부담도 없었으며 별로 조급해하지도 않았는데 어느새 새 가족을 꿈꾸고 있었다. 언젠가 아이를 갖게 될 거라고 막연히 생각은 하고 있었다. 그런데 어느 순간부터 앞으로 만날 그 아이를 이따금 혼자 그려보았다. 이름을 지어서 불러보고 싶었다. 지금은 손에 닿지 않지만 만져보고 싶었다. 살다 보면 그런 순간이 온다고 들었다. 어떤 어른들은 그걸 보고 '때가 됐다'고 표현한다.

비슷한 시기에 결혼한 지인들의 임신 소식을 듣고 축하와 축복 이상의 묘한 감정이 느껴졌다. 처음에는 잘 몰랐으나 몇 번 반복하며 알게 됐다. 깊이는 얕지만 그건 분명 부러움이었다. 세상에. 내가 임신하고 싶어 할 줄이야!

결혼 직후 처음에는 당분간 신혼 생활에 집중하고 싶었다. 그렇게 10개월쯤 지났을까? 마트에 가면 전에는 안 보이던 어린아이들이 눈에 들어오는 것이다. 모두가 하나같이 예뻐 보였다. 흥미롭게도 남편 또한 언젠가부터 밖에 나가면 '저 애 귀엽다!', '아기가 정말 예쁘다'라고 속닥거리곤 했다. 아, 정말 그때가 온 것인가. 우리는 슬슬 임신을 준비하기로 했다. 어디서 들어본 대로 엽산도 사고, 인스턴트식품도 줄이고, 생협에 가입해서 양질의 농산물을 먹기로 했다.

사실 나는 이미 태명을 지었다. 남편과 '썸'조차 타기 전이었으니 아주 오래전에 생각해둔 것이다. 내가 가장 사랑하는 계절, 봄을 맞을 때였다. 영원할 것 같던 추위가 거짓말처럼 물러가고, 뭐 잘한 것도 없는데 온 세상이 내게 꽃다발을 안겨주는 계절.

마음의 겨울도 언젠가 분명 끝날 것이란 소망을 주는 계절. 죽은 듯 멈춘 자연 세계에 새 활기를 내려주는 마법 같은 시간. 토르소 같은 가로수에도 꽃처럼 아름다운 신록이 움트는 따뜻한 날들. 순환의 한 고리를 돌고 새롭게 태어난 어린 생명이 세상을 채우는 봄. 생각할수록 기적 같은 것이다. 그래서 언젠가 아이를 낳으면 이름은 '새봄'으로 짓고 싶었다. 이름의 의미는 이렇게 정리했다. '영원한 겨울은 없으며 봄의 약속은 이루어진다'.

내가 태명까지 정했다는 걸 듣고 남편은 기가 막힌 모양이었다.

"혼자 너무 멀리 간 거 아냐?"

그는 아기가 생기고 나서 같이 정해야 하는 게 맞지 않냐고 물으며 다소 회의적인 반응을 보였다. 그러던 어느 날, 생리 예정일이 훌쩍 지나도 소식이 없기에 '혹시나' 싶었다. 설마 임신인가? 남편에게 호들갑을 떨었다.

"나 아무래도 임신한 거 같아."

그러자 그가 내 배에 대고 말을 건넸다.

"새봄아, 너 혹시 거기 있니?"

남편이 자기 입으로 이렇게 말했으니 태명은 새봄이로 잠정 결정된 셈.

그리고 그다음 날, 임신이 아닌 것을 확인했다.

그 후 우리는 '아직은 막연하지만 앞으로 찾아올 그 아이'를 지칭할 때 새봄이라고 부르기 시작했다. 우리의 잘못된 생활 습

관에 대해 말할 때면,

"새봄이에게 부끄럽지 않게 살자."

유아용품을 볼 때면,

"새봄이가 생기면 우리도 저런 걸 사겠지?"

심지어 남편의 건강을 챙기면서도,

"새봄이는 지금 여보 몸에도 있을 거야."

뭐 이런 식이었다. 덕분에 임신하기 전부터 미래의 아이와 가까워진 기분이 들었다. 이렇듯 새봄이는 세상에 오기 전에도 우리와 늘 함께 있었다. 아직 존재하지도 않으며 본 적도 없는 그 아이가 나는 이따금 그리웠다. 이름을 불러주고 보드라운 살결을 만지고 싶었다. 우리는 이제 곧 만나야 할 사이였다.

그렇게 한두 달이 더 지났다.

며칠 새 몸이 좀 이상했다. 생리 전 증상이라고 하기엔 평소와는 분명 달랐다. 방광염을 의심할 정도로 요의를 자주 느끼고, 잠이 부쩍 많아졌으며, 이상하게 어질어질하기도 하고, 아랫배가 바늘로 찌르듯 콕콕 아팠다. 이미 한 번 잘못 짚은 적이 있어서 그런지 임신은 아예 생각도 하지 않다가 혹시나 하면서 임신 초기 증상을 검색해보았다. 하나하나 짚어보니 지금 내 상황과 흡사했다. 나는 남편에게 달려가 말했다.

"이것 봐. 나도 지금 이래. 이것도! 이것도! 설마 임신인가?"

남편은 확실한 결과를 원했다.

"그냥 가늠만 하지 말고 테스터를 써보는 건 어때?"

"아니야, 임신이 아닐 텐데 그걸 왜 써."

"아닌지 맞는지는 써봐야 알지."

"아니야, 그거 비싸단 말이야. 지금 쓰면 오천 원 버리는 거야."

"아, 내가 오천 원 줄게, 줄게!"

결국 테스터를 쓰기로 했다.

"아, 맞다."

어디선가 들은 이야기가 떠올랐다. 임신 소식을 처음 알렸을 때 남편이 미지근한 반응을 보이면 그 서운함이 그렇게 오래가더라는 말.

"만약 임신이 맞으면 어떨 것 같아?"

남편은 뭘 그런 걸 묻느냐는 표정이었다.

"당연히 좋겠지."

"아니야, 그 정도로는 안 돼. '저엉마알?' 하면서 완전 펄쩍 뛰며 기뻐해야 해."

그래서 예행연습을 해보기로 했다. 내가 화장실에 들어갔다 나오며 말했다.

"여보, 두 줄이야……."

"저엉마알? 우와!"

남편은 두 눈을 동그랗게 뜨더니 펄쩍 뛰며 기뻐했다. 우리는 서로 얼싸안고 덩실덩실거리며 즐거워했다.

이렇게 연습 끝. 이번엔 실제 상황이다. 나는 비장하게 화장실로 들어가 테스터를 써보았다. 오른쪽에 먼저 붉은 줄이 생겼다. 뭐, 아니겠지. 안일하게 생각하며 물끄러미 쳐다보는데 왼쪽 칸에도 희미한 뭔가가 보이는 것이다. 이내 점점 선명해진다.

"어, 어어……."

"뭔데, 뭔데! 나도 보여줘!"

남편이 밖에서 화장실 문을 쿵쿵 두드렸다. 그 와중에 선은 더 분명하게 나타났다. 정말 두 줄이었다. 맙소사! 세상에! 이럴 수가!

나는 천천히 문을 열었다.

"이것 봐……."

남편에게도 테스터를 보여주었다. 우리는 조금 전의 연습을 다 까먹고 멍하니 서로를 쳐다보았다.

"진짜… 임신이었어."

당연히 마구 기쁘기만 할 줄 알았는데 그게 아니었다. 우리 둘 다 눈시울이 붉어진 채 말을 잇지 못했다. 너무 많은 생각들이 뉴런처럼 번뜩이며 획획 지나갔다. 좋기도 한데 두렵기도 하고 감사하면서도 떨리고 걱정도 앞섰다. 나는 얼마나 겁 많고 심약한 사람인가. 한때는 꽤 낙천적이라고 자부했는데 그게 아니라 그냥 삶에 별일이 없어서 드러나지 않았나 보다. 하지만 그럼에도 기뻤다. 깊고 진한 기쁨은 웃음만으론 표현되지 않는 법이다. 우리는 말없이 오래오래 꼭 안아주었다.

아직 본 적 없던 새봄이가 이렇게 현실 세계에 찾아왔다.

겨울의 문 앞에서 새로운 봄 노래가 들렸다.

산부인과 가던 날

"서른 넘은 여자는 몸 안 좋다 싶을 때 산부인과부터 가야 한대."

친구가 해준 말이다.

아, 그렇구나.

나는 결혼 전까지 산부인과에 가본 적이 없었다. 딱히 아픈 적이 없어서 그렇기도 했지만, 생식기관이 몸 전체에 영향을 끼칠 수 있다는 중요한 사실을 잘 몰랐던 까닭도 있다. 결혼 안 한 여자가 산부인과 가는 것에 이상한 선입견이 있는 사회에 살고 있기도 했고.

어쨌든 결혼도 했으니 내 몸 상태를 점검하고 싶어서 남편과 가까운 산부인과에 갔다. 부끄럽게도 산과와 부인과로 나뉘어 있다는 걸 그때 처음 알았다. 임신 전이었으므로 부인과로 향했다.

평생 별 탈 없이 꽤 건강하게 살아왔어도 웬만한 병원은 어느 정도 가봤다. 소아과부터 시작해서 내과, 이비인후과, 정형외과, 신경외과, 치과 등. 하지만 산부인과는 난생처음이었다.

그래서 더욱 놀랐다.

처음에는 좀 놀랄 수 있다고 누구라도 얘기해주었다면 마음의 준비라도 했을 텐데. 무지했던 스스로를 탓할 수밖에. 진료복으로 갈아입고 처음 보는 진료대에 앉아 처음 보는 의료 기구를 겪으면서 충격과 고통에 머리가 띵했다. 만약 내가 어디가 아프거나 이상 증세가 있었다면 치료를 위해 일단 감당했겠지만 그저 기본 검진을 받으려고 왔으니 무서움이 더 앞섰다. 담당 선생님은 겁에 질린 나에게 다음에 다시 오라고 까칠하게 말했다. 현재까지 본 바로 별 이상은 없다고 했다. 어찌나 냉정하던지 좀 서운할 정도였다.

산부인과는 무서운 곳이구나.

그래서 재검을 받으러 가지 않았다.

테스터의 두 줄을 확인한 후, 다시 그 병원으로 향했다. 지난 기억 때문인지 좀 긴장이 됐다. 이번에는 '산과'로 들어갔다. 배가 불룩한 임부들이 남편과 함께 로비에 앉아 있다. 우리도 그 한켠에 앉아 설레는 맘으로 조잘조잘 얘기를 나눴다. 저번에 갔던 부인과와는 확실히 다른, 밝고 활기찬 분위기였다. 여기 있는 사람들은 아파서 온 환자가 아니었으니까.

진료실에 들어가니 간이침대가 있고 그 옆에 '아빠 자리'라고 써붙인 작은 의자가 놓여 있었다. 남편은 잠시 머뭇거렸다. 의사가 웃으며 말했다.

"아빠는 거기 앉으시면 돼요. 엄마는 여기 누워보시고."

아빠라니. 엄마라니. 누군가 우리를 그렇게 불러주니 기분이 묘했다. 결혼 준비할 때 처음으로 '예신님', '예랑님'을 들었을 때와 비슷한 기분이랄까.

"두 줄인 거 확인하셨나요? 선은 진했나요?"

의사의 말에 우리는 고개를 끄덕였다.

"그럼 거의 확실할 거예요. 한번 볼까요?"

초음파 영상을 보았다. 하얀 바탕에 까맣고 둥그런 것이 보였다.

"음, 역시 임신 맞네요. 저게 아기집이에요."

아기는 지금 너무 작아서 보이지 않는다고 했다. 저런 것이 지금 내 몸속에 있다고?

"4주입니다. 축하해요."

출산 예정일까지 받으니 그제야 더 실감이 났다. 이제는 '아빠 자리'에 앉길 머뭇거리지 않아도 된다.

진료실을 나오니 또 누군가가 우리를 안내했다. 아래층으로 가서 무슨 검사를 받으라고 한다. 시키는 대로 내려가 피검사와 소변검사를 했다. 다시 올라가서 수납을 하라고 한다. 우리는 정신없이 다시 수납처로 가서 카드를 건넸다. 검사비 포함 진료비가 10만 원이 넘었다. 생각보다 너무 큰 액수가 나와서 깜짝 놀랐다. 갑자기 남편이 뭔가 생각났다는 듯 휴대 전화로 검색을 하기 시작했다.

"아까 그게 산전검사였어. 보건소에서 하면 무료래… 이걸 왜 이제 알았을까."

남편은 진지하게 후회했다. 그는 우리집 재정부 장관이기도 해서 출납에 민감한 편이다. 나는 그래도 아기에게 들어간 돈이니 그리 아깝지는 않았다. 그렇지만 어떻게든 위로해주고 싶었다.

"아! 나라에서 주는 바우처가 있잖아. 앞으로는 그걸로 병원비를 내자."

"맞아, 그거 신청하자."

문의해보니 임신확인증이 있어야 한다고 한다. 그걸 받으려면 또 저쪽에 가보시라 하기에 쫄래쫄래 따라갔다. 자리에 두 사람이 앉아 있었다. 한 명은 우리에게 몇 가지를 물은 뒤 뭘 적더니 서류 한 장을 주었다. 그게 임신확인증이라고 했다. 그사이, 옆에 앉은 사람이 부드럽게 말을 건넨다.

"태아보험 들으셔야죠? 이거 꼭 필요한 건데."

아뿔싸. 임신확인증을 주는 곳에 보험판매사가 도사리고 있을 줄은 몰랐다. 태아보험이 뭔지도 몰랐던 우리는 일단 설명이

나 들어보기로 했다. 결국 연락처까지 적고 나서 일어날 수 있었다.

병원을 나오고 나서야 정신이 들었다. 뭐지, 이 눈 뜨고 코 베인 느낌은. 임신하면 초음파 보고 축하받고, 뭐 그 정도일 줄 알았다. 이 세계에 한 발짝만 들여놨을 뿐인데 다른 차원을 경험한 기분이랄까. 집에 가는 동안에도 둘 다 얼이 빠진 채로 남편은 수심에 차서 "보건소 갈걸…" 후회하며 주절거리고, 나는 비로소 임신이 현실임을 실감하며 앞으로 닥칠 일들을 계산해보고 있었다.

어쨌든, 이제는 기쁜 소식을 양가 부모님께 알려드릴 차례다. 아빠에게 전화를 했다. 놀랍게도 엄마는 나의 임신을 짐작하셨다고 한다. 생각해보니 큰언니가 첫 아이를 가졌을 때도 엄마가 직감으로 알고 먼저 물어보셨다고 들었다. 모녀 사이에는 어떤 마법이 있는 걸까? 신기한 일이다.

시어머니와도 통화를 했다.

"어머님! 축하드려요. 할머니 되셨대요!"

결혼 후 갓 일 년 정도를 보낸 터라 손주 얘기는 아직 한 번도 꺼낸 적 없으신 어머니. 하지만 들려온 건 의외의 대답이었다. 약간 수줍게 들리기까지 했다.

"나, 사실… 할머니 되고 싶었어."

낮은 어조였지만 얼마나 기뻐하시는지 충분히 느껴졌다.

우리는 그날부터 유튜브에서 생명의 탄생에 관한 다큐멘터리를 찾아 시청하기 시작했다. 임신과 태아에 대해 몰라도 너무 몰랐던 까닭이다. 생물 시간에 배웠던 기억이 어렴풋이 남았지만, 학창시절에 배운 지식은 너무 빨리 휘발되었다. 성교육도 제대로 받지 못한 데다 십수 년 동안 관심이 없었으니 다 잊을 수밖에.

정자들이 얼마나 힘든 과정을 거쳐 난자까지 도달하는지, 이어지는 수정과 착상까지의 과정이 얼마나 놀라운 기적인지 다시 하나하나 배웠다. 함께 보던 남편은 어딘지 자부심 넘치는 표정이었다. 저런 전쟁 같은 과정을 다 겪어낼 만큼 튼튼한 정자를 자기가 만들어냈다는 거다.

연애 시절, 나는 농담 반 진담 반으로 말했다.

"남자가 전기담요 많이 쓰면 후손 남기기 어렵대."

이 말을 진지하게 들은 그는 정말로 전기담요를 한 번도 쓰지 않고서 모진 추위를 견뎌냈다. 뿌듯해할 자격 있네.

영상 속에서 정자와 난자는 동그랗게 한 몸을 이루고 분열하기 시작했다. 아빠 반, 엄마 반으로 이루어진 새 생명. 4주차를 보내는 아기는 무수한 세포분열을 거치며 심장과 내장, 신경계를 만들고 있다고 한다. 얼마나 작고 예쁠까!

그 후 남편은 나의 식생활에 까다롭게 간섭했다. 라면이 먹고 싶다고 했더니 한사코 반대하다가 결국 생협의 우리밀 라면에 양파와 브로콜리와 달걀까지 넣어 끓여주었다. 하지만 권할 만한 음식이라면 곧잘 구해다 주었다. 암컷이 알을 품는 동안 열심히 먹이를 구해오는 아비 새 같았다.

나는 태담 일기라는 것을 쓰기 시작했다. 이름을 불러보고 싶던 그 아이. 이제는 부를 수 있다. 감사한 일이다.

부모는 아기를 발견하는 순간부터 사랑하게 된다고 생각했다. 누가 가르쳐주지 않아도.

입덧에 대한 가설과 실험

한 여자가 뜬금없이 헛구역질을 하고는 깜짝 놀라 혼자 손가락으로 뭔가를 세어본다. 그리고 '설마?' 하는 눈빛으로 생각에 빠진다. 다음 컷은 그 여자가 산부인과를 나서는 장면. 의사의 목소리가 내레이션으로 들린다.

"축하합니다. 3개월입니다."

오래전부터 드라마에서 보던 빤한 장면. 어린 나는 입덧이 임신의 신호인 줄 알았다. 하지만 이제는 그런 장면 묘사가 얼마나 부주의한 것인지 안다. 일단 생리가 3개월씩이나 늦어지면 임신이든 아니든 병원에는 가봐야 한다. 임신 가능성이 있는 여성이라면 자기 생리 주기와 몸 상태에 더욱 민감해지는 법인데, 드라마 속 인물들은 왜 다들 그리 둔감했던 걸까. 게다가 임신 3개월 정도면 대개 입덧이 슬슬 끝나갈 시점이다.

현실은 보통 이렇다. 입덧은 임신을 알게 되는 순간부터 시작된다. 임신의 인지 자체가 입덧에 큰 영향을 준다는 걸 나도 이번에 알게 되었다. 경험 있는 친구들이 말하길, 임신의 여러 증상은 임신 확인 후 더 분명히 나타난다고 한다. 그렇다면 입덧은 신체보다는 정신의 문제인 것 같았다. 몸의 변화는 나도 어쩔 수 없지만 정신의 영향이라면 내가 어느 정도 조절할 수 있지 않을까? 이런 생각을 할 무렵, 어느 날 친구에게서 메시지가 왔다.

'입덧은 안 해?'

알림음을 듣고 무심코 휴대전화 화면을 보았는데 저 문장이 눈에 훅 들어왔다. 그때였다. 갑자기 속이 울렁울렁 거세지더니 목이 간지러워지면서 입에 신맛이 돌았다. 임신을 다시 인지한 순간 몸이 반응하기 시작한 것.

'이거구나!'

그 순간, 내가 여기서 쉽게 넘어가면 향후 2, 3개월간 하루 종일 변기를 끌어안고 살지도 모른다는 판단이 섰다. 구토하길 좋아하는 사람은 없겠지만 나는 그게 특히나 싫었다. 입덧을 하며 몸도 마음도 지친 채 힘겨워했던 지인들의 모습이 스쳤다.

예술가는 자기 삶으로 실험하는 사람이라고 한다. 나는 나름의 실험을 해보기로 했다. 가설은 이러했다.

"입덧은 정신력의 문제다."

그렇다면 의지와 이성으로 어느 정도는 극복할 수도 있다. 의지는 생각의 영향을 받는다. 그래서 입덧 증상이 나타날 때마다 '윽! 입덧이다!' 혹은 '임신해서 그렇구나' 같은 생각을 아예 하지 않기로 했다. 속이 울렁거리면 의지적으로 먼 미래를 상상하거나 지인들의 안부 혹은 사회 문제를 떠올리며 물을 마셨다. 그러면 곧 잦아들었다. 울렁거리다 못해 구역질이 날 때면 자동으로 몸이 구부려지는데, 나는 일부러 허리를 곧게 폈다. 그리고 물을 마시며 심호흡을 했다. 그러면서 일부러 다른 이슈들을 떠올렸다. 이 방법은 꽤 효과가 있었다.

하지만 정신력으로도 어쩔 수 없는 반응이 몇 가지 있었다. 첫 번째는 냉장고 냄새. 이상하게 우리집 냉장고는 유독 냄새가 심했는데 입덧 중이니 더 괴로웠다. 누군가 냉장고를 열면 나는 지옥문이 열리기라도 한 것처럼 방에 뛰어들어가 문을 닫았다. 싱크대 특유의 비릿한 냄새도 힘들었다. 한동안 부엌 근처에도 가지 못했다.

두 번째는 양치질이었다. 어금니 안쪽을 닦을 때면 여지없이 구역질이 났다. 그게 너무 힘들어서 살살 닦으니 또 치석이 쌓이는 느낌. 그래서 양치질에도 마인드 컨트롤을 적용해보았다. 덕분에 구토까지는 하지 않았으나 양치질을 할 때마다 매번 구역질을 계속했고, 심할 때는 바로 헹구고 뛰쳐나와 물을 벌컥벌컥 마셨다.

세 번째는 공복이다. 아침에 일어나서 침대에 조금 밍기적거리다 일어나면 확 어지러워지면서 구역질이 났다. 산전검사 결과 내게 가벼운 임신성 질환이 있다고 밝혀져 약을 처방받았는데 아침마다 공복에 복용해야 했다. 그러니 일어나자마자 바로 허기를 채울 수도 없었다. 약 먹으면서 그냥 물이나 마셨다. 평상시에도 허기졌다 싶으면 여지없이 구역질이 올라와서 늘 간식을 챙겼다.

입덧은 정신의 문제라고 생각하며 스스로를 컨트롤하니 꽤 참을 만했다. 많은 이들이 입덧 때문에 힘들지 않냐고 물었지만 고개를 절레절레 흔들 정도는 아니었다. 하지만 나중에 알게 됐다. 입덧을 참을 수 있다면 그건 내가 그냥 입덧이 심하지 않은 사람이거나 아직 심해지기 전이라는 것. 진짜가 오면 참을 수조차 없다.

내게도 그런 날이 왔다. 평소와는 뭔가 다른 느낌. 목 아래쪽에 뭔가 걸려 있는, 언제 폭발할지 모르는 휴화산 같은 그런 느낌 말이다. 나는 보통 기침 형태로 구역질을 했는데 이번에는 반동이 크다고 할까? 내부에서 솟구치는 힘이 전과는 달랐다. 진짜가 온 것 같았다. 바로 화장실로 달려갔다.

이럴 때 보통은 허리를 펴고 마음을 가다듬으며 심호흡을 하면 곧 가라앉곤 했다. 그런데 이번에는 먹히지 않았다. 성난 군중처럼 속이 일어나서 도무지 가라앉지 않았다. 적군이 커다란 나무 기둥으로 성문을 쿵쿵 찍어내는 것 같았다. 이건 못 참겠구나, 직감으로 알았다.

때를 만난 위장은 있는 힘껏 내용물을 끌어올리려 했지만 공복 상태였기 때문에 나오는 건 타액과 위산뿐이었다. 누군가가 내 온몸을 빨래 짜듯 거세게 비트는 것 같았다. 구토는 예나 지금이나 괴로웠으나 예전에 체했을 때와는 다른 마음이 들었다. 일종의 비장함이랄까. 내 아이를 키우기 위한 필연적인 과정이고 아이가 잘 크고 있다는 증거라라고 생각하니까 이 고통을 견뎌내겠다는 의지가 샘솟는 것이다.

엄마가 된다는 건 생의 강력한 의지가 하나 더 생기는 일. 살아야겠다는 이유가 생겼다. 이 정도면 꽤 아름다운 이유 아닌가.

입덧이 시작되면 남편들이 바빠진다. 부엌 근처에도 가지 못했던 나는 종일 누워만 있었다(최소 8주까지는 무리하지 않고 누워서 지내는 게 좋다고 한다). 그러면 남편이 직접 음식을 만들고 환기를 시킨 다음 불러내거나, 사식 넣어주듯 침실에 직접 식사를 갖다 주기도 했다. 그러다 보니 그의 숨겨진 재능이 빛나기도 했는데, 내가 뭐가 먹고 싶다고 말하면 난감한 표정을 짓다가 레시피를 검색하여 훌륭히 해내는 것이다. 그는 프리랜서라 시간이 자유로운 편이었지만 작업이 많을 때면 바쁘게 지냈다. 그 와중에 요리와 설거지와 정리까지 다 해내느라 많이 힘들었을 것이다. 하루하루 지날수록 남편은 지친 기색이 역력했다. 어느 밤에는 솔직히 요즘 힘들다고 담담히 토로하더니 끝에 이렇게 덧붙였다.

"그렇지만, 새봄이가 있어서 너무 좋아."

아, 고단한 아비 새여. 그 역시 아버지가 되고 있었다.

입덧 이후 외식하는 횟수도 부쩍 늘었다. 뜬금없이 어떤 음식이 당길 때가 있는데 모든 걸 남편이 다 해줄 수는 없는 일이다. 임신하고 나니 면류가 특히 당겼다. 그동안 건강상의 이유로 몇 년 동안 밀가루를 단식했지만 입덧을 하면서 소면과 칼국수와 쫄면에 마음을 활짝 열었다. 특히 매콤새콤한 비빔국수와 쫄면은 매일이라도 먹을 수 있을 것 같았다. 우리는 주변 맛집을 검색하며 하나씩 정복해갔다.

원래 육류를 좋아했던 나는 이상하게 고기에는 구미가 당기지 않았다. 텔레비전에서 고기 굽는 장면만 나와도 얼굴이 찌푸려졌다. 느끼해 보였다. 반대로 새콤달콤한 과일류는 예전보다 더 좋아하게 됐다. 키위를 한 상자 사서 매일 먹기도 하고, 사과며 귤도 잔뜩 사다 놨다. 딸기 철이 시작되면 처음엔 가격이 좀 부담스러운데 그럼에도 기꺼이 사다 먹었다. 개인적으로 입덧 기간과 딸기 철이 맞물린 임신부는 복받았다고 생각한다.

입덧은 대체 언제쯤 끝날까. 매일 헤아려도 답답했다. 영원할 것 같던 입덧은 18, 19주쯤에 끝났다. 끊어지듯 확 끝나지는 않고, 서서히 잦아들었다는 게 맞다. 양치질 입덧이 끝까지 괴롭히긴 했지만 그조차 점차 사라졌다.

입덧에 대한 실험 후, 나는 그저 입덧이 심하지 않은 사람이었다는 결론을 내렸다. 정신력으로 극복할 수 있는 측면도 분명 있긴 하지만 사실 불가항력이 더 크다. 몸이 본성을 따르며 격렬히 반응할 때 무력하게 휩쓸리는 내 모습을 보는 건 쉽지 않았다. 분명 임신은 축복이고 축하받을 일임에도 몸이 너무 힘들면 원망이 올라오기도 한다. 그러니 이 글을 보는 분들은 주변의 임신부에게 '너도 극복해보라' 말하려던 맘을 접어두시길.

속설에 따르면 임신 증상은 모계유전이 된다고도 한다. 엄마도 입덧이 그리 심하진 않은 편이라고 했다. 임신 초기에 많은 사람들이 내게 음식은 잘 먹는지, 힘들지는 않은지, 어떤 게 당기는지 걱정하며 물었다. 하지만 엄마는 그들과 달리 확신에 찬 어조로 말했다.

"속이 울렁거리고 입맛 없고 새콤한 비빔국수 같은 것만 자꾸 먹고 싶지?"

"와, 어떻게 아세요?"

"엄마도 그랬거든!"

신기한 일이다. 양호한 체질을 물려주신 엄마에게 감사했다. 엄마는 세 아이를 순산했으니 나도 잘 낳을 수 있겠지? 괜히 그렇게 믿고 싶었다.

입덧이 한창 심했을 때 이 괴로움을 일기로 남겼다.

뱃속에 큰 바다가 우릉우릉 넘실대는 것 같다.
그 안에서 집채만 한 문어가 다리를 뻗으며 온갖 것을 다 빨아 들이는 기분이다.
가만히 있는데도 뱃머리에 오른 사람처럼 어지럽다.
몸 안에 구역질을 일으키는 버튼 같은 게 있다면 누군가 내 속에서 그 버튼 바깥 부분만 어루만지며 누를까 말까 하고 있는 것 같다.
'입덧 때문에 힘들다'는 말, 그동안 너무 자주 들어와서 큰 공감 없이 '그래, 힘들겠지'라고 반응했는데 이제는 나의 이야기가 되었다. 이 고통에 대해 말해도 다른 사람들은 이전의 나처럼 잠시 미간을 구기며 걱정하는 안색만 비칠 뿐이겠지.

곁에서 돕는 이가 많다 해도 입덧은 어쨌든 괴롭고 외로운 일이다.

불안은 파도처럼

　평소처럼 버스를 탔다. 일평생 버스를 탔지만 이제는 덜컹거
릴 때마다 깜짝 놀라며 안절부절 못한다. 과속방지턱을 넘으면
나도 모르게 아랫배에 손을 올린다. 기사님이 브레이크를 밟을
때 버스 손잡이를 꽉 움켜쥔다. 버스는 임신부가 타기에 좋은 교
통수단은 아니다. 자리를 양보 받기도 어렵고 무시로 덜컹거리거
나 급정거를 할 수도 있어서 위험하기도 하다. 겉으로는 티가 나
지 않지만 나는 임신 초기를 지나는 중이었다.

　임신 초기에는 온 신경이 아랫배로 향한다. 누가 시키지 않아
도 자연스럽게 팔자걸음을 걷고, 무심결에 손으로 배를 쓸어 만
진다. 소중한 씨앗을 품었기에 모든 행동에 주의한다. 이때에는
임신 초기의 유산 위험성에 대해 수차례 듣게 되므로 조심하지

않는 게 더 이상한 일이다.

나 역시 그랬다. 조금이라도 무리하면 걱정부터 앞섰다. 그리고 되도록 휴식을 취하려 노력했다. 주변이 안정적인 환경이라면 좋겠지만 삶이 늘 안정적일 수는 없는 법. 하루는 화장실에 갔다가 갈색 혈이 비쳐서 기겁을 했다. 조금이라도 피가 나오면 무조건 안 좋은 징조인 줄 알았던 나는 온갖 망상과 불안에 사로잡혀 남편을 붙들고 끝내 울고 말았다.

나중에야 그게 착상혈일 수도 있다는 걸 알았다. 이런 비슷한 일이 그 후에도 계속 있었고, 중기에 태동을 느끼기 전까지 내내 불안과 싸웠다. 물론 이건 성격 탓일 가능성도 크다. 나는 검진 때마다 초음파를 확인하기 직전까지 마음을 다잡았다. 그사이에 아기가 잘못됐을 수도 있다는 생각이 좀처럼 떨어지지 않았다.

나는 임신 전부터 일요일마다 교회에서 예배 반주를 하고 있었다. 오래 해온 일이어도 늘 적당한 긴장감을 갖고 온 신경을 집중한다. 실수를 하면 거기 앉아 있는 사람들에게 방해가 된다. 평소 덜렁거리는 편이지만 반주할 때는 고도의 집중력과 민첩함을 갖추고 두뇌회전도 재빠르다.

그런데 신기하게도 임신을 하니 정신과 몸이 조금씩 둔화되는 것이다. 처음에는 내가 피아노 연습을 못해서 그렇게 된 줄 알았다. 그러다 임신 관련 책을 보다가 이 또한 임신 증상인 것을 알았다. 이전과는 분명히 달랐다. 순간적으로 상황을 판단하는 일에 더디어지고, 손가락이 빠르게 돌아가지 않아서 오히려 더 긴장됐다.

그러다 정말 해프닝이 생겼는데, 최대한 집중해서 반주를 하다가 손가락이 삐끗한 것이다. 순간 가슴이 덜컥 내려앉으면서 아랫배에서 뭔가 '뚝' 끊어지는 느낌이 들었다. 큰일 났다!

무슨 일이 벌어진 게 틀림없었다. 혹시 아기가 잘못된 건 아닐까? 불안과 두려움이 목을 죄는 기분이었지만 일단 일을 끝까지 마무리하고 내려왔다. 그리고 곧바로 남편에게 연락하여 상황을 알린 뒤 내내 누워만 있었다.

정기 검진은 며칠 더 남았지만 조금 서두르기로 했다. '프로걱정리'를 자처하는 우리는 다음 날 바로 병원에 갔다. 물론 큰일이 난 것 같다며 마구 호들갑을 떨지는 않았다. 다만 초음파를 보기 직전까지 혼자 최악을 상상하며 마음의 준비를 했다.

하지만 아기는 잘 있었다.

심지어 그새 더 자라서 존재를 과시하고 있었다. 전에는 너무 작아 보이지 않았던 아기가 이제는 꼭 아기 공룡 같은 모습으로 짠! 나타난 것이다. 심장도 잘 뛰었다. 남편은 심장 소리가 꼭 EDM 같다고 했다.

"복통이 엄청 심하거나 출혈이 계속되지 않는 한 웬만해서는 그냥 잘 있겠거니, 생각하는 게 아기한테도 좋아요. 맘을 편히 가지세요."

의사의 격려를 듣고 나왔다. 그제야 마음이 놓였다.

초음파로 아기의 모습을 확인한 날에는 괜히 기분이 좋아서 표정도 밝아졌다. 내가 안심하고 방긋방긋 웃는 걸 보고 남편도 기뻐했다. 물론 '검진 효과'는 길어야 사흘 정도이고 그 후에는 다시 파도 같은 불안과 맞서야 했다. 조금 무리했다가 상태가 안 좋아진 것 같아서 두려워하며 남편에게 전화하고 울어버리는 해 프닝이 그 뒤로도 몇 번 더 있었다. 남편은 그런 나를 한 번도 책 망하거나 교정하려 하지 않았고, 바위처럼 든든하게 버티고 서 서 언제나 따뜻하게 나를 안심시켜 주었다.

"아기는 괜찮을 거야. 걱정 마."

불안과 두려움은 전염되기 쉽지만 그보다 강력한 안정감에 싸 이자 오히려 내가 조금씩 달라졌다. 나중에 또 출혈을 소량 보았 는데, 이전 같으면 난리가 났겠지만 놀랍게도 평온했다.

"금방 그치는 걸 보니 별일 아닐 거야."

역시 그랬다. 스스로에게도 놀라운 변화였다.

최소 8주까지는 절대 안정을 취해야 하고, 12주는 지나야 유 산 확률이 확 떨어지면서 안정기가 시작된다고 한다. 내가 완전 히 평정심을 찾은 건 태동이 시작되는 20주 정도였다. 이미 한참 전에 안정기에 들어서기도 했고, 태동은 태아가 건강하다는 명 백한 증거이기도 하니까. 20주면 5개월. 결코 짧지 않다. 그 시간이 지나기까지 얼마나 떨고 울었는지 모른다. 대범치 못한 한 인간이 부모가 되려면 많은 인내와 성장이 필요한 것 같다. 느린 속도로 나는 생의 힘을 믿게 되었다.

아기를 품으면 작은 일에도 예민해지고 걱정하기 쉽다. 혹시라도 내가 실수를 해서 아이가 잘못될까 봐 스스로를 살피며 노심초사하게 된다. 매일 초음파로 확인할 수도 없는 일이다. 그럴 때는 아기가 잘 있을 거라 믿으며 내 생활에 더 집중하면 된다. 마음을 편히 먹는 게 가장 중요하니까.

임신 초기에는 호르몬의 영향으로 감정 기복이 심해지기도 하는데 거기에 불안까지 찾아오면 임신부 혼자 그 감정에서 자유롭게 빠져나오기 어렵다. 남편과 가족, 친구들의 격려와 위로가 늘 필요한 이유이다. 엄마의 안정과 행복만큼 좋은 태교는 없다고 생각한다. 가족은 산모의 정신적, 육체적 필요를 살피고 채워주는 것으로 태교에 동참할 수 있다.

아이를 낳아 키우면 더 불안하고 걱정되는 순간이 자주 찾아올 것이다. 그렇다고 아이의 일거수일투족에 집중하고 종일 끌려다닐 수는 없는 일이니 어느 정도는 놓아주면서 마음을 편히 먹는 자세가 필요할 것 같다. 임신 초기의 격정을 지나고 나니 일종의 소규모 훈련을 마친 기분이었다. 이렇게 조금 더 엄마가 되었다.

딸일까 아들일까?

11주차 초음파 영상에서 아이는 신나게 몸을 들썩이며 갓 생겨난 짧은 팔다리를 휘젓고 있었다. 13주에는 아기집의 벽에 발을 대고 다리를 굽혔다가 스프링처럼 튀어오르며 놀고 있었다. 무척 귀여웠고 또 즐거워 보였지만 예사롭지 않은 느낌. 왠지 아들 같았다.

여드름이 얼굴과 목을 뒤덮었던 임신 초기에 임신 막달을 보내는 한 언니가 이런 말을 했다.

"너 아들 가졌나 보다. 나도 아들인데 초반에 여드름 장난 아니었어."

이런 정황들로 보아 우리는 아들을 짐작했다.

임신 초반에 가장 자주 듣는 질문이 있다.

"아들일 것 같아, 딸일 것 같아? 뭐였으면 좋겠어?"

그럼 우리는 아기가 듣고 있다는 걸 늘 의식하면서,

"둘 다 상관없어요. 건강하게만 나와주면 고맙죠."라고 말하면서도 말미에 덧붙이곤 했다.

"바라는 성별은 없지만 정황상 아들 같긴 해요."

실제로도 우리는 어떤 성별을 딱히 바라진 않았다. 그냥 아들인 것 같아서, 아들의 장점을 하나둘 떠올리며 은연중에 마음의 준비를 하고 있었다. 그러다 보니 자연스럽게 새봄이는 아들일 거라 막연히 믿었다.

시간이 흘렀다. 묻지도 않았는데 검진 중에 의사가 먼저 말했다.

"……딸이네요. 99퍼센트예요. 대박이죠?"

"와, 대박!"

정말 이렇게 말했다. 딱히 다른 말이 나오지 않았다. 우리는 둘 다 입이 쩍 벌어졌다. 정밀초음파 결과도 마찬가지. 이 아이는 딸이었다. 나름 오랫동안 아들로 짐작해서 그런지 충격이 좀 컸다.

"와, 딸이었어……. 진짜 대박."

병원을 나오면서도 믿기 어려웠다. 우리는 그렇게 계속 '대박'만 찾았다.

우리 부부는 다시 딸의 장점을 찾아 마음의 준비를 시작했다. 이번에는 사실을 기반으로 한 것이니 마음이 편했다.

"내 자손이 여성이라니……. 신기해."

그도 그럴 것이 남편은 남자 형제만 있었을 뿐 아니라 명절에 사촌들이 다 모이면 온통 '수염 밭'이다. 어쩌다 보니 남편이 개혼을 한 입장이라 결혼 후 맞은 첫 명절에 자녀 세대 중 여자는 나뿐이었다. 그는 여성이 자라는 과정을 본 적이 없다.

반면, 나는 세 자매 중 막내로 자랐다. 게다가 우리 아빠는 여동생만 넷이어서 어린 나는 삼촌과 큰아버지의 차이를 잘 몰랐다. 불러본 적이 없으니. 내가 여성이기 때문에 여자의 삶 또한 잘 알고 있다. 사실은, 그래서 처음에는 기대보다 걱정이 더 컸다. 슬프게도.

"새봄이는 벌써부터 발차기를 잘하니까 축구 선수나 태권도를 시켜볼까?"

"아빠처럼 EDM 음악 해보겠다 그러면 어쩌지? 클럽 디제이를 하겠다고 한다면 허락할 수 있을까?"

다른 부모들이 으레 그렇듯 우리도 김칫국을 몇 사발씩 원샷하며 아직 나오지도 않은 아이의 미래를 그렸다.

양가 부모님께 소식을 알리니 모두 좋아하셨다. 친정어머니는 정확히 이렇게 답하셨다.

"첫째는 역시 딸이 좋아. 너희 큰언니도 그렇잖아."

첫째는 딸이 좋다니. 그럼 둘째는 아들이어야 한다는 건가. 엄마는 아들 못 낳았다고 평생을 죄인처럼 사신 분이라 더 그러셨을 것이다.

혹시 시어머니도 내심 아들을 바라신 건 아닐까 싶어서 몇 번 여쭤봤는데 절대 아니라며 딸이 좋다고 하셨다. 집안에 아들들이 바글바글하니까.

누구도 강요하지 않았는데 이상하게 성별에 부담이 드는 것 자체가 서글픈 일이다. 모든 성별이 동등하게 환영받고 태어나는 게 당연한 건데. 더욱이 나는 '딸인 것 같다'는 이유로 태어나기도 전에 떨어져나갈 뻔한 바 있다. 엄마가 중절수술을 받으러 산부인과 문턱까지 다녀오신 것이다. 아들이 대를 잇길 바라는 전통이 악습이 되어 얼마나 많은 여자아이들이 빛도 보기 전에 떠나야 했을까.

태중의 아이가 딸이라는 생각을 할수록 기분이 좋았다. 성별을 알게 되니 태아에 대해 더 명확한 그림을 그리고 싶어졌고, 태교와 양육에 더 의욕이 솟았다. 아이를 잘 키우려면 무엇을 더 준비해야 할까?

도서관에서 양육서를 두어 권 빌려 읽었다. 그리고 나름의 결론을 내리고 남편에게 나눴다.

"자녀에게 바라는 모습대로 내가 먼저 살아야 하는 것 같아. 의연하고 자주성 있는 아이로 키우려면 부모 자신도 심지가 굳고 자기 주도적으로 살아야겠지. 사실 난 이 부분에 퍽 자신이 없지만 그래도 노력해볼 거야."

남편은 운전 중이었다. 그는 시선을 앞에 둔 채 천천히 말했다.

"양육서는 이제 그만 읽어도 될 것 같아."

"응? 왜?"

"나는 여보가 좋은 엄마가 될 거라고 확신해."

"아하하! 뭘 보고 그런 확신을 가진 거야?"

뜬금없이 무슨 말인가 싶어 웃음이 터졌다. 그는 진지하게 대답했다.

"나는 원래 사랑을 어떻게 줘야 할지 모르는 사람이었어. 여보를 보면서 '아, 사랑은 이렇게 하는 거구나' 배울 수 있었거든. 아마 자녀를 사랑하는 방법도 여보는 이미 알고 있을 거야."

연애 초반을 더듬어 보면 정말 그런 것도 같다. 하지만 그는 곧 나의 맞춤형 남자인 것처럼 조금씩 변해왔다. 그가 나를 보면서 사랑을 어떻게 주는지 알게 되었다니. 난 어떻게 사랑을 한 거지?

"어떤 사랑을 배웠는데?"

"음… 투신하는 사랑?"

그의 말에 의하면 나는 사랑을 할 줄 아는 사람이라고 한다.

투신하는 사랑이 정확히 뭔지 아직도 잘 모르겠다. 하지만 여태껏 남편에게 들은 칭찬 중 가장 근사한 말이었다. 난 오히려 그에게서 사랑을 듬뿍 받고 있다고 생각했는데, 그걸 나에게 배웠다니 신기하면서도 묘하게 인정받은 기분이 드는 것이다.

"여보가 늘 하던 대로 스스로 돌아보고 성찰하면서 육아를 하면 틀림없이 좋은 엄마가 될 거야. 뭐, 무조건 화 안 내고 잘 챙겨준다고 좋은 엄마는 아니잖아. 처음부터 잘하려고 하지 않아도 돼."

"그런가?"

"응, 그러니까 육아 심리 관련한 책은 그만 읽고 차라리 상식이나 의학 정보 도서를 찾아보자."

그건 그렇지. 처음부터 대단한 포부를 가질 필요는 없다. 아이와 함께 성장하는 게 중요하지. 남편의 말에 용기가 생겼다. 허무맹랑한 위안이 아니라 진실한 믿음이 느껴졌다고 할까.

그날 밤, 나는 혼자 눈을 뜨고 투신하는 사랑이 뭔지 곰곰이 생각해보았다. 답을 알지 않아도 좋다. 우리가 가꿔온 사랑을 되짚는 것만으로도 행복했다. 이제는 셋이서 가꾸어갈 차례. 우리는 어떤 부모가 될까? 이 아이는 어떤 사람으로 자랄까?

분명한 것은, 이 아이는 내 전인격을 투신해도 아깝지 않을 만큼 굉장히 소중한 존재라는 사실이다. 어쩐지 기대가 됐다.

나도 너를 통해 사랑을 배워갈게. 벽에 부딪히는 것 같은 순간이 와도 거기서 멈추지 않을게. 네 몸과 정신이 자랄수록 나도 함께 성장할 거야.

오늘도 이렇게 되뇌고 있다.

엄마는 나의 세계였다

　나는 엄마와의 애착이 별로 없었다.

　정말 그렇게 생각했다. 엄마는 세심하거나 야무진 성격은 아니었고 자식들의 필요에도 다소 무심했다. 사실 엄마는 세상에 둘도 없이 선하고 순수한 사람이지만 그렇다고 양육을 착실하게 하는 편은 못 되었다. 초등학생이 되어 친구네 집에 놀러 다니기 시작했을 때에야 우리 엄마가 다른 집 엄마와는 좀 다르다는 걸 알았다. 친구들의 엄마는 자녀가 숙제한 것을 살펴주고 외출 전 얼굴에 선크림을 발라주었다. 무엇보다 자녀가 요청한 물건이 어디에 있는지 정확하게 얘기해주는 모습에 가장 놀랐다. 우리집에서는 상상도 못 해본 일이다. 엄마는 나와 언니들을 도와주려 하거나 관리하지 않았다. 그런 면에서는 오히려 아빠가 더 섬세한 편이었다.

엄마는 내 시험 성적에 큰 관심이 없었고, 어떤 물건을 어디에 두었는지 잘 몰랐으며, 심지어 나의 대학 전공도 대학교 2학년이 되어서야 비로소 구체적으로 물어보셨다. 학창시절, 내가 학급 반장이나 학생회를 맡을 때면 엄마는 내게 돈이 많이 드니 앞으로는 그런 걸 하지 말라고 했다. 또 먼저 요구하기 전까지는 딸에게 뭐가 필요한지 잘 몰랐다. 어찌 보면 참 유별난 엄마였다.

엄마는 자기 속으로 들어가길 좋아하는 사람이었다. 설거지를 하다가, 방에 가만히 있다가, 멍하니 딴생각에 잠긴 엄마를 자주 보았다. 엄마는 홀로 중얼거리기도 하고 이따금 앉아서 눈물을 보이며 기도를 하기도 했다.

생각해보면 결국 가난 때문이었다. 별별 문제의 원인은 대개 아빠 쪽에 있었다. 생계 문제를 날카롭게 직면한 사람은 그 밖의 일에 관심을 갖거나 다른 말에 귀 기울이기 어려운 법이다. 엄마는 자주 근심에 휩싸였다. 가정 형편이 기울면서 엄마는 대형 마트에 일자리를 얻었다. 학교를 마치고 돌아온 집은 늘 비어 있었다. 그러면 나는 혼자 라면을 끓이거나 인디안밥을 우유에 말아 먹곤 했다. 엄마는 정육 코너에서 오래 일했는데 퇴근하고 돌아와 끙끙거리며 손목이며 발목을 주물렀다.

엄마는 늘 바쁘고 무심했지만 돌이켜보면 내 삶에 부재하지는 않았다. 엄마가 잔소리를 하거나 소리를 질러도 조금도 무섭지 않았다. 엄마가 미웠던 적도 딱히 없다. 부모의 관심이나 가정 형편처럼 내게 주어진 상황도 대체로 잘 받아들일 수 있었다. 나와 엄마가 비슷한 성정이라 그랬을 것이다. 난 엄마처럼 선하고 맑진 못하지만 엄마처럼 무딘 편이고 자기 속에서 오래 골몰하는 습관이 있다. 그래서 본능적으로 엄마를 이해했다. 엄마가 방에서 혼자 울면 어린 나는 그걸 문틈으로 엿보며 이유도 모른 채 덩달아 눈물을 흘렸다. 그렇다고 우리가 굉장히 친밀했던 건 아니다. 분명히 서로 사랑하지만 애틋할 정도는 못 되었다.

얼마 전 EBS 다큐멘터리 〈마더 쇼크〉를 책으로 읽었다. 자녀를 양육할 때 자신이 부모에게 받은 영향이 그대로 전해진다고 한다. 학대와 핍박을 받은 딸은 나중에 자녀를 낳아 기를 때 감정적인 어려움을 더 크게 겪는다는 것이다. 분노를 참지 않는 부모에게서 자랐다면 훗날 자기 자녀에게도 분노를 참지 못할 가능성이 크다고 했다.

나는 어떤 모성을 받았는지 곰곰이 떠올려보았다. 취학 전, 부모의 돌봄이 가장 필요했던 그 시절은 어땠을까? 어렴풋이 기억난다. 나를 업어주는 엄마, 나를 위해 그림을 그려주던 엄마, 맛있는 간식을 만들어주던 엄마. 생각나는 건 하나같이 밝은 장면이다. 엄마와 언니들과 함께 재미나게 요리하던 것도, 식탁에 앉아 맛있게 밥을 먹던 기억까지. 물론 매를 맞은 적도 있지만 합당한 이유가 있었고, 체벌 후에 엄마는 꼭 나를 안고 축복해주셨다.

질풍노도의 청년기를 보낼 때 이따금 부모님 댁에 찾아가면 엄마와 대화로 밤을 지새우기도 했다. 엄마는 내가 언제든 편안하게 돌아올 수 있는 따뜻한 품을 항상 마련해두었다. 나는 엄마 앞에서 할 말을 미리 검열할 필요가 없다. 나를 열받게 한 누군가에 대해 비난을 할 때면 엄마는 그걸 다 듣고도 순순히 내 편을 들어주진 않지만, 그럼에도 엄마 앞에서 얘기하는 게 가장 편하다. 놀랍게도 엄마는 자녀들 앞에서 한 번도 아빠에 대해 험담하지 않았다. 이 또한 존경받을 만한 일이다. 과거의 엄마는 칭찬과 애정 표현에 서툴렀지만 환갑을 훌쩍 넘긴 지금은 전화할 때마다 큰 소리로 "사랑하는 예쁜 막내딸!"을 외치며 쾌청하게 운을 띄운다.

나도 이제 엄마가 되었다. 초음파 영상 속에서 뻥뻥 발차기를 하던 아이는 딸이라고 했다. 생명을 몸에 품고 있으니 자꾸 엄마가 생각난다. 그럴 수밖에 없나 보다.

엄마와의 애착이 별로 없다고 생각했지만 그건 철없는 딸의 말도 안 되는 착각이었다. 가식이나 계산, 꾀도 모르는 맑은 영혼, 진실된 감정과 표정, 타고난 겸손과 선한 마음씨. 엄마는 실로 아름다운 사람이고, 나에겐 엄마와의 나쁜 기억이랄 게 없다. 이게 얼마나 대단한 일인지 이제야 알겠다. 엄마가 나를 착실히 챙겨주거나 큰 관심을 두지 않았다고 해도, 사실 엄마는 언제나 나의 세계였다. 늘 같은 자리에서 넉넉한 품을 준비하여 따뜻한 말과 미소로 맞아주는, 한때의 내 고향이던 사람. 엄마가 나에게 어떤 존재인지 아이를 품게 된 지금에야 깨달았다.

명절에 부모님을 만나고 돌아온 날, 잠이 오지 않아 뒤척이다 문득 엄마가 세상을 떠난 후를 상상해보았다. 그저 잠시 떠올리기만 했는데도 존재가 다 부서지는 것처럼 흐느끼고 말았다. 언제나 곁에 있었으나 알아주지 못했던 내 오랜 따스함의 세계. 그것이 무너지면 나는 불덩이 같은 파편들을 내내 맞고 서 있어야 할 것이다.

이제 나는 양가 부모님의 건강과 장수를 위해 기도한다. 가족의 복을 비는 빤하디 빤한 어른들의 기도가 못마땅한 적이 있었지만 생각이 바뀌었다. 그건 내 가족만 챙기는 이기적인 욕망이 아니다. 순전한 소망과 바람, 그리고 두려움과 절박함이 맞다. 가정을 이루고 나이를 먹어야 철이 든다는 말에도 일리가 있었다. 스스로 어느 정도의 통찰력을 갖춘 어엿한 성인이 되었다고 여겼으나 사실 이렇게도 모르는 사람이었으니.

장차 태어날 내 딸이 어떤 아이일지 그려보다가 나는 과연 어떤 딸이었나 생각한다. 요즘은 엄마에게 우리 세 자매의 어린 시절을 자꾸 묻는다. 그러면 엄마는 지금 눈앞에 선하다는 듯 즐거운 목소리로 말한다. 그 미소와 소리가 고향처럼 따뜻하다. 어릴 때의 나는 꽤 행복한 소녀였을 것이다.

배가 나오네

배가 더 나왔다. 이제는 누가 봐도 임신부처럼 보일 것이다. 배가 나왔다는 건 아기가 쑥쑥 잘 자라고 있다는 의미일 테니 엄마로서 반가운 일이다.

그동안 체중 증가에 다소 무감각했다. 주변에서 하도 살이 안 쪘다고 해서 정말 그런 줄 알았다. 그러다 언니네 집에서 밥을 잔뜩 먹고 체중을 재보았는데 그사이에 3, 4킬로그램이 더 늘었다. 난생처음 보는 숫자였다. 밥을 많이 먹었으니 그랬겠거니 생각해도 아직 5개월인 걸 생각하면 걱정스러웠다. 임신으로 정당성을 내세우며 당당하게 먹고 마셨던 지난날이 떠오른다. 그래, 엄마가 체중이 늘어나는 건 당연하댔어. 임신을 하면 혈류량이 늘어야 하기 때문에 체중이 느는 것이라 들었다. 그래야 혈관이 더 많아지니까. 다만 전처럼 '난 많이 먹어도 돼!'라고 합리화하며 마구 먹어대지 말기로 했다.

잠을 깊게 자기 어려워 자꾸 깬다. 언제라도 깰 수 있는 얕은 수면. 이 또한 임신 중기의 증상이라고 한다. 그래서 매일 황망한 꿈을 꾼다. 어떤 날은 꿈에서 남편의 외도를 알게 되어 펑펑 울기도 했고, 하루는 끔찍하게 생긴 커다란 새가 정면에서 성큼성큼 다가와 공포에 질려서 눈을 감은 채로 남편을 흔들어 깨웠다. 임신 주수별 정보를 알려주는 애플리케이션을 보니 이런 말도 안 되는 꿈 역시 임신 증상이라고 한다. 가만 보니 뭔가 이상하다 싶으면 다 임신 탓이다.

소양증도 생겼다. 주로 복부와 양팔인데 자주는 아니지만 때때로 엄청나게 가려웠다. 배가 나오면서 가려움증이 생긴 것 같은데 팔은 또 왜 이런지 모르겠다. 크림이며 오일을 바르다가 지인의 추천으로 아예 시어버터를 샀다. 시어버터를 손으로 녹여 바르면 무척이나 촉촉하지만 그럼에도 여전히 자꾸만 간지러웠다. 나는 버릇처럼 불룩한 배를 긁고, 자다가도 두 팔을 벅벅 긁었다. 임신 이후 확실히 피부가 더 건조해졌다. 손등과 팔은 온통 허옇게 텄다. 집에 있으면 손에 물을 묻힐 일이 많아서 좀처럼 보습이 안 되는 것 같았다. 자기 전에 온갖 것으로 보습을 해두어도 다음 날이 되면 또 거칠어진다.

남편은 곁에서 충실히 나를 살피고 감정을 맞춰주며 애정을 표현했다. 그래서 남편과 함께 태담을 하는 시간이 가장 행복했다. 피아노 치며 노래도 불러주고, 자기 전에 누워 배에 크림을 바르며 아기와 대화한다. 5개월의 태아는 조금씩 듣기 시작한다고 한다. 뭐든 말해주면 좋다고 해서 정말 뭐든지 말하는데 사실 혼잣말과 다름이 없다. 어색함을 이기며 책을 읽고 이야기를 나눴고, 음악 얘기도 해보다가 느닷없이 화성학을 설명하기 시작했다. 혼자 주절거리며 다이아토닉도 알려줬다. 아기가 천재처럼 다 기억해주길 바라는 것은 절대 아니다. 일상에서 생각날 때마다 아기에게 말을 걸어주려고 노력하는 것뿐.

탄생은 단번에 이루어지지 않는다. 숱한 신체적 변화와 기쁨, 그리고 긴 기다림 속에서 부모는 성장한다. 아이가 자라듯 우리 두 사람도 자랐다. 감사한 일이다.

어떤 부모가 될까

이 아이는 어떤 사람으로 자랄까?

부모는 으레 자기 소망을 자녀에게 투사한다. 꼭 좋은 성적이나 일류 학교 진학까지 바라진 않더라도, 적어도 아이가 어떻게 자라면 좋을지 생각해보고 그걸 기준으로 제시하는 것이다. 예의 바른 아이로 키우고 싶다면 예의를 잘 가르쳐주고, 자기 주도적인 사람으로 자라게 하고 싶다면 스스로 해낼 수 있는 힘을 길러주는 것처럼 말이다.

자녀에 대한 바람에는 보통 부모의 가치관이 반영되기 마련인데, 내가 중요하게 여기는 건 '내면의 힘'이었다. 여전히 씨름하고 있는 부분이기도 하고.

진정한 자기 자신으로서 의연하고 흔들림 없이 사는 사람. 실패와 절망에서 일어서는 탄력이 있는 사람. 현명하고 사려 깊게 주위를 돌보고, 남과 자기를 비교하지 않으며 스스로를 누추하게 여기지 않는 사람. 감정을 조절하는 지혜와 자족하는 마음을 기를 수 있는 사람.

하나씩 헤아려보며 내 아이가 이렇게 자라길 바라고 있다. 전부 내가 추구해온 것들이지만 이제는 내 아이에게 투영한다. 늘어놓자니 너무 이상적이긴 해도, 뭐 꿈꿀 수는 있으니까.

자녀에게 어떤 모습을 바라고 꿈꿀수록 자꾸 맘에 부딪히는 질문이 있다. 내가 아이에게 바라는 그 모습대로 내가 먼저 사는가. 그러니까, 내 가치관과 기준대로 '지금' 살고 있느냐는 것이다.

부모라고 해서 아이의 운명을 바꿀 능력이 있는 건 아니지만 지대한 영향을 줄 수 있다. 아이에게 책읽기 습관을 들이려면 나부터 스마트폰을 내려놓고 책을 읽어야 한다. 그럴듯한 시늉만 해서는 안 되고 진심으로 책을 좋아해야 한다. 회복 탄력성이 좋은 아이로 키우려면 나부터 실패에 의연해야 한다. 아이가 자신을 건강히 받아들이도록 키우려면 나도 아이를 있는 그대로 받아들이고 풍족하게 사랑해주어야 한다. 감정을 잘 다스리는 사람이 되게 하고 싶다면 나부터 아이를 감정적으로 대해서는 안될 것이다. 하나같이 어려운 일이다.

아이에게 바라는 모습대로 내가 먼저 살고, 내가 추구하는 이상을 먼저 철저히 믿지 않고서는 절대로 아이를 가르치거나 방향을 제시할 수가 없다는 걸 안다. 이 점이 늘 마음에 걸린다. 큰 의지가 필요할 것이다.

좋은 부모가 되겠다고 몇 번이나 마음먹어도 능력 밖의 일을 얼마나 자주 만날까. 낙심할 때마다 어깨에 힘을 풀고, 반드시 좋은 부모가 되어야 한다는 부담을 내려놓아야겠다. 아이에게 바라는 것이 생길수록 내가 먼저 그렇게 살고 있는지 돌아보고, 아이와 함께 성장하는 부모가 되고 싶다.

한국 사회는 비교와 평가를 좋아하는 것 같다. 나와 남을 비교해본 뒤 내게 모자란 점을 찾은 다음 그걸 채우기 위해 애쓴다. 내가 현재 어디쯤에 있는지, 누가 내 앞이고 누가 내 아래인지 평가하고 따진다. 세대를 아울러 너무도 흔히 볼 수 있는 광경이다.

교육에서는 그 정도가 더 심하다. 아이들을 성적과 학벌로 줄을 세우고 그의 능력을 감히 평가한다. 학업 중에 미진한 부분을 악착같이 찾아내어 보충하게 한다. 누군가의 평가에 의해 숫자로 매겨진 '등급'을 실제 능력치라고 믿어버린다. 낙타에게 나무에 오르라 강요하고 사자에게 강물로 뛰어들라 말하면서 그렇게 해야 성공한 인생이라 말하는 꼴이다.

부끄럽지만 나 역시 비교와 평가에 잘 매였었다. 어느 때에는 세상에서 내가 가장 못난 것처럼 괴로워하고, 때로는 하늘 높은 줄 모르고 우쭐거렸다. 기준이 늘 외부에서 비롯되니 스스로에 대한 평가도 들쭉날쭉했다. 이런 삶이 곧 나를 병들게 한다는 걸 알고 내면의 갖은 씨름을 하며 20대를 보냈다. 사람들이 옳다고 말하는 게 정말 옳은 것인지, 일반적으로 맞다고 여겨지는 게 정말 맞는지 생각하고 또 생각했다. 외부의 비교나 평가에서 어느 정도 자유로워졌다고 느꼈을 때 30대가 되었다. 결혼도 하고 남편과 사랑을 충분히 주고받으니 더 바랄 것도 없었다.

그런데 아이를 낳을 때가 되니 슬슬 걱정이 찾아왔다. 남과 내 경우를 비교하거나, 누군가의 시선을 의식하진 않을까. 혹시 나도 모르는 사이에 아이들의 발달과정을 비교하진 않을까. 그러다 내 아이가 그 영향을 받으면 어쩌지?

아이가 건강한 마음을 갖고 자유롭게 자라길 원한다면, 나의 내면부터 건강하고 자유로워져야 한다. 그리고 나는 그렇게 될 수 있다.

비교는 그 대상과 내가 '대조군'이라고 생각할 때 찾아오는 법이다. 연령대나 성별, 출신 학교, 직업 등 어떤 여건이 엇비슷하면 그 나머지의 차이를 가늠하는 것이다. 비교의식에서 벗어나려면 애초에 대상과 내가 대조군이 아니었다는 걸 인정해야 한다. 그에게는 그의 삶과 몫이 있고, 나에게는 내 삶과 방향이 있는 것이다. 나는 누군가를 이기기 위해 사는 것이 아니며, 남에게 좋은 평가를 듣기 위해 사는 것은 더더욱 아니다.

떳떳하고 의연한 엄마가 되고 싶다. 모든 걸 다 이루기 위해 아등바등 욕심을 부리기보다는 어느 정도씩은 포기하고 놓아주며 사는 지혜를 보여주고 싶다. 아이에게 되도록 적은 것을 바라며 뭘 더 가르치려 하기보다 먼저 나부터 괜찮은 인간이 되어가기를 희망한다. 좋은 부모가 되겠다는 욕심을 내려놓고 한 인간으로 성숙해지고 싶다. 그래서 이 싸움을 절대 포기하지 않기로 했다. 부모가 된다는 건 생의 강력한 의지를 하나 더 갖추는 거니까. 아이를 건강하게 키우기 위해서라도 나는 성장할 것이다. 잘 안 되고 무너지는 날도 오겠지. 하지만 탄력 있게 일어나 회복할 것이다. '누구보다 나은 나'가 아니라 누구도 아닌 나 자신으로 충실히 살며 성장하리라 다짐해본다.

남편을 통해 그 가능성을 본다. 그는 가끔 자신의 능력을 탓하며 과한 걱정을 한다. 하지만 나는 그렇다고 남의 남편들과 그를 조금도 비교하지 않는다. 그를 그 자체로 사랑하기도 하고, 남편을 돈 벌어오는 존재로 생각하지도 않고, 실제로 그가 정말 무능한 것도 아니며, 그런 능력 말고도 보석 같은 장점이 빼곡한 사람이라는 걸 알기 때문이다. 남편이 가장 자기다운 모습으로 살아갈 때 나도 기분이 좋다.

나의 아이를 이렇게 사랑하고 싶다.

남자, 아빠가 되다

아버지.

꽤 많은 사람들이 애증으로 기억하는 이름. 좋든 싫든 도무지 떼어낼 수 없는 끈적한 영향력 중 하나. 그럼에도 살다 보면 어느 순간 아버지가 이해되기도 한다. 나 역시 그 과정 중에 있고.

나는 임신한 여성이기 때문에 아버지가 될 수는 없으나 한 사람이 아버지가 되는 과정을 곁에서 지켜볼 수 있었다. 어미가 되는 것과는 분명 다르면서도 새로운 감동이 있는 아비의 탄생. 내가 가볼 수 없는 세계라고 생각하니 더 흥미롭게 느껴졌다.

아비가 되는 일은 기본적으로 '입양'에서 시작된다고 한다. 여성은 자기 몸에서 아기가 자라고 태어나는 걸 경험하기 때문에 이 아이가 내 자식이라는 걸 부인할 수 없지만, 남성은 물리적

연결이 없었으니 우선 내 자녀라는 걸 의식적으로 받아들이면서 아비가 된다는 것이다. 우연히 이 글을 읽고는 깜짝 놀랐다.

> 엄밀히 말해서 아버지는 아들을 '낳지' 않는다. 아들은 아버지가 낳은 존재가 아니라 그가 아들로 '받아들인(adopt)' 존재다. 그러므로 부자관계는 상징계를 중심으로 조직되는 것이며, 아들은 그 상징적 질서 안에 오려 붙여진 존재다.
> _김종엽, 창비 주간논평 〈화이, 우리 시대의 오이디푸스〉 중에서

아, 정말 그렇겠구나. 본글의 논점은 잠시 제쳐두고, 위의 부분이 생경하게 피부에 와 닿았다. 자기 몸에 접붙여 사는 아이를 사랑하는 건 본능에 좀더 가깝다. 하지만 그저 아이의 존재를 인식하기만 한 상태에서 받아들이고 사랑하는 건 쉽진 않을 것 같다. 그런 의미에서 부성애는 본능보다는 '의지'에 더 가깝지 않을까. 의지로 맺은 사랑. 아비의 사랑은 어미와는 또 다른 면에서 위대해 보인다.

임신은 여성의 몸에 대변혁을 일으킨다. 나는 임신 전까지 몸으로서의 자아에 대해 생각해본 적이 별로 없었다. '나'는 곧 '내 정신'을 의미했다. 그런데 임신을 하고 나니 집요하게 몸에 집중하게 된다. 몸의 변화. 몸 안에 누군가 살고 있다는 사실과 그 증

거들을 매일 발견한다. 처음에는 내가 동물로서 존재하는 것 같고 뭔가 서글프게도 느껴졌지만 이내 육체로서의 나를 받아들이고 이 또한 내 중요한 부분이라는 걸 인정했다. 임신은 나에게 몸의 이야기를 듣는 시간을 주었다. 여성은 몸의 변화로 임신을 인식하고 받아들인다.

하지만 남성에게 임신이란 그저 간접적인 경험에 지나지 않을 수 있다. 먼저 아내의 몸에 내 자녀라고 추측되는 생명이 존재한다는 사실을 받아들이고, 그러다 산부인과에서 아기 심장 소리라도 들으면 그제야 조금씩 실감이 날 것이다. 태동을 체험하면 더욱 그렇다. 증거를 접할수록 의지는 믿음으로 변하며 굳건해진다. 엄마가 되는 것과 출발부터가 다르다.

아빠는 아이의 탄생에 필수적이고 주요한 영향을 주지만 태아와 실제로 연결되진 않는다. 다만 아내의 경험을 공유하며, 임신으로 인한 여러 변화에 적응하도록 돕는 것으로 임신에 동참한다. 입덧을 하면 입맛에 맞는 음식을 먹도록 돕고, 몸이 불편하면 거동을 돕고, 함께 병원에서 초음파를 보며 기뻐하고, 태아에게 말을 건네기도 하며, 시간이 좀더 지나면 태동하는 아이를 느끼며 새 생명을 자기 삶에 받아들이는 것이다.

어린 시절, 아빠는 나에게 그리 자애롭거나 따뜻하진 않았다. 말대꾸는커녕 아빠의 몸에 손만 살짝 대도 혼이 났다. 물론 나를 사랑하시고 내게 필요한 걸 채워주려 하셨지만 나에겐 아빠에게 지적받고 상처받은 경험이 더 떠오른다. 구체적으로 일일이 말할 수는 없으나 아빠가 우리 아빠가 아니길 바랐던 적도 많았다. 그러다 환갑이 지나고 손주들도 보고 나니 아빠는 조금씩 부드러워지셨다. 이제는 낯간지러운 애정 표현도 곧잘 하시는데 난 아직도 적응이 잘 안 된다.

언젠가부터 아빠는 내가 메시지나 전화에 응답하지 않으면 몇 번이고 다시 시도하셨다. 급한 성미라서 더 그러셨을 것이다. 안 그러시면 좋겠다고 아빠에게 몇 번 화를 내기도 했다. 아빠에게는 나름의 이유가 있었다.

"넌 평소에 전화 잘 받잖아. 그런 애가 안 받으면 무슨 일이 있나 걱정이 되어서……."

예전에 자녀 납치를 빙자한 보이스피싱 사례를 듣고, 부모님께 먼저 연락을 자주 드리진 못해도 오는 전화는 꼭 받자고 결심한 바 있었다. 다정하게 신경 써드리진 못하더라도 최소한 걱정은 끼치지 않고 싶었다. 그렇지만 24시간 휴대전화를 끼고 살 수는 없으니 이따금 받지 못하는 일이 생기는데 그러면 어김없이 부재중 전화가 몇 통씩 남는다. 그래서 무슨 급한 일이 있나 싶어 얼른 전화 드리면 또 별일은 없다고 하신다.

"그냥, 막내 목소리가 듣고 싶어서."

그럼 난 갑자기 열불이 난다.

"아이참, 놀랐잖아요!"

임신 이후 아비가 된 남편을 보면서 아빠를 좀더 이해할 수 있었다. 아버지는 자녀와 연결되고자 하는 욕구가 강한 것 같다. (우리 엄마가 무심한 편이어서 그럴지도 모른다.) 어미는 처음부터 아기와 연결되었기 때문에 욕망까지 할 필요는 없다. 하지만 의지와 정신으로 자녀를 품은 자들은 어떻게든 아이를 몸으로 느끼고 존재를 경험하길 원한다. 내가 처음으로 태동을 느꼈을 때 남편은 그걸 몹시 부러워했다. 나야 내 몸속의 일이니 아기가 움직이는 미끌미끌한 느낌을 즉각적으로 느꼈지만, 아이가 격동적으로 꿈틀거려야 겨우 표피에 전달되기 때문에 남편은 태동을 경험하기까지 좀더 기다려야 했다. 하루는 그가 불만을 가득 담아 태담 일기를 남겼다.

"오늘은 네게 할 얘기가 있어. 너 왜 엄마한테만 태동 보여주고 아빠한테는 안 보여주니?"

아버지는 나와 연결되길 원한다. 다 내색하진 않아도 내가 멀어질 때 서운해하고, 손이라도 잡아드리면 그렇게 좋아하신다. 전화로 내 목소리만 들어도 기분이 좋다고 하신다. 남편 역시 아기와 닿길 몹시 원하는 걸 보면서 혹시 이런 게 아비들의 원초적 욕망은 아닐지 생각했다.

임신 기간 동안 남자는 아내를 통해 아기와 연결될 수 있다. 엄마가 먹는 것과 느끼는 것이 아기에게 고스란히 전달되기 때문이다. 따라서 아기를 사랑한다면 아내를 먼저 아끼고 돌봐야 할 것이다. 남편은 아버지가 된 책임감을 가지고 나를 세심히 살펴주었다. 그 덕에 변덕스럽고 감정 기복이 심해지는 임신 기간에도 나는 남편 얼굴을 볼 때마다 늘 기분이 좋았다. 이 마음이 태아에게도 전해지길 바랐다. 그래서 가끔 남편에게 서운할 때에도 감정을 다스리려 노력하기도 했다. 아기가 아빠를 긍정적으로 인식하도록 돕는 나름의 방법이었달까. 임신을 하니 부부는 한 몸이라는 말을 새롭게 경험하게 된다.

남편은 연애하는 동안 단 한 번도 내 앞에서 눈물을 보이지 않았다. 온갖 갈등과 감동의 순간에도 늘 나만 울곤 했다. 사랑은 그 사람을 위해 우는 것이라고 나는 주장했으나 그때마다 남편은 말했다.

"널 사랑하지만 난 여간해선 눈물이 나지 않아."

그러다 어느 날 식당에서 함께 드라마를 보는데 갑자기 그가 눈물을 주룩주룩 쏟는 것이다. 주인공이 친부모를 찾아 헤매다가 겨우 만나 얼싸안고 기쁨의 눈물을 흘리는 장면이었다. 심지어 그는 이 드라마를 그날 처음 봤다! 맥락을 몰라도 그렇게 감동적일 수 있나? 이게 그 정도야?

나중에 알게 됐다. 그는 '가족주의' 코드가 드러나는 거의 모든 콘텐츠에 격하게 감응하는 사람이었다. 드라마든 예능이든 마찬가지. 영화 〈인사이드 아웃〉을 보다가 결말 부분에서 둘이 서로 부둥켜안고 눈물을 흘리기도 했다.

임신 초기. 불안과 걱정이 많았던 시절, 남편이 말했다.

"여보가 자꾸 걱정해서 오늘 아기를 위해 기도했어. 그런데 눈물이 좀 나더라."

아비가 된 그는 새로운 차원의 '가족주의'를 경험하고 있다. 자녀에서 부모의 입장으로 바뀌어도 반응은 여전한 것이 신기하다.

부성애는 그 특성상 임신 때부터 폭발적으로 일어나긴 어려운 것 같다. 사람과 사람이 서로 알아가며 친해져야 마음을 더 깊이 나눌 수 있는 것처럼, 아이가 생겼다는 걸 알아도 시간이 더 지나야 어색하지 않게 말을 걸 수 있었다. 배아일 때보다는 꿈틀거리는 사람의 형태를 갖췄을 때 더 정이 가고, 무사히 태어나 드디어 서로 마주 보게 되면 더욱 뭉클하고, 어느새 아기가 아빠의 얼굴을 알아보고 방긋 웃기라도 한다면 사랑스러워 견딜 수 없을 것이다.

남편 역시 처음엔 태담을 어색해하면서도, 아이에 대한 사랑과 책임이 있기 때문에 일찌감치 포지셔닝을 했다. 바로 아이를 품은 아내를 부지런히 보살펴주는 일. 그리고 시간이 갈수록 아이에게 더 많은 사랑을 표현했다. 친밀해진 것이다. 그가 써온 태담 일기만 봐도 처음보다 어투가 점점 부드러워지는 게 느껴진다. 남편이 내 배에 입을 맞추고 아기에게 사랑한다고 말할 때마다 내 마음도 지잉지잉 울린다.

아빠가 된 남자는 늘어난 식구가 먹고살 것까지 책임질 수 있을지 걱정하기 시작한다. 나도 경제 활동을 할 것이기 때문에 나는 그리 큰 걱정은 하지 않았다. 그런데 언젠가부터 남편이 자기 전에 불안한 얼굴로 생각에 잠겨 있곤 했다.

"사실, 좀 두려워. 나중에 아기가 먹고 싶은 것도 못 사다 주는 아빠가 될까 봐."

아빠라면 마땅히 경제적 능력을 충분히 갖춰야 한다고 맨 처음 가르쳐준 사람은 누굴까? 아이가 생기자 자연스럽게 스스로 부담감을 어깨에 지우는 본능은 어디서 비롯된 걸까? 책임감이 누군가에게는 큰 스트레스와 부담으로 작용한다는 걸 알았다. 하지만 우리는 프리랜서 부부. 불안정할 수는 있어도 그래서 더 자유롭다. 어느 한 사람이 모든 짐을 다 짊어지지 않아도 되는 것이다.

"에이, 걱정 마. 나도 벌잖아! 앞으로 더 벌어올게!"

떵떵거리며 호언장담하니 그제야 좀 웃는다. 그래, 책임감 있는 남자는 매력적이지. 누가 알려주지 않아도 아비로서 변모하는 남편이 매력적으로 보인다. 돈 벌어오는 일이 전부 그의 몫이라고 생각하지 않지만, 본능적으로 자기 몫을 찾는 과정을 지켜보니 신기하다.

한 사람이 어떤 자격을 부여받고 그에 맞게 성장하는 것, 그리고 그걸 지켜보는 일 또한 흥미롭다. 임신 후 내 안에서 일어나는 일들은 거의 대변혁에 가까웠지만, 남편 또한 자기 속도에 맞게 '아빠'로 변화하고 있었다. 나로선 가볼 수 없는 미지의 영역. 그래서 더 신비롭다.

아기가 태어나고 드디어 자녀와 맞닿게 되는 순간, 아비는 기뻐할 것이다. 물리적으로 분리되어 있는 긴 시간을 인내로 지나온 아비들. 마침내 아이를 품에 안게 되었을 때 얼마나 기쁠까. 내가 너의 아빠라고 말하며 애정과 기쁨과 감동, 그리고 거룩한 책임과 의지로 어우러질 그 표정이 벌써 기대가 된다.

태교가 뭐라고

"태교는 잘하고 있어?"

많은 이들이 묻지만 잘하고 있다고 대답한 적이 없다. 태교의 종류도 굉장히 다양할뿐더러, 일단 어떻게 해야 잘하는 건지를 모르겠다. 그러면서도 부모로서 뭐라도 해줘야 할 것 같은 압박감은 무시할 수 없었다.

인간의 일생에서 유아기가 가장 중요하다고 들었을 때는 끄덕이며 동감했고, 생후 3개월 내에 자존감이 형성된다는 말을 들었을 때는 '내가 더 신경 써야겠구나' 정도를 생각했다. 이제는 아이의 두뇌 발달 정도가 태내에서 결정된다는 말이 들린다. 이번에는 태내 환경이라니! 어쩐지 자꾸 앞으로 가는 것 같은 느낌이다. 아이를 품고 낳고 기르는 모든 순간이 다 중요하고 의미가 있긴 하겠으나 유행처럼 떠도는 이론에 전부 목을 맬 순 없다.

그래도 태교는 중요하겠지. 조상들도 중요히 여겼다고 하니까.

하지만 정작 내가 태교에 신경 쓰고 있느냐 하면 꼭 그렇지도 않았다. 생각날 때마다 아이에게 말을 걸어주거나 이따금 노래를 불러주는 정도였다.

6개월부터는 태아의 청력이 발달한다고 들었다. 소리를 듣기 시작한 아이를 의식하며 더 많은 이야기를 들려주고 싶었다.

태담 태교를 시작하자.

아이에게 말을 걸고 얘기 나누는 건 그전에도 해왔지만 뭔가 체계적인 교육, 그러니까 태교의 어떤 알맹이를 찾아가고 싶었던 것이다.

그래서 이야기책 두 권을 샀다. 조금 두꺼운 단행본이었으나 그림도 많고 2, 3페이지의 꼭지들로 이루어져 나눠 읽으면 되겠다고 생각했다. 매일 책을 읽어주면 태담 시간도 규칙적으로 확보할 수 있고, 일로 바쁜 남편이 아이에게 더 관심을 가질 수도 있으니 여러모로 좋을 것 같았다. 여기까지 가볍게 생각하고 호기롭게 주문했을 때는 이 책이 앞으로 어떤 일을 불러올지 미처 알지 못했다.

"앞으로 자기 전에 이 책을 읽어주자! 어때?"

잠들기 전, 그 고요한 시간에 아이에게 집중하고 부모의 목소리를 들려준다면 얼마나 의미 깊고 낭만적일까? 아이를 위한 일이니 남편은 딱히 반발하진 않았지만 그렇다고 적극적으로 동조하지도 않았다. 어쨌든 책이 도착한 날부터 바로 태담 태교를 시작하기로 했다. 나는 신이 나서 약간 들떴다.

"아기는 아빠 목소리를 잘 듣는대. 익숙해지면 나중에 태어나서도 애착 형성에 도움이 될 거래."

어차피 내 목소리는 하루 종일 들릴 것이므로 잠자리 태담은 아빠가 맡아주길 바랐다. 그는 뭔가 복잡한 표정을 보이긴 했지만 순순히 책을 받아들었다.

아이를 품으니 본능적으로 나와 아이를 자꾸 동일시하게 된다. 남편이 아이에게 애정을 보이면 꼭 내가 사랑을 받는 기분이 드는 것이다. 이 말인즉슨, 남편이 아이에게 별 관심이 없어 보이면 몹시 서운해진다는 의미다.

그는 아이를 품은 나를 잘 보살펴주었고 신체적, 정신적 필요를 채워주려 노력했지만 아기 자체에 관심을 깊이 갖지는 못했다. 아직 눈으로 볼 수 없으니 그럴 수 있을 것이다.

이럴수록 태교가 더욱 필요하지!

책은 하루에 한 꼭지씩 읽기로 했다. 남편은 매일 책을 읽어주긴 했지만 그때마다 매우 피곤한 기색을 드러냈다. 그런 모습을 볼 때마다 솔직히 조금씩 서운했다. 게다가 태담은 명확한 발음으로 또박또박해야 한다던데 그는 평소 같은 말투로 슬렁슬렁

읽는 데다 끊어 읽는 한 호흡이 너무 길었다. 읽다가 하품하기 일 쑤였고, 한 꼭지를 다 읽으면 아이에게 어떤 말도 건네지 않고 바로 책을 치운 뒤 불을 껐다. 그만큼 피곤했기 때문이겠지만 그걸 이해한다고 해서 서운함이 덜어지지도 않았다. 조심스럽게 피드백을 한두 마디 해봤더니 토라진다. 그래, 내가 남편에게 태담을 요청한 상황이니 하나하나 잔소리할 순 없지. 처음에는 마냥 웃어넘기며 참았다. 그런데 언젠가부터 태담 시간마다 내가 너무 스트레스를 받고 있었다. 이러다 짜증이 폭발할 것 같았다.

'이렇게 무성의하게 할 거면 그냥 하지 마, 하지 마!'
라는 말이 매일 혀뿌리를 간지럽혔으나 간신히 참았다.

그러던 어느 날, 남편이 바쁜 하루를 보내고 들어왔다. 자기 전에 평소 즐기던 게임도 한 판 했다. 그리고 마지막으로 책을 읽어주는데 역시 내 기준에서는 성의가 별로 느껴지지 않았다. 하품을 계속하더니 다 읽자마자 바로 불을 끈다. 아아, 이게 무슨 태담이란 말인가! 부글부글 속이 끓고 머리가 아팠다. 최대한 조심스럽고 부드럽게 말해보기로 했다.

"힘든데 혹시 억지로 하는 거면… 그냥 하지 말까?"

남편은 몹시 억울해 보였다. 절대 억지로 하지 않았다는 거다. 그래, 그의 입장에선 억울할 수도 있겠지만 내가 지금껏 느끼고 참았던 걸 생각하면 가당치 않다고 생각했다. 이미 태담으로서 의미가 없는데 난 태담을 했다고 말하는 게 무슨 소용인가.

따뜻하고 아름다워야 할 태담 시간이 급격히 냉랭해졌다. 나는 나대로 서운했고 남편도 스트레스를 받은 것 같았다. 그가 너무 피곤해하기에 더는 대화하지 않고 일단 먼저 재웠다. 그리고 나는 혼자 아롱아롱 깨어서 훌쩍이기도 하다가 잠들었다.

밤새 뒤척이다 일찍 일어나 가만히 생각해봤다. 마음에 걸리는 게 두 가지 있었다.

첫째, 태담 동화의 취지는 좋지만 내가 독단적으로 결정해서 통보했다는 점이다. 그럼에도 남편은 일단 수긍하고 따라주었지만, 처음에 책을 살 때부터 남편에게 묻고 동의를 구했어야 했다는 생각이 들었다. 책을 같이 골라도 좋았을 텐데. 그랬다면 그는 더 자발적으로 태담에 참여할 수 있었을 것이다.

둘째, 그렇다고 내가 아기에게 양질의 태교를 하고 있는가 하면 그것도 아니라는 것이다. 당시 나는 퍼즐 맞추기 게임에 심취했었는데, 대단한 규칙 없이 그저 블록을 줄에 맞추기만 하면 없어지는 단순한 게임이었다. 혹시라도 중독될까 봐 남편의 휴대전화에만 깔아두었지만 그래도 하루 두 시간 정도를 게임에 집중했다. 그 밖의 시간도 뭐 하나 아이에게 딱히 이롭진 않았다. 책을 많이 읽는 것도 아니고 오히려 SNS를 더 자주 보는 것 같았다.

내 마음과 삶을 요리조리 살펴보니, 나조차 잘하고 있는 게 없는데 이 죄책감을 남편에게 떠밀고 있었던 것이다. 그리고 남편의 의무와 책임에 더 기대고 있었다. 그가 밤마다 책이라도 읽어줄 때 내 죄책감을 더는 기분이 들었던 게 사실이다.

이런 내가 그에게 강제로 책을 읽게 했고, 그래서 그는 성의가 부족할 수밖에 없었고, 나 또한 스트레스를 잔뜩 받았으니 결과적으로 아기에게도 득이 될 게 없었다. 내가 여태 뭘 한 건가 싶었다.

여전히 불편한 상황. 울적한 맘을 하소연하고 위로받고 싶었지만 그전에 이 문제를 넘어서야겠다는 생각이 들었다. 나는 남편을 곁에 앉히고 부드럽게 설명했다.

"애초에 내가 독단적으로 결정하고 통보했던 게 잘못이었어. 그렇다고 나 역시 태교를 잘하고 있는 것도 아니고 말이야."

내가 먼저 잘못을 인정하자 남편 역시 금방 감응하고 풀어졌다. 그리고 이제 당분간 책을 읽지 말자고 하니 그는 당황하다가 곧 수긍했다. 의무감에 가득 찬 태담은 모두에게 좋을 게 없다고 받아들인 것이다. 나는 새로운 제안을 했다.

"저 책은 글밥이 너무 많아서 더 부담이 큰 것 같아. 차라리 생각날 때마다 짧게라도 한두 마디 더 나누고 소통하는 게 좋겠어."

나는 침대 머리맡에 있던 이야기책을 다시 책꽂이에 꽂아두었다.

그 후, 남편은 눈에 띄게 자발적으로 자주 태담을 하려고 노력하기 시작했다. 시간을 정해두지 않고 생각날 때마다 아이에게 말을 건네고 사랑을 표현했다. 그러다 보니 오히려 전보다 더 깊고 다양한 태담을 할 수 있었다.

　우리는 글밥이 매우 적은 아기 그림책을 몇 권 사기로 했다. 이번에는 서점에 가서 둘이 같이 골랐다. 페이지 수도 훨씬 적으면서 글은 장면당 몇 줄뿐이니 부담이 확 줄었다. 남편은 그중에서도 〈사과가 쿵!〉을 가장 좋아한다. 짧아서.

　이제 책은 읽고 싶은 날만 읽었다. 어떤 날은 불룩한 배에 크림을 바르면서 그날 있었던 일들을 들려준다. 둘이 같이 지은 자장가를 불러주기도 한다. 태담 시간이 훨씬 풍요롭고 즐거워졌다.

　더 시간이 흐른 뒤, 신기한 일이 있었다. 언젠가부터 아기의 태동이 부쩍 줄어든 것 같아 조금 걱정되던 참이었다. 일정 시간 이상 태동이 멈추거나 줄어들면 병원에 가야 한다고 들었기 때문. 당시 우리는 유튜브에서 〈아빠의 임신〉이라는 다큐멘터리 시리즈를 함께 보았는데, 앞부분은 남성 건강이 임신에 미치는 영향이 나오고 마지막 편에서는 아빠의 태교와 육아가 아이에게 주는 긍정적인 작용을 다룬다. 마지막 편을 보면서 우리 둘 다 큰 감명을 받았다.

　"생각해보니 최근에는 바쁘다고 태담을 자주 못 해준 것 같아."

그날 밤 남편이 모처럼 책을 읽기로 했다. 그리고 아주 실감 나고 재밌게 이야기를 들려주었다. 그런데 요 며칠 잠잠하던 아기가 다시 꿈틀거리기 시작했다. 나는 지금 아기가 아빠의 목소리를 듣고 반응하고 있다는 확신이 들었다.

"태동하는 것 좀 봐!"

"다행이다. 병원 가봐야 하나 걱정했는데……."

그날, 아기는 달밤의 체조라도 하듯 신나게 움직였다. 남편이 배를 가만히 만져보더니 말했다.

"이 정도면 거의 안마의자 수준인데?"

태교는 아이의 두뇌 발달과 정서 함양을 위해서도 꼭 필요하지만, 부모에게도 나름의 의미가 있다. 삶에 치여 아이의 존재를 잊을 때, 다시 새 생명의 신비를 상기시키고 한 인격을 마음으로 받아들이는 것이다. 그리고 어떤 마음으로 아이를 대해야 하는지 하나둘 배워갈 수 있다.

태교 여행도 다녀왔다. 둘이 아닌 셋이서 즐긴다는 마음으로, 흐드러진 봄꽃과 아름다운 풍경을 가득 담아 돌아왔다. 사실은 내가 무척 신이 나서 당연히 아이에게도 좋을 거라 믿고 즐겼다. 파도 소리를 들으며 바다를 설명하고, 꽃을 보면 그 빛깔이 어떤지 들려주었다. 봄은 온 세상에게 환영받는 계절이니까, 즐거운 노래 같은 여행이었다.

태교는 원래 이런 게 아닐까. 부모가 행복한 마음으로 아이를 환영해주는 것. 아기가 아직 보지 못한 세상의 작은 일부라도 함께 감각하는 것. 아기에게는 자신이 속할 가정을 미리 경험하게 하고, 부모에게는 한 존재를 가족으로 받아들이도록 준비시키는 것. 아기가 태내에서부터 따뜻한 환영을 받고 성품을 가꿔가도록 돕는 것.

의무감에서 벗어나니 태교의 참 의미를 생각하게 됐다. 그리고 부담보다 기쁨과 애정으로 아이를 대할 수 있었다.

이제야 알았네, 어버이 은혜

사랑하는 엄마, 고맙고 애틋한 사람. 엄마를 생각하면 적당히 이 정도가 떠오르곤 했다. 그런데 임신을 하고 나니 자연스럽게 임신한 엄마는 어땠을지 자꾸 궁금해졌다. 엄마의 얘기도 듣고 싶고.

지금 내가 새봄이를 임신한 것처럼 엄마도 우리 세 자매를 콩알 때부터 품고 키우셨을 텐데 그때 어떤 마음이셨을까? 난 지금 배가 당기는데 엄마도 그랬을지, 입덧은 어땠을지, 출산은 얼마나 힘들었을지 생각해본다.

임신 기간 중 혹시 잘못되진 않을까 걱정을 많이 했는데, 엄마는 한 번도 자연유산을 해본 적이 없다는 말을 듣고선 이상하게 금세 안심이 됐다. 엄마와 똑같이 세 자녀를 낳은 큰언니도 마찬가지였다. 엄마와 언니가 건강하게 아기를 낳았으니 나 또한 그럴 것이라 믿었다. 딱히 과학적으로 증명되진 않았지만, 그래도 가족은 비슷한 몸을 물려받았을 거란 안도감이 들었다.

나는 4.7킬로그램의 우량아로 태어났다고 한다. 이 정도면 지역 일간지 단신에 올릴 수도 있지 않을까 싶다. 아무리 생각해도 도저히 믿을 수가 없어서 몇 번을 다시 여쭤봤지만 부모님 두 분 모두 확실하다고 장담하신다. 아빠의 눈으로 저울을 확인했다고 하셨으니까. 엄마가 나를 임신하셨을 때 배가 너무 나와서 다들 쌍둥이냐 물었다고 한다.

"그래도 순산했어."

엄마가 웃는다. 삼십여 년 전 일이니 그날의 고통을 다 잊어버리셨나 보다.

초우량아로 태어난 나는 일곱 살 때 살이 쭉 빠지더니 평생을 대체로 마른 체형으로 살아왔다. 특히 20대에는 대식가처럼 섭식을 즐겼으나 먹는 양에 따라 살이 훅 찌거나 빠지는 일이 드물어서 주변에서 신기해하곤 했다.

〈퍼펙트 베이비 : 태아 프로그래밍〉이라는 다큐멘터리에 따르면, 태아기 때 영양을 충분히 공급받지 못하면 아이가 커서 비만이나 당뇨에 걸릴 확률이 높다고 한다. 태어난 이후에도 결핍이 있을 것으로 예상하고 적당한 공급에도 체중이 쉽게 불어나도록 체질이 프로그래밍 된다는 것. 과체중으로 태어난 나는 그와 반대로 프로그래밍 된 게 아닐까 생각했다. 그래서 엄마에게 감사하고 있다.

태중의 아이가 어떻게 자랄까, 다치면 어쩌지, 아프면 어쩌지 별별 고민을 하다가 내 삶을 돌아보았다. 수술이나 입원도 한 적 없고 딱히 고질적인 질병에 걸리거나 불의의 사고를 당한 적도 없다. 아이를 갖고 보니 내가 얼마나 억세게 운 좋은 사람이었는지, 무탈하게 살아온 것이 얼마나 대단한 일인지 깨달았다. 그러자 건강한 몸을 주시고 안전하게 키워주신 부모님의 은혜를 비로소 새삼 느끼는 것이다. 이 얼마나 감사한가. 나도 아이를 이렇게 키울 수 있을지 생각하면 솔직히 자신은 없다.

집안 형편이 기울며 내쫓기듯 집을 뺏긴 뒤 달동네에 들어앉았고, 갈등과 상처를 주고받으며 질풍노도의 시기를 보냈고, 가정이 쪼개질 위기가 몇 번은 닥쳤지만, 그럼에도 부모님은 당신들의 최선을 다해 가정을 지키셨다. 요즘 돌이켜보니 인생에서 가장 중요하다는 미취학 시절은 그래도 꽤 화사하고 풍요로웠던 것 같다.

어릴 적 나는 언니들과 클래식 음악 전집 테이프를 줄기차게 반복해서 들으며 춤도 추고 뮤지컬도 만들었다. 즉, 집에 전축과 클래식 전집이 있었다는 건데 이 또한 풍요였고 감사할 일이라는 걸 다 커서 알았다.

아빠는 이따금 장르 불문한 이런저런 책을 사오셨는데 그중에는 학습만화나 순정만화, 하이틴소설도 있었다. 세 딸이 올망졸망 머리를 맞대며 책을 읽는 모습. 그 장면을 보기 위해 서점에 들러 책을 고르는 아빠의 마음을 30대가 되어서야 헤아려본다. 내 유년의 기억에는 아빠가 늘 부재하다고 여겼고, 성인이 된 후에는 이 점이 아직도 섭섭하다고 아빠에게 말하곤 했다. 아빠는 가정에 관심이 별로 없었다고 생각해왔던 것이다. 그런데 생각해보니 아빠는 우리를 위해 과자와 과일도 자주 사오시고, 가족의 생일이니 성탄절, 송구영신의 날이면 케이크나 치킨을 사오셨다. 우리에게 필요한 책과 음악을 준비한 사람도 대부분 아빠였다. 한번은 아빠가 그림 동화책과 구연동화 테이프 세트를 사오셨다. 〈백조의 호수〉와 〈백설 공주〉였는데 나는 그 테이프가 늘어질 때까지 들으며 모든 대사와 어조, 배경음악까지 달달 외워 따라하고 놀았다. 이렇게 좋은 추억의 배경에 뜻밖에 아빠가 숨어 있던 경우가 많아서 놀랐다.

나는 편식이 심한 아이였다. 파, 양파, 마늘처럼 강한 향이 나는 채소나 음식을 일절 먹지 않았고 카레나 피자 같은 서양식도 잘 먹지 않았다. 하지만 엄마는 절대 강제로 먹이지 않았다. 국을 끓여주실 때면 내 국그릇엔 파를 아예 빼고, 고기를 많이 주셨다.

또 엄마는 우리에게 맛있는 간식을 자주 만들어주셨다. 피자를 해먹을 때 내가 잘 먹지 않자 내가 싫어하는 피망과 양송이

버섯과 양파를 다 빼고 오직 케첩과 햄만 넣어 구워주신 적도 있다. 왜 이 맛있는 걸 안 먹냐는 핀잔은 들었지만 그럼에도 내겐 용납받은 기억으로 남아 있다. 그 덕인지 지금은 거의 모든 음식을 편식 없이 즐기게 되었다. 파, 마늘, 양파는 없어서 못 먹을 정도다.

이 정도면 충분한 사랑을 받았다. 그것도 넘칠 만큼 많이. 형편이 가장 어려웠던 시절에도 먹을 것이 부족하지 않았고, 이런저런 험한 경우를 보긴 했어도 늘 안전했다. 아이를 품은 어미가 되어서야 내가 받은 모든 것이 당연한 게 아니었음을 알았다. 상처로 기억됐던 어린 시절이 사실은 얼마나 화창했는지 깨달으며 마음이 치유되기도 했다.

환경은 매번 바뀌었지만 그때마다 부모님의 최선으로 내가 자랄 수 있었다. 우리는 모두 어느 정도씩은 부족해서 서로 부딪치고 상처를 주고받았다. 그런 격변의 순간에서도 부모님은 우리를 지켜주셨다. 부모의 길 입구에 서니 그 마음이 하나씩 헤아려진다. 조금 더 철이 들긴 한 것 같다.

우리 세 자매는 10대 때부터 이따금 "우리는 혼자 알아서 잘 컸지"라고 농담 섞어 말하곤 했다. 하지만 이제는 안다. 연약한 아기는 절대로 혼자 알아서 잘 클 수 없다. 누군가의 전적인 헌신과 보살핌이 반드시 필요하다. 나는 거저 자라지 않았다. 앞으로도 난 혼자 알아서 잘 컸다는 망언은 하지 않을 셈이다.

　이제야 알았네. 어버이 은혜.

잃어버린 것에 대하여

살아오는 동안 나는 그야말로 현재만 불태우며 살았다. 지나버린 과거에는 등 돌린 채 미래에도 별 관심이 없었다.

어릴 때로 되돌아가고 싶냐는 흔한 질문에도 답은 명확했다. 시간과 젊음보다는 성숙이 훨씬 가치 있다고 여겼기 때문에 나는 언제나 현재를 택했다. 어릴수록 가능성이 더 크기는 해도 현재에 가능성이 아예 없는 건 아니니까. 삶에 대한 만족감 역시 과거보다 현재가 비교할 수 없을 만큼 더 크다.

후회나 미련도 그렇다. 이미 가버린 일에 길게 미련을 갖는 건 어리석다고 생각했다. 정리할 것은 정리한 뒤 되도록 빨리 지나가도록 하는 게 정신 건강에도 좋다. 이미 끝난 선택과 결과에 '만약'을 자꾸 생각하는 건 부질없는 짓이다.

현재에 집중하고 지금 이 순간에 만족하는 삶. 내가 항상 추구하던 가치이기도 하다. 현재에 집중하면 미래에 대한 걱정에서 해방되고 과거와 깔끔하게 연결될 수 있다. 원망과 후회는 걸러내고 배움과 성장만 남으면 된다.

"언제나 '지금'이 중요해."

그렇게 생각해왔다. 분명히.

결혼을 하고 아무래도 제약이 생기긴 했지만 그럼에도 행복이 더 커서 만족할 수 있었다. 오히려 미혼의 자유를 누릴 만큼 누렸다고 생각했기 때문에 후회나 미련이 전혀 없었다.

그런데 임신은 좀 달랐다. 이미 내 삶의 많은 부분이 변했고, 출산 후에는 지금보다 훨씬 더 많은 제약과 과업이 기다리고 있을 거라고 생각하면 가만히 감사하다가도 아찔해지는 것이다.

그러니까 이건 자유와 시간, 자아실현, 그리고 몸에 대한 긴 미련 같은 거다.

임신 이후, 나는 미래에 대한 염려와 불필요한 걱정까지 머리 위에 잔뜩 쌓아두었다. 분명히 지금 이 순간을 누리자는 자세로 살아왔는데, 이제 현재는 앞으로 일어날 엄청난 일들을 준비하는 용도만으로 여긴다. 그리고 지금 내 삶에 일어나는 우울한 변화가 미래에 과연 회복될 수 있겠는지 가늠해본다. 나도 내가 이렇게 될 줄은 몰랐다.

과거에 대한 미련도 마찬가지. 임신을 하고 나니, 과거에는 있었으나 현재에는 잃어버린 것들을 자꾸 생각하게 된다. 지금보다 더 어렸을 때 당연하게 획득한 자유와 젊음, 그리고 아름다움. 결혼 전, 혹은 임신 전에 당연히 누렸던 것이 얼마나 소중했는가. 새 생명을 얻어서 무엇과도 비교할 수 없을 만큼 기쁘고 감사하지만, 그럼에도 나는 임신과 맞바꾼 것들을 자꾸 떠올렸다.

내 자신으로서 사는 일이 가능해질까. 어디에도 종속되지 않은 독립된 자아로 활력 있게 살려면 또 얼마나 많은 시간 동안 종속되어야 할까. 간혹 시간과 여유가 생긴다 해도 오롯이 나를 위해 쓸 수 있을까. 의무감이라도 없으면 움직이지 않으면서 언제나 의무에서 도망치고 싶어 하는, 이 모순적인 인간이 온통 의무뿐인 삶을 감당할 수 있을까.

물론 나만 이런 상황에 놓인 건 아니다. 남편 역시 비슷한 긴장이 있을 것이다. 임신 이후 그도 할 일이 많아졌다. 남편은 나의 필요를 채워주기 위해 애를 많이 썼다. 아이가 태어나면 그 역시 감당할 일이 더 많아질 것이다.

우리 둘의 가장 큰 차이가 있다면, 몸의 변화다.

이따금 거울을 볼 때마다 놀란다. 십수 년 보아왔던 내가 없고 웬 뚱뚱한 아줌마가 보인다. 임신 이후 체중이 많이 늘었고 피부 트러블도 많아졌다. 원래부터 얼굴이 가장 먼저 살찌는 체질이어서 그런지 얼굴이 풍선처럼 부풀어 올랐다. 안타깝게도 어디를 봐도 예쁘지 않았다. 누군가가 나를 찍어주면 사진에 어떤 모습으로 나올지 대충 예상할 수 있지 않은가. 임신을 하고 몸이 변하니까 사진 찍을 때마다 놀란다. 머릿속에 예상했던 것과는 번번이 다른 모습이다. 그게 마음에 들지 않으니 사진도 더 찍고 싶지 않았다.

평생을 대체로 마른 체형으로 살아온 나는 이런 변화가 당혹스럽다. 빼어난 미인이라 자부할 수는 없겠으나 그래도 옷 사이즈에 신경 쓴 적이 없고 외모에 대해서도 지금껏 크게 고민해본 적이 없었다. 늘 당연했고, 늘 만족했던 것들을 임신 이후 잃어버리니 전에 없던 미련과 걱정이 싹튼다.

처녀 적 사진을 보면서,

'이때 참 예뻤는데.'

맘에 쏙 드는 옷을 보면,

'예전의 나였다면 이 옷을 샀을 텐데.'

거울을 볼 때도,

'아기 낳기 전의 몸으로 다시 돌아갈 수 있을까?'

과거를 그리워하는 건 어리석다 여기던 내가 옛날 사진을 보며 과거의 나를 부러워하고 있더라. 이렇게 날씬했었네, 이 옷이 잘 어울렸네, 지금은 못 입겠지… 이러면서.

항상 불태우듯 현재를 살고 과거를 그 잿가루 정도로 여겨왔으면서 이제는 왜 잃어버린 것들을 세고 있을까. 그러려니 하면서 담담히 받아들이고, 더 나은 미래를 준비하면서 그렇게 스스로 다스릴 수는 없을까. 자기연민이 발목을 붙든 것만 같았다.

여기서 머물고 싶지 않았다. 그래서 이제 어떻게 해야 할까? 정신 차리고 이렇게 정리하는 것만으로도 도움이 됐다.

1. 남과 나를 비교하지 않는다.

임신을 하면 체중이 느는 것은 당연하다. 이걸 받아들이고 살이 덜 찐 임신부들과 나를 비교하지 않겠다. 따져보자면 임신 후 내 체중 증가량은 평균 수준이다. 주 수에 맞게 적당한 정도로 불어나고 있다. 급격한 체중 증가로 의사에게 혼난 적은 없으니 체중 증가를 문제 삼지 않아도 될 것이다.

2. 외모 지향적 가치관에 저항한다.

외형이 변했다고 다 끝난 것은 아니며 애초부터 그게 전부도 아니었다. 진정하고 참된 아름다움에 대해 생각하고, 취향이 있는 삶의 가치, 인생의 굴곡이 주는 아름다움에 더 주목해야겠다. 살 많이 쪘다, 운동 좀 해야겠다고 굳이 한마디 보태는 불친절한 사람들에게 내 소중한 달팽이관을 써주지 않겠다.

3. 내가 손해 보고 있다는 생각을 내려놓자.

잃어버렸다고 여기는 건 내가 지금 뭔가 손해 보고 있다고 생각한 까닭일 것이다. 도리어 내가 얻은 걸 생각하고 감사하는 습관을 가져봐야지. 만약 임신으로 경력이 단절될 위기에 놓였다면 가족과 더 의견을 나누며 고민해봐야 할 것이다. 사실 사회 통념이 바뀔 필요도 있다. 여성을 미래의 주인공을 낳는 수동적인 존재로 여기지 않고 함께 사회를 지탱할 주체로 여기면 좋겠다.

4. 내가 직접 선택하고 감당하자.

그러니까 태도의 변화랄까. 늘어난 의무와 변화를 타의적으로 마지못해 감당하고 있다는 생각을 버리는 것이다. 좀더 주체적으로 직접 선택하고 변화를 받아들인 뒤 그 지점에서 의미와 즐거움을 찾을 것이다.

5. 생각의 싸움에서 이기자.

인생을 불평뿐인 똥밭으로 만들 것인가 감사 넘치는 꽃밭으로 만들 것인가. 결국 나의 선택일 터. 설령 진창을 걷는다 해도 인생의 큰 그림을 보려고 노력하겠다.

나에게는 산전 우울증이 없을 줄 알았다. 뭐든 잘 받아들이고 낙천적으로 생각할 줄 알았다. 하지만 외형의 변화가 주는 충격이 생각보다 컸다. 침착함을 되찾은 건 의외로 시간 덕분이었다.

임신 중기 때는 그냥 평범하고 배 나온 아줌마처럼 보여서 울적했는데, 후기로 넘어가면서 배가 비현실적으로 커지자 오히려 현실을 쉽게 받아들일 수 있었다. 변한 체형이 익숙해지기도 했고.

향후 도래할 일들에 대한 부정적인 마음에 사로잡히지 않으려면 양질의 육아 서적을 보는 것도 좋다. 나는 엄마의 심리를 살피고 돌보는 책들이 개인적으로 도움이 됐다. 임신 출산과 관련한 훌륭한 다큐멘터리도 많으니 남편과 함께 시청하면 좋을 것이다.

임신한 아내를 둔 남편이라면 어느 정도는 스스로 프로그래밍을 해두는 걸 권한다. 아내의 말에 즉각적으로 대답할 수 있도록 미리 준비하는 것. 예를 들자면 아래와 같다.

아내 : 나 살 많이 쪘지?
남편 : 아니! 예쁘기만 한걸!

아내 : 우리가 애를 잘 키울 수 있을까?
남편 : 걱정 마. 둘이 힘을 합치면 해낼 수 있어.

아내 : 앞으로 애 키우다 세월 다 보내겠지?
남편 : 육아하면서도 자아실현할 수 있도록 서로 돕자.
　　　어느 정도 키우면 다시 알콩달콩 살 수 있어.

그리고 아내가 현재 호르몬의 영향을 받고 있다는 걸 이해하고, 그의 짜증과 우울함이 나에게 하는 공격이 아니라는 걸 알아야 한다(고 남편이 말했다).

호르몬 핑계 대지 않으려 했지만 어쩔 수 없었다. 나는 주기적으로 눈물을 좀 뽑아줘야 했는지 가끔은 별거 아닌 일에도 남편 앞에서 엉엉 울곤 했다. 그렇게 위로를 받으면 마음이 좀 나아졌다. 아무리 생각해도 임신은 부부가 함께 짊어져야 하는 일이다.

호르몬의 침공에 당황하지 않고, 서로 이해하면서 용납과 배려로 보살핀다면 이 또한 문제 없이 넘을 수 있을 것이다.

왜 사냐건 먹지요

사유하는 존재.

스스로를 정의하고 싶을 때 떠오르는 말이다. 어느 때에는 생각이 너무 많아서 거기에 눌릴 것만 같았다. 상황과 사건, 사람을 자꾸 읽으려 하고 말미잘처럼 끊임없이 주변을 감각했다. 태생이 원래 그런 사람인가 생각했다. 자아라는 것은 머리나 가슴속에 존재한다고 믿으면서 정신은 언제나 육체보다 고상하다고 여겼다.

하지만 임신 이후 그야말로 '먹는 존재'가 되었고 이제는 오직 음식을 생각하고 감각한다. 먹는 일로 기뻐하고 먹지 못할 때 우울하다. 무엇을 먹을지 계획하기만 해도 벌써 행복하다. 무언가 먹고 싶을 때 그걸 먹으면 삶의 질이 확 높아지는 기분이 든다.

몸이나 감정의 상태도 식생활의 지배를 받는다. 나는 그야말로 먹기 위해 사는 사람이 되었다.

음식이 눈앞에 있으면 배가 고프지 않아도 끝을 보고야 만다. 그리고 배가 찢어지기 직전에 손을 놓는 것이다. 정말 임신 때문인가 생각했다. 이만한 좋은 핑계도 없으니까.

사실 난 임신 전에도 왕성한 식욕을 자랑했었다. 어느 모임에서도 항상 마지막까지 남아 음식을 먹어치우는 최후의 1인을 자처했다. 물론 나도 배고프지 않거나 입맛이 없을 때가 있다. 하지만 남편은 자주 이렇게 말했다.

"너를 신뢰하지만 네가 배부르다고 하는 건 믿지 않아."

입덧이 끝나자 식욕은 더욱 강력해졌다. 나는 매일 밤마다 다음 날 먹을 것을 구상하며 행복하게 잠들곤 했다. 그리고 아침에 눈을 뜨면 재료를 손질해서 먹고 싶던 그것을 만들고야 마는 것이다. 다행히 난이도 높은 요리는 애초에 당기지 않았다. 보통은 나물 무침이나 비빔밥, 국, 찌개 같은 것이었으니. 당기는 음식을 입에 넣을 때면 단순한 기쁨보다 쾌락에 더 가까운 환희에 사로잡혔다.

그런데 비슷한 시기에 임신한 친구들은 도리어 입맛이 별로 없어졌다고 했다. 자궁이 커지면서 위장을 압박하여 소화가 잘되지 않으니 음식이 막 당기진 않는단다. 같은 이유로 소화가 잘 안 되기는 나 역시 마찬가지였으나 그럼에도 식욕은 줄지 않았다. 자궁에 눌린 위장에 매일 음식을 욱여넣은 셈이다. 이러다 체중이 너무 늘어나면 어쩌지. 덜컥 위기감이 들었다.

임신하면 체중이 많게는 20킬로그램 정도 증가한다고 한다. 아기가 크고 있으니 체중이 느는 건 당연하지만 내 몸도 같이 불어나고 있는 게 가끔은 좀 우울했다. 그렇게 체중은 늘고 탐식에 빠지게 되면서 이젠 점점 스스로가 꼴 보기 싫어지기 시작했다.

배가 부른데도 음식에 손을 뻗는 나 자신이 끔찍하다고 생각하면서도 손을 멈추지 않았다. 이성은 이제 그만 좀 하라고 말리는데 본능 또한 살아서 섭식을 부추긴다. 두 가지 마음이 매일 싸우고 그사이에서 정신만 병들고 있었다. 그러다 보니 웬 자격지심인지 남편이 내가 먹는 걸 무심코 쳐다보기만 해도 부끄러워졌다. 그래서 기어이 과민반응을 보이고 말았다.

뭘 먹다가 남편과 눈이 마주치면,

"뭘 봐. 내가 먹깨비 같아서?"

"왜? 나 돼지 같아?"

라고 쏘아붙이는 것이다. 세상에나. 이렇게나 못나고 유치한 인간이 되다니! 그러면 남편은 무슨 소릴 하냐며 억울해했다. 그에겐 미안하지만 자격지심은 물러갈 기미가 없었다. 임신했으니 어쩔 수 없다고 스스로 다독일 뿐. 폭발적인 식욕과 자책감, 체중이 늘면 위험할 수 있다는 불안, 그리고 호르몬 작용에 의한 우울감까지 좋든 싫든 다 끌어안고 있는 꼴이 되었다.

그러던 어느 날, 한도 끝도 없이 기분이 울적해졌다. 거기에 모처럼 자기연민이 찾아와 나를 괴롭히기에 가만히 그 마음을 살펴보았다.

그날 남편은 점심과 저녁까지 거른 채 밖에서 하루 종일 일정을 소화하고 있었는데, 집에 있던 나는 왜인지 케이준 치킨샐러드가 너무나도 당겼다. 하지만 배고픈 남편에게 어디 들러서 샐러드를 사오라고 하기가 몹시 미안해서 말할 수 없었다. 다른 문제도 있었다. 그간 아무도 내게 눈치를 주지 않았으나 자꾸 뭐가 먹고 싶다고 말하는 게 은근히 눈치가 보였다. 그래서 그동안 스스로 적당히 검열하여 비교적 값싼 것만 요청하고 값비싼 욕망은 알아서 억누르곤 했다. 샐러드가 비싼 건 아니지만 어쨌든 내 식욕 때문에 자꾸 금전적 손실이 생기는 듯한 기분을 떨칠 수 없었다. 나를 이렇게 고민하게 만드는 원인이 고작 식욕이라는 것도 한심하게 느껴졌다. 이걸 자각하고는 느닷없이 눈물이 흘러나왔다. 아, 가엾은 나여. 먹고 싶은 걸 먹고 싶다고 말하지 못하는 것도 몹시 서러운데, 나를 우울의 구덩이에 빠뜨린 게 결국 나 자신이라는 사실 때문에 더 울적했다.

고민하다 남편에게 전화를 했다. 그는 운전 중이었으나 상황이 심각하다는 걸 눈치채고 최대한 집중하여 내 하소연을 가만히 들어주었다. 공대 출신 남편을 둔 덕에 나는 어떤 감정이 일어날 때마다 그 자체를 표현하기보다는 원인과 결과를 몇 가지로 미리 정리하여 전달하는 습관을 갖게 되었다. 이번에도 내 우울함의 원인을 세 가지로 정리해 이야기했다.

1) 치킨샐러드가 먹고 싶은데 미안해서 말할 수가 없더라.
2) 생각해보니 나는 이런 식으로 욕망을 억누를 때가 많았다.
3) 먹고 싶은 걸 못 먹는 서러움과 가정 경제에 누를 끼치고 싶지 않은 두 가지 마음이 날 괴롭힌다.

결국 나는 전화기를 붙들고 엉엉 울었다. 지금 생각하면 참 별게 아닌데, 그날은 그렇게도 서러웠나 보다. 호르몬의 영향을 충실히 받고 있기도 했고.

그는 잠시 생각하더니 마찬가지로 정리하여 응답해주었다.

1) 먹고 싶은 걸 말하는 일에 눈치 보지 않아도 된다.
2) 현실적으로 가능한 거라면 얼마든지 먹게 할 것이다.
3) 집에 가는 길에 샐러드를 사가겠다.

그날 저녁 나는 종일 굶은 남편을 위한 밥상을 준비했고, 그가 사온 샐러드를 즐겁게 먹을 수 있었다. 문득 오렌지도 당겨서 내친김에 남편과 마트에 다녀왔다. 놀랍게도 즉각적으로 삶의 만족도가 크게 높아졌다. 다음 날에는 산책하러 나갔다가 카페에 가서 와플도 사먹었다. 토핑을 올리고 싶었지만 습관처럼 좀더 저렴한 메뉴를 찾으려는 본성이 올라왔다. 이번에는 그걸 누르고 당당히 말했다.

"딸기랑 아이스크림을 모두 얹어서 먹고 싶어! 하나도 포기하고 싶지 않아."

남편은 흔쾌히 주문했고 우리는 아주 행복하게 딸기 와플을 즐겼다. 전날까지 나는 나 자신을 세상에서 가장 불쌍한 존재라고 한탄했는데, 이제는 스스로를 세상에서 둘도 없는 부자라고 여기며 한껏 즐거워했다. 임신을 하니 사고와 감정, 삶의 태도까지 음식의 지배를 받는다. 먹음으로써 '긍정의 힘'을 얻는다. 기막히게 놀라운 일이다.

비록 대식가였으나 자칭 '사유하는 인간'이던 시절, 본능을 좇아 사는 이들을 내심 무시하기도 했다. 스토아학파 철학자처럼, 순간의 쾌락을 좇아 사는 건 낮은 수준이라고 판단했다. 아프지 않고서야 신체 부위의 질감에 대해 딱히 생각하지 않았다. 눈에 보이지 않는 게 훨씬 중요하다고 믿었다. 돌아보면 좀 우습다.

임신을 하고 나니 비로소 몸으로서 존재하게 되었다. 몸이 말하는 걸 듣고 몸의 변화를 주기적으로 체크한다. 처음에는 동물과 다를 게 없는 것 같아 기분이 좀 묘했는데, 이제는 이 또한 인간의 영역이란 생각이 든다. 애초에 이성만으로는 살 수가 없는 일이었다. 임신은 우리의 몸이 얼마나 신비로운지 깨닫게 하며, 체내 각 부분이 개연성 있게 작용한다는 걸 알려주었다. 아이가 자라면서 내 몸이 어떻게 달라지는지 지켜보는 것도 나름대로 재미있다.

섭식은 몸의 활동 중에서도 가장 즐거운 일에 속한다. 몸은 나에게 이것저것을 먹으라 말하고, 나는 충실히 따르며 기쁨을 얻는다. 몸을 따르는 게 영 틀린 건 아니다. 그러니 하루빨리 죄책감과 자기 혐오의 고리를 끊어야겠다고 생각했다. 다만 무절제를 경계하고 양질의 음식을 섭취하도록 더 노력하리라 마음먹었다.

임신 초기에는 비빔국수나 낙지볶음 같은 맵고 자극적인 음식이 그렇게 당기더니, 중기에는 다행히도 채식이 더 좋아졌다. 아삭거리는 느낌과 상큼한 향에 끊임없이 구미가 당겼다. 후기에 들어서면서 육류가 자꾸 생각나고 온갖 달콤한 디저트를 찾아다녔다. 여름이 오니 달고 시원한 게 입에 착착 붙는다.

다행히도 인스턴트와 패스트푸드를 줄이는 건 어렵지 않았다. 원래 자주 먹지도 않았을뿐더러, 아기에게 안 좋다고 생각하니 그리 당기지도 않았다. 어쩌다 먹을 기회가 생겼을 때 죄책감이 들지 않을 만큼만 입에 댔다. 커피는 원래부터 즐기지 않았던 터라 아예 끊어버렸다. 인스턴트와 패스트푸드만 줄여도 폭발적인 체중 증가는 막을 수 있다. 건강한 식생활이 태아에게도 중요하다는 건 말할 필요도 없는 사실이지만 이런 말을 들으면 마음이 흔들렸다.

'먹고 싶은 걸 참느라 스트레스 받는 게 태아에게 더 안 좋으니 그냥 먹는 게 낫다.'

하지만 이와 상충되는 조언 역시 내게 영향을 주었다.

'임신 중의 식생활이 아기의 평생 식습관을 좌우한다.'

그러면 정신이 확 들면서 '나쁜 음식'을 멀리할 수 있었다. 내 아이가 인스턴트와 패스트푸드의 자극적인 맛에 길들여지길 바라는 부모는 없을 것이다.

하지만 그렇게 자신감 있던 나는 결국 단 음식 앞에서 무너졌다. 단 걸 도저히 끊을 수가 없더라. 집이 더우니 카페에 가게 되고, 그럼 꼭 달고 시원한 걸 먹고야 만다. 수박 중독을 의심할 만큼 수박을 먹기도 했다. 그 결과 아기는 부담스럽게 쑥쑥 자랐다. 사람마다 경우가 다르지만, 임신 후기에 단 걸 많이 먹으면 아기가 커진다고 한다.

막달에 이르자 '출산 후 당분간 먹지 못할 것'에 대한 집착이 생겼다. 주로 맵거나 기름지거나 차가운 음식들이었는데, 아기가 언제 나올지 불확실한 상황이었으나 매일 그런 음식만 찾아다니면서 '최후의 만찬'만 수차례 가졌다. 리스트를 하나씩 지워가며 내가 사랑했던 음식들을 해치웠달까. 그래도 지금이 아니면 이렇게 먹을 수 있는 날이 언제 오겠는가. 생명을 품은 사람의 특권

일 것이다. 그렇다면 형이하학도, 쾌락도, 몸의 욕망도 긍정할 수 있다. 적어도 먹는 순간에는 행복하니까.

참을 수 없는 만삭의 무거움

임신 10개월의 여정 중 마지막 달, 막달. 꽉 찬 달이라 하여 만삭으로 부르기도 한다. 나보다 먼저 막달을 경험한 친구는 이런 말을 남겼다.

"막달에는 그냥 내 존재가 힘들다."

막달을 겪지 않고서 임신에 대해 논했던 자신이 오만했다고 하더라. 맞는 말이다. 겪어보지 않고선 알 수 없는 이 괴로움에 대해 말하려고 한다.

임신 초기는 기쁨과 두려움, 만사에 대한 주의와 별별 걱정으로 노심초사하며 보낸다. 임신 중기는 안정기와 함께 시작되기 때문에 일단 마음이 좀 편해진다. 몸도 어느 정도 적응이 되어서 꽤 살 만하다. 나의 담당의는 '지금은 날아다닐 시기'라고 했다.

그리고 도래한 임신 후기.

하루가 다르게 몸이 무거워지며 임신으로 인한 갖은 증상이 폭발하듯 나타나는, 그야말로 임신의 제맛! 임신의 엑기스!라고 할 수 있다. 임신은 마라톤처럼 긴 여정이고, 그 끝자락에 마지막 난코스, 즉 36주부터 시작되는 마지막 달이 있다. 당장 아기가 나와도 정상 분만이기 때문에 조바심도 생긴다.

내게도 그날이 왔다.

임신 후기 들어서면서 역시 쉽지 않다고 생각했으나 막달은 그보다 더하다. 임신 자체가 신체에 큰 변화를 일으키는 것이니 별의별 일을 다 겪지만 막달은 그 차원이 다르다.

막달에는 일단 몸을 움직이는 것 자체가 힘들다. 이것만으로도 정신과 신체의 에너지를 크게 잃는다. 동물의 살아 있음은 보통 운동성으로 드러나고, 움직인다는 건 곧 산 것의 본능 중 하나다. 일평생 내 뜻대로 잘 움직여왔던 내 몸이 임신 막달이 되자 더 많은 체력을 내놓으라 한다. 근육과 관절도 예전 같지 않다. 그러다 보니 제한도 점점 많아진다. 마음처럼 움직이지 못한다는 게 생각보다 속상했다.

그렇다고 가만히 있으면 그것 역시 불편하긴 마찬가지다. 만삭이 힘든 가장 큰 이유다. 운동이 힘들다면 편한 자세를 찾아 가만히 있어야 하는데 애당초 편한 자세라는 게 없다. 앉아 있자니 다리와 발이 퉁퉁 붓고, 눕는다 해도 불편하다. 배가 볼링공만큼

128

무거워졌으니 똑바로 누울 수도 없고, 오른쪽으로 누우면 대정맥이 눌려 순환이 어렵다고 한다. 어쩐지 숨이 답답하더라니. 마지막으로 임신 기간 중 권장되는 '왼쪽으로 돌아눕기'가 있지만 만삭이 되면 허리가 아파서 이마저도 불편해진다. 그래도 이 자세가 가장 낫긴 하다.

눕는 게 그나마 편하다 해도 언제까지 누워만 있을 순 없다. 화장실도 가고 밥도 먹는 기본 생활을 위해선 반드시 일어나야 하는데 막달에는 누웠다가 다시 일어나는 일도 힘들다. 배는 왜 이렇게 당기는지, 허리는 또 왜 이렇게 아픈지. 무거운 몸을 일으킬 때마다 손목에 힘을 주게 되니 손목 관절도 전보다 훨씬 약해졌다. 다 자란 태아가 엄마 몸 밖으로 나오려면 관절이 부드럽고 느슨해져야 한다. 그래서 출산이 가까워질수록 릴랙신이라는 호르몬이 몸의 관절을 느슨하게 만들어 아기가 나올 길을 준비한다. 아름답고 신비롭다고만 할 수는 없다. 관절에 무리가 가면 더 쉽게 손상되기 때문이다. 이상하게 관절이 쑤시고 시려서 의아했는데 이 사실을 알고 그제야 고개를 끄덕였다.

예정일에 가까워질수록 가진통도 빈번하다. 내 경우에는 35주부터 가진통이 왔다. 복부와 허리에 뭔가 익숙한 통증이 느껴져 가만히 생각해보다가 알았다. 생리통이었다. 임신 중에는 생리를 하지 않으니 대체 뭔가 싶어 잠시 혼란스러웠지만 이게 말로만 듣던 가진통이라는 걸 곧 깨달았다. 그러다 37주부터는 진통

강도가 점점 세져서 잘 걷다가도 아파서 멈추고, 새벽에 진통 때문에 깨는 일도 잦아졌다. 아랫배와 허리가 지끈거리기도 하고, 밑이 날카롭게 '찌릿' 하며 당기기도 한다. 조금만 무리해도 배가 딱딱해지면서 호흡이 어려워지고 현기증이 온다. 막달이 되면 이런 일을 매일 겪는다. 예정일이 가까워지면 가만히 있어도 배가 뭉친다.

35주부터 틈틈이 운동을 했는데 38주 넘어서자 그마저도 어려웠다. 만삭치고는 날렵한 편이라고 스스로 생각했으나 시간이 지날수록 평지를 걷는 것조차 힘들었다. 남편과 외출할 때 가만히 걸어가서 차 문을 열고 자리에 앉아 안전벨트를 매는, 별것 아닌 이 모든 과정에서 숨이 차고 지친다.

이런 때일수록 더 운동을 해야 한다고 들었다. 힘들어도 좀 움직여야 애가 빨리 나온단다. 그래서 하루는 작정하고 쇼핑몰을 세 시간 정도 걸었는데 역시 현기증이 났다. 내 몸이 더는 내 몸 같지 않다.

체중도 많이 늘어서 더 늘지 않을 줄 알았는데 어느새 임신 전보다 15킬로그램이 늘어났다. 이제는 체중이 느는 게 우울하지도 않다. 뚱뚱해졌다고 울적해하는 건 이젠 사치스러운 감정이고, 그저 이 괴로운 날들이 어서 끝나길 바랄 뿐이었다.

물론 주변에서는 아기가 배 속에 있을 때가 편한 거라고 말하고, 실제로도 그럴 것을 알고 있다. 출산과 육아는 더 전쟁 같을 게 빤하지. 하지만 그렇다고 언제까지 배에 넣고 다닐 수는 없는 일이다. 이 아기는 언젠가 나와야만 한다.

몸이 너무 힘드니 매일 날수를 세며 아기가 나오길 기다렸다. 아기를 낳으면 그래도 매일 얼굴을 보는 기쁨이라도 있겠지. 막 달에는 매일 짐을 싸안고 다니는 기분이 든다.

태동도 격해졌다. 38주 검진 때 초음파를 보니 아기는 내 치골 바로 위에 머리를 두고, 하체는 내 명치 부근까지 뻗고 있었다. 이따금 아기가 다리를 움직이면 윗배가 불룩 튀어나온다. 아랫배 부근과 옆구리가 동시에 꿈틀거릴 때도 있는데 그건 아마도 팔과 다리를 같이 움직였기 때문일 것이다. 집이 좁아져서 답답하겠지. 아기가 자랄수록 움직임은 더 크고 강력해졌다. 그야말로 배에 꽉! 들어찼다.

막달에는 손과 발이 자주 붓는다. 만삭 때 잘 붓는다는 건 알고 있었지만 이 정도일 줄은 몰랐다. 발이 퉁퉁 붓다 못해 맞는 신발이 없을 지경이었다. 새로 산 여름 샌들이 더는 맞지 않아 그냥 억지로 신었는데 발꿈치 밴드가 끊어지고 말았다. 예전에 사이즈를 잘못 골라서 헐렁했던 운동화가 있었으나 이조차 꽉 낀다. 예쁜 신발이니 뭐니 다 됐고 남편 슬리퍼가 가장 편하다. 그 전에는 밤에만 붓곤 했는데 이제는 밤낮없이 늘 퉁퉁 부어 있어서 걷고 서는 것도 힘들다.

이렇게도 힘들고 아프고 지친데, 이 모든 게 병증이 아니라는 사실이 신기할 따름이다. 나는 질병에 걸린 게 아니라 임신을 했다. 증상만 따지면 환자와 다를 바 없으나 생활인으로 버티고 살아야 하는 임신부의 운명. 다들 그런 걸까?

이토록 괴로운 막달을 보내니 오히려 출산에 대한 두려움이 줄어들었다. 예전에는 산고를 생각하기만 해도 너무 두렵고 자신이 없었으나 이제는 어떻게든 되겠거니 생각한다. 언젠가 나올 거라면 빨리 나오라고 재촉도 하면서.

출산이 가까워 올수록 아기에 대한 기대와 그리움도 더 커진다. 나는 하루빨리 아이를 마주하고 오랫동안 안아주고 싶었다. 그러나 의문과 걱정 역시 많아진다. 진통은 얼마나 끔찍할지, 출산 과정은 어떨지, 나에게도 모성애라는 것이 있을지 궁금하고, 모유는 잘 나올지 염려도 된다. 나와 남편만 살아온 집에 새로운 가족이 같이 살게 된다는 게 영 실감이 안 나기도 하고.

인간이 헤아릴 수 있는 기억은 보통 4세부터 시작된다고 들었다. 하지만 부모의 보살핌이 절대적으로 필요한 나이는 4세 이전, 그러니까 아이를 향한 부모의 무한한 희생과 노동이 가장 집중되는 시기와 같다. 우리가 아기를 사랑하고 아껴서 온갖 좋은 걸 퍼부어줘도 아마 아이는 기억도 못 할 것이다. 이 일방적인 사랑을 이제 시작해야 한다. 우리가 잘 해낼 수 있을까?

아가야, 서두르지 말고 너의 때에 맞게 나오렴.

나는 널 빨리 만나고 싶지만 조금 더디어도 괜찮아.

어차피 우리는 곧 만날 사이니까.

3

겨우 낳았는데
끝이 아니다

출산 전야

나는 분만징후가 유별나서 힘들었다. 35주부터 가진통이 시작됐는데 나중에는 아파서 자다 깰 정도로 점점 심해졌다. 37주에는 일주일 내내 갈색 점액이 비쳤다. 그게 이슬이라고 했다. 38주 검진 때 첫 내진을 통해 이미 아기가 끝까지 내려온 것을 확인했다. 내진 때는 의사가 산모의 생식기에 손을 넣어 진료를 한다. 나의 자궁문은 부드러워진 상태이고 살짝 열려 있다고 들었다. 조마조마한 상태로 3주를 보냈다. 가진통이 심한 새벽이면 벌떡 일어나서 남편을 깨웠다.

"오늘인가 봐!"

이걸 몇 번 반복하니 남편은 이제 내가 깨워도 눈도 뜨지 않은 채 의사에게 들은 말을 중얼거렸다.

"그렇구나… 하늘이 노랗게 보이면 병원 가자."

할 말이 없었다. 양치기 소년이 된 기분이랄까.

한여름의 하늘은 여전히 파랬고 어느덧 출산 예정일까지 왔다. 착상 후 40주가 되는 날이다. 37주에 이슬을 보고서 40주까지 기다릴 줄은 몰랐다. 담당의 선생님은 초산이 보통 좀 늦다고 했다.

집이 너무 더워서 남편과 카페에서 시간을 보내고 운동 삼아 마트에 들러 집까지 걸어오는데 배가 슬슬 아팠다. 하지만 이 정도의 통증은 그간 너무나 흔했기 때문에 가볍게 무시했다. 그런데 집에 온 뒤에도 계속 아프고 생리통처럼 아랫배가 빵빵해지는 기분도 들어서 이번에는 간격을 재보기로 했다. 정확하진 않지만 1분 정도의 진통이 5분 간격으로 반복됐다. 대체 몇 번째 직감인가 싶지만 그럼에도 분명 평소와는 다른 느낌이 왔다. 나는 확신에 차서 남편에게 말했다.

"이런 적은 처음이야. 내 생각엔 오늘인 것 같아!"

가족과 가까운 지인들에게 메시지를 보냈다. 그래도 일단 더 두고 봐야 할 것 같아서 집에서 더 대기하기로 하고 영화를 찾아봤다. 가슴이 두근거렸다. 그런데 이상하게도 진통이 잦아들더니 다시 불규칙해졌다. 진통이 시작된다 해도 진행이 안 되면 병원에서는 걷거나 짐볼 같은 운동을 시키기도 한다고 들었다.

"안 되겠어. 운동을 하자."

우리는 출산 가방을 싸들고 근처 공원으로 갔다. 열심히 걷다 보면 진통이 걸리지 않을까. 그날 한 바퀴에 2킬로미터인 코스를 세 바퀴 돌았다. 이따금 질 쪽에 찌릿한 통증이 왔지만 진통은 오지 않았다. 날이 저물어갔다. 오늘 병원에 갈 수도 있으니 마지막으로 고기를 먹자며 신나게 왕갈비탕도 먹었으나 끝내 진진통은 오지 않았다. 정말 오늘인 줄 알고 여기저기 연락도 했는데……

만삭인 상태가 너무 힘들어서 어서 출산할 날만 손꼽아 기다렸다. 매번 그럴싸한 진통으로 자꾸 속는 것 같아 속상하기도 했다. 지금 생각하면 뭐가 그렇게 조급했나 싶지만 당시에는 실패감까지 느끼며 결국 집으로 돌아왔다. 출산 가방은 한쪽에 던져두고 잠자리에 드는데 눈물이 조금 났다. 배를 어루만지며 아기에게 말했다.

"엄마가 너무 서두른 걸까? 너의 때를 기다릴게."

새벽 3시. 진통으로 뒤척이다 잠에서 깼다.

"탱!"

아랫배에서 풍선 터지는 것 같은 소리가 작게 들렸다.

'이것도 태동인가? 설마 양수?'

생각하는 순간 주르륵 물이 흘러나왔다. 소변을 본 느낌과 비슷한 걸 보니 양수가 맞다. 나는 당장 남편을 흔들어 깨웠다.

"여보, 나 양수 터졌어."

말이 끝나기가 무섭게 남편이 1초의 뒤척임도 없이 용수철 튀어오르듯 벌떡 일어났다. 그 역시 이상하게 잠을 설쳤다고 했다. 부모의 직감일 수도 있겠다. 병원에 전화하니 바로 오라고 한다. 우리는 아까 던져놓은 출산 가방을 다시 소중히 챙겨들고 집을 나섰다.

임신 기간 동안 수차례 드나들었던 병원에 또 왔다. 진료실은 호텔 로비처럼 안락하게 꾸며지고 모든 직원들이 친절히 환대해준다. 하지만 새벽의 분만실은 여기가 같은 병원이 맞나 싶을 정도로 달랐다. 전운이 감도는 긴장감이 있으면서도 새벽까지 당직을 하느라 다들 피곤한 기색이 역력하다. 우리는 일생일대의 두렵고 떨리는 큰일을 앞두고 있는데, 그들은 우리를 그저 밤에 찾아온 손님 정도로 대하는 것 같았다. 그도 그럴 것이 분만실은 매일 수십 번의 출산을 도우며 각각의 상황에 다르게 대처해야 한다. 텔레비전에는 아기 낳는 장면이 드라마틱하게 나오지만 사실 출산은 아주 위험하며 극도의 주의가 필요한 일이다. 그러니 갓 내원한 산모의 감정까지 섬세하게 신경 쓰기란 어려울 것이다.

우리는 몇 가지 수속을 거쳐 분만 대기실에 짐을 풀었다. 곧바로 태동 검사를 하라고 한다. 나는 아무도 없는 분만실에 누웠다. 잠시 후 간호사 한 명이 오더니 정맥주사를 놓아주었다. 출산 시 출혈이 너무 많으면 긴급 수혈을 해야 하기 때문에 정맥을 미리 확보하는 것이라고 들었다. 이게 그렇게 아프다던데 눈 딱 감으면 참을 만했다. 간호사가 웃으며 말했다.

"잘 참으시네요."

간호사가 태동검사기를 달아주고 나갔다. 잠시 후 옆 분만실에서 어수선한 소리가 들렸다. 누군가 출산을 시작하는 것 같았다. 산모의 비명 소리, 그를 북돋워주는 의료진의 목소리가 교차되어 들렸다. 안 그래도 떨리는데 더 무섭다. 10분 정도 지났을까? 정말 드라마에서나 들었을 것 같은, 생생한 아기 울음소리가 터져나왔다. 방금 하나의 생이 시작되었다. 곧 내게 닥칠 일이기도 했다.

'10분 만에 애를 낳다니… 대단하다.'

그즈음 진통이 왔다. 정도는 약했지만 가진통과는 느낌이 분명 달랐다. 가진통과 진진통의 차이를 물을 때마다 아기 엄마들은 이렇게 말했다.

"진짜가 오면, 가진통과 헷갈리지 않아."

정말 맞는 말이다. 아예 아픈 부위부터 다르고 아픔의 종류도 다르다. 가진통이 생리통과 비슷한 느낌이라면 진진통은 생전 처음 느껴보는 종류의 고통이다. 척추와 골반, 그리고 아랫배 깊숙한 곳에서부터 뒤틀리는 느낌이랄까. 올 것이 왔구나.

태동이 잘 잡히지 않아 한 시간 정도 누워 있었다. 드디어 의사가 들어왔다. 내진을 해보더니 심드렁하게 말했다.

"1센티 열렸네요."

"네?"

"한 시간에 1센티 열린다고 생각하시면 될 거예요. 다 열리려면 열 시간 정도는 있어야 해요."

열 시간이라니! 절망적이었다.

너의 생일

원활한 출산을 위해 내가 그동안 얼마나 애를 썼는가.

무거운 몸으로 매일 밤 운동장을 돌고 오르막길을 오르고 짐볼을 탔다. 라즈베리잎 차가 출산에 도움이 된다는 얘기를 듣고 온갖 유난을 떨면서 매일 마셨다. 임신 4개월부터 임산부 요가를 했다. 이런 식으로 수능을 준비했다면 출신 대학 이름이 바뀌었을 거라며 남편에게 너스레를 떨었다. 그래서 더 놀랐다. 38주에도 1센티미터 열렸다고 들었는데 아직도 그대로라니.

관장약을 넣고 다시 대기실로 들어갔더니 남편이 소파에 앉아 떨고 있었다. 나는 태연하게 말했다.

"1센티 열렸대. 난 이제 죽었어."

"정말? 라즈베리잎 차 별로 소용없는 거였네?"

"그건 더 두고 봐야 알겠지."

우리는 준비해온 카메라를 꺼내서 아기에게 보내는 영상편지를 촬영하기로 했다. 나는 퉁퉁 부은 얼굴로 배를 어루만지며 웃었다.

"우리는 이제 곧 만날 거야. 너는 지금 이 안에 있어."

관장약 효과 때문에 촬영은 금방 끝났다. 5분은 참으라고 했지만 2분도 참지 못하고 화장실로 들어갔다.

긴 전투를 앞두고 우리는 좀 자두기로 했다. 새벽 4시 반쯤이었을 것이다. 소파에 새우처럼 허리를 구부리고 누운 남편이 먼저 잠들었다. 나는 몹시 피곤했지만 쉽게 잠이 오지 않았다. 진통이 조금씩 강렬해지고 있었다. 심장이 쿵쾅거렸다.

한 시간 뒤에 간호사가 들어오더니 항생제와 촉진제를 투여했다. 양수가 먼저 터질 경우 감염 위험 때문에 24시간 내에 분만을 해야 한다고 한다. 진통측정기도 달았다. 최대치의 진통이 100이라고 했을 때 현재 수치를 숫자로 보여주는 것이다. 진통이 거세질 때마다 숫자를 힐끔 보았다. 두 번째로 절망했다.

"아직도 20밖에 안 된다고? 이렇게 아픈데?"

이미 정신이 혼미해지는데 이것보다 다섯 배 더 아픈 고통이 기다리고 있다니!

분만촉진제 덕분인지 아까와는 다른 진통의 세계로 들어갔다. 부부출산교실에서 호흡과 이완을 배우고 집에서도 연습한 바 있었다. 나는 남편과 간호사의 도움으로 호흡과 이완에 초집중했다. 그냥 적당히 집중하는 걸로는 안 된다. 진통이 오면 허리가 뒤틀리고 배에 힘이 들어가기 때문에 몸에 힘을 빼려면 강력한 의지가 필요하다. 그리고 다시 내진.

"진행이 빠르네요? 벌써 3센티 열렸어요!"

간호사가 웃으며 격려해주었다. 이제는 필요 없을 거라며 투여한 지 10분 만에 촉진제를 뺐다.

"고무적인 일이다."

"좀 참다가 무통주사 맞아야지."

이 와중에 남편과 웃으며 얘기했다.

그는 내가 진통하는 동안 틀어놓을 곡들을 휴대전화 재생목록에 담아왔다. 나의 선곡이다. 그런데 본격적인 진통이 시작되니 하나같이 듣기가 힘들었다.

"이거 빼줘. 음, 이 곡도. 진짜 도움 안 된다."

진통 중에 음악을 들으면 안정에 도움이 된다고 누가 말했던가. 그동안 흠모해온 가수의 노래도 도움이 안 되고, 기독교인이지만 찬양곡도 듣기가 힘들었다. 그러다 어느 한 곡이 귀에 꽂혔는데 그레이&쌈디의 〈맘 편히〉였다. 처음 들었을 때부터 너무 좋아서 나중에 분만할 때 틀어야지 생각했었다. 그 노래는 내 마음을 조금이나마 편하게 해주었다.

"그대 맘 편히, 편히, 편히⋯⋯."

랩 부분은 어차피 잘 들리지 않고 이 후렴 멜로디만 마치 주문처럼 들렸다. 한 곡 반복으로 잔잔히 틀어놓고 계속해서 진통을 겪었다.

그런데 뭔가 이상했다. 진통 주기가 너무 짧은 것이다. 원래 아기 낳을 때까지 내내 아픈 게 아니라 규칙적인 주기에 따라 진통이 온다. 출산교실에서 배운 바로는 1기에는 20~30분, 2기는 10분, 3기는 5분을 간격으로 1~2분 정도의 진통이 온다고 들었다. 하지만 나는 지옥행 급행열차를 타기라도 한 것처럼 1~2분 간격에 3분 진통을 했다. 초산이라 잘 몰라서 무작정 버티고만 있었는데 남편이 뭔가 이상하다고 말해서 알았다. 나는 더 이상 참을 수가 없었다.

"안 되겠다. 무통을 맞아야겠어."

남편이 인터폰으로 간호사를 불렀다. 잠시 후 무통주사를 들고 온 간호사가 내진을 해보더니 깜짝 놀란다.

"80퍼센트 진행됐네요? 한 시간 내에 나올 것 같아요."

그러더니 들고 온 무통주사를 고스란히 가지고 나갔다. 뒤이어 다른 간호사가 와서 소변을 보라고 했다. 방광이 차 있으면 아기가 나올 때 어려움을 겪을 수 있다고 한다. 진통이 잠시 멎는 짧은 시간에 간호사와 남편의 부축을 받아 화장실에 갔다. 변기에 앉아 아무리 기다려도 소변은 나오지 않고 곧 지옥 같은 진통이 다시 왔다. 나는 일어나지도 못하고 맞은편 벽에 붙은 수건걸이를 붙들고 괴로워했다. 결국 침대로 돌아와 소변줄을 꽂았다. 소변이 나오려면 방광에도 문이 있지 않겠는가. 거기에 관을 연결하는 것이다. 생각보다 아팠다. 요의를 느끼기도 전에 소변이 줄줄 많이 나왔다. 출산하려면 별별 수치스러운 경험을 다 해야하는데 이건 시작에 불과하다.

　진통은 아기가 나오려고 애를 쓰고 있다는 신호이기도 하다. 나는 진통으로 정신을 못 차리다가도 잠시 멎으면 아기에게 격려와 응원을 했다. 이 역시 나의 '출산 로망'에 포함되었던 일이다.

　"우리 아기가 힘을 내고 있구나! 정말 장하다. 엄마도 힘낼게. 우리 같이 잘해보자! 곧 만나자!"

　그러면 아기가 그 말을 알아들었는지 진통이 더 거세지는 것이다. 출산은 산모보다 아기에게 더 힘든 일이라고 들었다. 따뜻하고 안락한 엄마 품을 떠나 비좁은 산도를 통과해 처음으로 폐호흡을 하는 모든 과정이 아기에게는 너무 큰 모험이라고. 아기를 낳기 위해 나도 불 같은 고통을 지나야 하지만, 우리는 한 팀이기 때문에 서로 격려해야 한다고 생각했다. 아기는 지금 최선을 다하고 있다.

　이제는 진통이 올 때마다 몸이 뒤틀리고 이성을 잃을 것 같았다. 내 의지와 상관없이 배, 등, 허리에 힘이 땅땅하게 들어간다. 불에 타는 것 같기도 하고 날카롭게 베인 것도 같은 통증. 남편은 배운 대로 내 몸을 쓸어 만지며 이완하도록 도왔다. 그런데 이제 더 이상 힘이 빠지지 않았다. 단전에서부터 강력한 힘이 허리와 하복부를 뒤흔들고 있었다.

"힘이 안 빠져……."

간호사가 와서 살펴보더니 말했다.

"거의 다 됐네. 대변 보고 싶은 느낌이 와요?"

잘 모르겠지만 일단 그렇다고 했다. 힘주기를 해야 지옥 같은 진통이 끝날 것 같았다.

"이제부터는 진통이 올 때마다 대변 보듯 힘을 주세요."

옆으로 누운 상태로 몇 번 연습했다. 신기하게도 본능처럼 저절로 힘이 들어가는데 힘을 주면 조금이나마 덜 아픈 느낌이었다.

"이제 다 열렸어요!"

간호사가 진통이 잠시 멈추면 분만실로 가자고 한다.

"바로 앞이니까 걸어갈 거예요. 진통 잦아들면 얘기하세요."

"걸어간다고요?"

분만실은 정말 문 밖에 바로 있기는 했다. 그래도 애 낳으러 두 발로 걸어 들어갈 줄은 몰랐다. 침대에 누운 채로 들어가는 모습을 상상했는데.

분만대는 양다리를 벌린 채로 고정시킨다는 점에서 산부인과 진료대와 비슷하게 생겼다. 양쪽에 손잡이가 있다는 게 다른 점인데 그동안 얼마나 많은 산모가 이 자리에서 저 손잡이를 붙들고 사투를 벌였을지 잠깐 헤아려보았다. 아픈 와중에 겨우 다리를 끼우고 손잡이를 잡았다. 분만실 간호사들이 서로 얘기하는 게 들렸다.

"이분 아까 양수 터져서 왔는데 순식간에 100퍼센트 진행됐어."

"초고속 분만이네."

"나 아까 무통 접수하러 갔다가 깜짝 놀랐잖아."

그렇다. 나는 열 시간 걸린다던 진통을 불꽃처럼 한 시간 만에 치러냈다. 남편은 라즈베리잎 차의 효능을 의심했다며 뒤늦게 참회했다. 다 됐고, 빨리 낳고 싶었다.

출산의 3대 굴욕 중 하나라는 제모 차례였다. 사실 진통 때문에 굴욕감을 느낄 수도 없었다. 굴욕이라 불리는 것들은 모두 안전한 출산을 위한 과정이라고 생각한다. 어쨌든 그 일은 그리 수치스럽진 않았다.

"제모해도 진통 오면 그냥 힘주세요."

다리를 양쪽에 걸쳐 고정하고 손은 손잡이를 잡아당기고 상체를 들어 배꼽을 보라고 한다. 이미 출산교실에서 배운 자세였고, 집에서 남편과도 몇 번 연습했기에 해볼 만하다고 생각했다.

"오, 산모님 힘 잘 주시네요?"

무표정한 얼굴로 제모하던 간호사가 눈을 동그랗게 떴다. 곧 의사가 왔다. 야간이라 내 담당의는 아니었지만 그래도 반가웠다. 의사가 들어오면 고통 끝이라고 누가 그랬었는데. 뒤이어 의료진들 사이에 또 내 급속 분만에 대한 이야기가 오간다.

"자, 이제는 진통이 오면 아래로 힘을 세게 주세요!"

진통이 왔다. 나는 허리를 굽혀 상체를 일으켰다.

"힘주세요! 힘주세요!"

모두가 외쳤다. 나는 있는 힘껏 힘을 세게 주었다. 출산교실에서 힘주기를 할 때의 호흡과 리듬도 연습했었다. 그래서 곧바로 다시 힘을 주려는데 의사와 간호사가 일제히 외쳤다.

"힘 빼세요! 힘 빼세요!"

어? 왜 그러지? 생각하는데 몸에서 무언가가 '미끄덩' 빠져나갔다. 아기를 낳은 것이다. 힘주기 연습인 줄 알았던 나는 깜짝 놀랐다.

"아빠, 탯줄 자르세요!"

저쪽에서 분만실에 막 입장한 남편이 장갑을 끼다가 허둥지둥 달려왔다. 아기와 만나는 순간은 정말 감격적일 거라고 늘 생각했으나 감동을 느낄 새도 없이 아기가 이미 태어나버렸다.

오전 7시 7분이었다.

나는 3.5킬로그램의 건강한 딸을 낳았다.

아기는 태어나자마자 어딘가로 실려 가서 몇 가지 검사와 확인을 했다. 나는 아기 얼굴이 보고 싶어서 고개를 낑낑 들어보고 그동안 아기는 악을 쓰며 울었다. 다음 순서는 목욕이었다. 아기를 양수와 비슷한 온도의 물에 담가 남편이 목욕을 시켜줬다. 그러면서 우리가 그동안 밤마다 들려주던 자장가를 불러주었다. 신기하게도 아기가 울음을 뚝 그쳤다. 뽀얀 아기의 모습이 정말 예뻤다.

"급속 분만이 꼭 좋은 건 아니에요. 산모 체형이 큰 것도 아니고, 골반이 좋은 것도 아니고, 그렇다고 애가 작은 것도 아닌데 이렇게 빨리 진행된 건 순전히 아기의 의지가 커서 그랬을 거예요. 아기에게 고마워하세요."

후처리를 하며 의사가 말했다. 그냥 좀 수고했다고 말해주면 안 되나. 아, 둘째 임신해서 출산하게 되면 진통 시작되자마자 병원 오라는 말도 덧붙였다.

분만 전에 회음부 절개를 했는데 아기가 빨리 나오면서 다른 곳을 찢었다고 한다. 그래서 두 군데를 꿰맸다. 묵직한 태반이 빠져나가고 질과 항문에 이런저런 처치를 하는 동안 나는 힘을 쭉 빼고 가만히 누웠다.

다 끝났다.

간호사가 밀어주는 휠체어를 타고 입원실로 갔다. 남편이 벌써 짐을 정리하고 앉아 있다. 그와 눈이 마주치자마자 말했다.

"둘째는 없어."

나는 잠시 눈을 붙였다. 놀랍게도 또 애 낳는 꿈을 꿨다.

너를 낳고 미역국을 먹었단다

아침 7시에 출산하고 입원실에 돌아와 8시에 아침식사를 받았다. 밤을 꼬박 지새운 데다가 일생일대의 충격적인 사건을 겪었더니 영 입맛이 없었다. 밥은 먹는 둥 마는 둥 하고 미역국만 조금 먹었다. 남편이 이 장면도 동영상으로 촬영했다. 나는 국물을 좀 들이켜다가 마지못해 카메라를 향해 말했다.

"엄마가 너를 낳고 미역국을 먹었단다."

세 시간 후 신생아실에서 연락을 받고 남편이 아기를 데리고 왔다. 맨정신에 제대로 얼굴을 보는 건 처음이다. 아기는 너무 작고 예뻤다. 나는 모유 수유의 원대한 꿈을 가졌기 때문에 반드시 모자동실을 하겠다고 마음먹었다. 아기가 깰 때마다 즉시 젖을 물려야 아기는 빠는 법을 배우고 엄마의 젖도 금방 돌 거라고 들었다. 그래서 아기는 태어난 날부터 우리와 하루 종일 함께 있었다. 투명한 플라스틱 박스에 누워 곤히 잠든 아기를 보고 있자니 예쁘긴 한데 영 실감이 나지 않았다. 평소처럼 대화를 하거나 각자 놀기도 하며 시간을 보내는데 방 한쪽에 제3자가 있는 것이다. 그것도 평생 우리의 가족이 될 사람이. 우리는 입원실 침대에 누워 핸드폰을 보다가도 이런 말을 꺼냈다.

"있잖아, 저기에 우리 애가 있다?"

"으으! 믿을 수 없어!"

예상했던 대로 아기는 중간중간 크게 울기도 했다. 남편은 유튜브에서 '신생아 안는 법', '속싸개 싸는 법', '기저귀 가는 법' 등을 검색해서 열심히 공부했지만 그래도 아기가 느닷없이 울 때마다 무척 당혹스러웠다. 세상 떠나가라 울어 젖힌 아기는 트림을 '끄윽' 하고는 까무룩 잠들기도 했다. 식도로 가스가 올라오는 느낌을 처음 겪어서 놀란 모양이다. 어느 때는 또 고래고래 울부짖더니 '뿌직' 하고 변을 봤다. 엄마 뱃속에서 양수를 먹다가 생긴 태변이라고 한다. 태변은 마치 매생이처럼 흙빛에 가까운 녹색이었다. 우리는 허둥지둥 아기 엉덩이를 물티슈로 닦아주고 처음으로 기저귀도 갈았다. 세상에 태어나 시원하게 첫 '응가'를 본 아기는 금방 다시 잠들었다.

친정 식구들이 도착했다. 반갑고 고마웠지만 나는 정말이지 너무나도 피곤했다. 사람이 잠을 못 자고 큰일까지 치르면 어떻게 얼이 빠지는지 경험했다. 분명 깨어 있는데도 눈앞의 광경이 꿈처럼 아득하고 흐릿하면서 다른 사람의 목소리도 꿈결처럼 흘러갔다. 게다가 자신도 무슨 말인지 모를 헛소리를 반복했다.

"나 지금 꿈꾸는 것 같아."

그러고는 정신 나간 사람처럼 몇 번이나 뺨을 내리쳐서 다들 걱정스럽게 쳐다보았던 게 생각난다. 지금도 그 시간을 떠올리면 몽롱한 기분이 든다.

출산 직후부터 산후조리는 시작된다. 바로 샤워를 하거나 양치질을 해서도 안 된다고 들었다. 몸에 무리가 되는 일을 하거나 피부를 드러내서도 안 된다고 한다. 나는 서 있기도 어려울 만큼 쇠약해졌고, 회음부 봉합 부위가 못 견디게 아팠다. 병원에서는 원활한 출산을 위해 회음부를 살짝 절개하는데 나의 아기는 다른 부분을 찢고 나왔고, 봉합 부위가 항문 아래까지 이어졌다. 덕분에 대변을 보는 일은 엄두도 못 냈을뿐더러 앉았다 일어설 때마다 팔로 몸을 지탱하느라 손목이 아팠다. 퉁퉁 부은 얼굴에 평퍼짐한 환자복을 입고 뒤뚱거리며 링거대를 끌고 다니다 문득 거울을 봤다. 끔찍한 몰골이었다.

그뿐이 아니다. 출산 후부터 오로가 배출되기 시작한다. 쉽게 말하면 생리 둘째 날의 다섯 배 이상 될 법한 양의 혈액이 나오는 것이다. 그래서 화장실에 갈 때마다 산모 패드를 갈아야 한다.

엄청나게 크고 두꺼운 생리대라고 생각하면 된다. 출산 첫날에는 몸이 성치 않아 보호자의 도움을 받아야 화장실에 갈 수 있다. 남편의 부축을 받아 끙끙거리며 변기에 앉고, 볼일 본 후에도 그의 도움으로 일어나야 한다. 인간의 존엄이 이렇게 무너질 줄은 몰랐다. 피로 가득한 변기를 그에게 보일 수밖에 없고, 휴지통에는 다 쓴 산모 패드가 쌓여 있다. 남편과 허물없이 편안한 관계라고 해도 힘든 일이다. 그나마도 몸이 힘들고 정신이 없어서 수치심이 반감된 것이다. 남편은 결혼 후 항외과 수술을 두 차례나 치렀던 터라 내가 피를 쏟아도 유난하게 끔찍하지는 않았다고 했다.

나는 수치를 느끼면서도 이런 과정을 좀 보여줄 필요도 있다고 생각했다. 임신과 출산으로 내 몸이 얼마나 무너지는지 남편도 알아야 하니까. 임신이 자기 일이 아닌 사람에게 출산이란 얼마나 성스럽고 아름답기만 할까. 출산의 당사자가 당하는 고통을 똑같이 겪지는 못해도 시각화라도 해서 입력해야 할 필요가 있다. 둘째를 갖자고 할 때 조금이나마 기억난다면 해맑게 말하지는 못할 것이다.

내가 갔던 산부인과에서는 산모를 위한 프로그램이 몇 가지 있었다. 하루 1회 좌욕, 골반 교정 마사지, 어깨나 허리 등 뭉친 곳을 풀어주는 마사지 같은 것들인데, 가보면 나 같은 몰골의 산모들이 뒤뚱거리며 삼삼오오 모여들었다. 샴푸 서비스도 있었는데 신청 방법을 몰라서 받지 못했다.

그런데 이상하게도 산부인과 전체에 냉방이 거셌다. 분명 책에서는 여름 출산이어도 에어컨 바람을 직접 쐬지 말라고 나와 있었는데, 입원실 문을 열자마자 복도 에어컨이 엄청난 풍량으로 냉기를 뿜어냈다. 좌욕을 하러 갔더니 좌욕실 문 아래 틈새로 에어컨 냉기가 솔솔 들어온다. 그 바람이 오른 발목에 연신 닿았지만 좌욕 중이라 딱히 피할 도리가 없었다. 이러다 큰일 나겠다 싶어서 근처에 있던 간호사에게 말해보았다.

"여기 에어컨이 너무 세요. 바람이 문틈으로 들어올 정도예요."

그러자 간호사가 나를 의아한 듯 바라보았다.

"산모님은 추위를 많이 타시나 보네요. 다들 별말 없으셨는데."

기가 막혔다. 여기가 산부인과 맞나? 간호사가 말했다.

"에어컨을 끄기는 어렵고 그럼 바람 방향을 바꿔볼게요."

무더운 한여름이니 그럴 수도 있겠다 싶어도, 이곳이 갓 출산한 산모들이 모인 장소라고 생각하면 이해가 안 갔다. 결국 그냥 내가 몸을 둘둘 싸매고 다녔다.

병원에서 보낸 시간은 대체로 유익하고 쾌적했다. 적당한 온도가 유지되는 1인실에서 하루 종일 아기를 데리고 있으면서 모유 수유를 연습하고, 남편도 마음 편히 아기와 가슴을 맞대고 캥

거루케어를 하기도 했다. 검색하며 공부한 육아 지식을 바로 적용할 수 있었고, 저녁이 되면 아기를 신생아실로 보낸 뒤 휴식을 취할 수 있어 좋았다. 병원마다 차이는 있겠지만 내가 다닌 병원은 자연분만의 경우 2박 3일 입원한다. 나중에 들은 바로는 자정을 기준으로 날수를 세는 방식이라서 아기가 밤 11시에 태어나고 12시가 지나면 1박으로 계산이 된다고 한다. 그러면 사실상 딱 하루 쉬고 다음 날 퇴원하게 된다. 다행히도 나는 새벽 3시에 내원하여 오전 7시에 출산했기 때문에 하루를 길게 채운 1박으로 시작할 수 있었다. 혹시 밤에 진통이 시작된다면, 당장 아기가 나올 것처럼 하늘이 노래지지 않는 이상 자정이 되기를 기다려봐도 괜찮을 것 같다. 물론 그러려면 병원의 입원 시스템을 미리 문의해야 할 것이다.

퇴원하는 날에는 산모들과 그 가족들이 신생아실 앞에 줄을 서서 아기를 받아간다. 특별히 신경 쓴 것처럼 반듯한 모습으로 아기가 등장한다. 그러면 대기하던 사람들과 서로의 아기를 보며 칭찬이나 덕담도 주고받는다. 이때 아기의 출생 시각이 쓰인 발도장도 받을 수 있는데, 내 옆에 있던 산모가 나와 서너 시간 정도 차이가 나기에 물어봤다. 역시 내가 내원 후 태동검사를 했을 때 옆 분만실에서 아기를 낳은 그 산모가 맞았다. 반가웠다.

"아기를 거의 10분 만에 낳으시더라고요."

그러자 곁에 있던 그의 남편이 자랑스럽게 말했다.

"병원 오자마자 바로 쑥풍 낳았어요."

자기가 낳지 않았으니 저렇게 해맑을 수 있겠지. 분만 속도로 자랑하자면 나도 지지 않겠지만 굳이 그 앞에서 말하지 않았다. 한참 육아 중인 엄마가 기억을 되짚어가며 '출산은 힘들었지만 그래도 해볼 만했어'라고 말할 수는 있다. 하지만 갓 산모가 된 사람이 출산이 쉬웠다고 자랑하는 모습은 여태 본 적이 없다. 진통 시간이 짧았다고 해서 덜 아픈 것도 아니고, 제왕절개 수술 또한 고되다는 걸 다들 알고 있기 때문일 것이다.

고생하지 않은 산모가 어디 있으랴. 죽음 같은 고난을 견디며 믿을 수 없이 사랑스러운 생명을 잉태한 사람들. 이제는 밖에서 아기 엄마를 보면 모두가 하나같이 '먼 데서 이기고 돌아온' 봄 같다.

고통은 얼굴을 바꾸고

출산이 끝이 아니었다.

산고는 지독하고 끔찍하지만 그게 다가 아니다. 출산 이후에는 새로운 고통이 시작된다. 임신도 퍽 동물적이라고 생각했는데, 출산 후로는 그냥 동물의 삶이다. 나는 인간이길 포기한 사람처럼 살았다.

회음부 통증에 대해 많이 듣긴 했지만 이 정도일 줄은 몰랐다. 아기가 워낙 적극적으로 돌진했는지 절개된 부분과 다른 방향으로 찢고 나왔다고 한다. 그 부분이 끝없이 나를 괴롭히고 있다. 그 상처 때문에 움직임이 힘들고, 그래서 몸을 지탱하려다 보니 손목과 어깨에 무리가 간다. 시간이 지날수록 나아질 줄 알았는데 하루하루 더 아프다. 만져보면 환부가 퉁퉁 부어 있다.

훗배앓이는 생각보다 금방 끝났다. 자궁이 수축되며 생기는 통증인데 초산보다는 경산일 때 더 심해진다고 한다. 하지만 초산이라고 해서 무시할 만큼의 고통은 아니었다. 분명 애를 낳았는데 왜 계속 배가 아픈지 의아해하며 배를 쓸었다. 장에 가스도 엄청나게 찬다. 복통의 원인 중 하나일 것이다.

그리고 젖몸살. 출산한 날부터 모자동실을 하면서 모유 수유를 연습했다. 나오는 게 없으니 그냥 물리기만 할 뿐이어서 언젠가 젖이 불어날 날을 꿈꿨다. 그리고 며칠 후, 밤에 자는 동안 기다리던 대로 가슴이 퉁퉁 부었는데 누워서 움직이기 힘들 정도로 아팠다. 옆으로 돌아눕기도 어려울 만큼 가슴이 딱딱하고 뜨거워졌다. 생전 처음 느끼는 고통이다. 아기에게 젖을 물려도 너무 아팠다. 유두를 썰리는 기분이랄까.

인간이길 포기한 듯한 겉모습도 그렇다. 며칠간 씻지 못해 엉키고 기름진 머리, 퉁퉁 부은 얼굴과 팔다리, 아기가 빠져나간 후 그대로 늘어진 배. 산후조리원에 오니 더 심하다. 이제는 젖이 차오르면서 뚝뚝 떨어져 옷이 다 젖었다. 온몸에서 젖비린내가 진동한다. 유축기로 젖을 짜고 있자니 자연히 한 마리 암소가 된 기분이 든다. 짜내지 않으면 가슴 통증이 심해질 테니 피할 수도 없다. 장에 가스가 차서 시도 때도 없이 배출되는데 참아지지가 않는다. 에티켓을 지킬 수가 없다. 오로가 변기에 묻는 것도 볼썽사납다. 이런 모습들과 증상을 남편과 공유하고 있다는 현실 역시 부끄러웠다. 좋은 점 싫은 점 다 보는 부부 사이이고, 남편은 내게 정말 편안한 사람이지만 짐승 같은 내 모습을 보이는 게 썩 내키지는 않았다.

내 모습을 거울을 보는데 몰골이 말이 아니었다. 내가 이 꼴로 살았다니 충격이다. 팅팅 부은 얼굴에 두 눈은 아직도 물만두 상태이고 대충 질끈 묶은 머리는 제멋대로 엉켜 있었다. 모공이 훤히 보이는 피부까지 가관이었다.

조리원에서는 아기가 배고파면 '수유콜'이 오는데 아기가 급해 보였는지 아예 직접 방에 데려다주셨다. 아기는 대성통곡을 하고 나는 여기저기 아픈 곳이 많아 바로 일어나 앉을 수가 없어서 힘들었다. 낑낑거리며 겨우 일어나 회음부 방석을 깔고 그 위에 앉기까지 아기는 계속 울었다. 내 몸이 마음처럼 움직이지 않으니 너도 나도 서럽구나. 그렇게 겨우 안아 젖을 물리면 또 유두 통증이 이어지고 내 몸이 무너져가는 느낌이 든다.

임신의 고통은 만삭 때 꽃이 핀다. 나는 유독 힘겨운 만삭을 보내면서 얼른 이 시기가 끝나길 바랐다. 출산은 그 자체로도 역대급, 우주급 고통이기 때문에 더 말할 것도 없다. 산고는 고통의 대명사로 여기저기에서 비유되지만 무엇을 빗대든 그 이상일 것이다. 하지만 출산 후에 고통은 얼굴을 바꿨다. 몸 이곳저곳, 마음의 깊고 낮은 곳 여기저기에 침투하여 새로운 괴로움을 안긴다. 무언가 망가져간다고 온몸으로 느끼는데 나아질 여건이 안 된다는 게 절망적이다.

하지만 이 모든 고통은 새 생명 앞에서 힘을 잃는다. 아기의 얼굴을 보는 것으로 감통의 효과를 얻는다. 젖을 물리는 게 아프긴 해도 아기가 열심히 빠는 모습을 보면 애간장이 녹는다. 내가 이렇게 아프지만 네가 잘 먹고 건강하다면, 하고 제법 엄마다운 생각을 하는 것이다.

사실 출산에 대해서는 준비를 좀 했다. 여러 자료를 통해 어느 정도 시뮬레이션도 해놓아서 내게 어떤 일이 이어질지 예상하고 있었다. 출산 자체는 굉장히 고통스럽고, 예상과 실제는 역시 달랐지만 그래도 당혹스럽지는 않았다. 진통이 짧은 편이었어서 그랬을지도 모르겠다. 어쨌든 출산을 경험한 이후 마치 자녀가 부모님의 장례에 대해 '호상'이라 말할 수 없는 것처럼 적어도 산모에게 '순산'이란 사어에 가깝다는 걸 알았다. 애초에 출산이란 게 순할 수가 없다. 생전 처음 겪는 극악한 고통을 지나야 하는데 순하다니!

아이를 갖고 낳고 키우는 과정 중에서 어느 것 하나 쉬운 게 없다. 남들도 다 하는 일이라고 해서 덜 어려운 게 아니다. 아마 이 과정을 지나는 대부분의 사람이 당혹스러워할 것이다. 그리고 우리네 부모가 그랬듯 희생이 기본값이 되는 삶을 받아들이며 살게 될 것이다. 그 굴레에 나도 이제 막 진입했다.

조리원 라이프, 그리고 산후우울증

딸랑딸랑딸랑.

손잡이 달린 작은 종을 흔들며 '이모님'이 지나간다.

"식사하세요!"

긴 복도 양쪽으로 난 문들이 하나둘 열린다. 똑같은 연분홍 유니폼을 입은 산모들이 식당으로 펭귄 떼처럼 느릿느릿 걸어나간다. 식사는 늘 훌륭했으며 연어 스테이크, 삼계탕, 수육 등 매끼가 잔칫상이었다. 바뀌지 않는 것은 오직 미역국이다. 대부분의 산모들이 약 먹는 마음으로 꾸역꾸역 먹지만 나는 어릴 때부터 미역국을 무척 좋아해서 전혀 물리지 않았다. 심지어 두 그릇씩 퍼다 먹기도 했다.

처음 온 산모가 주위를 두리번거리며 앉아 있다. 나도 처음에

164

는 저랬지.

"오늘 오셨어요? 어느 병원에서 오셨어요?"

보통 대화의 시작은 이러하다. 다음 레퍼토리도 정해져 있다.

"아들이에요, 딸이에요?"

"자연분만이에요, 수술하셨어요?"

출산에 관해서라면 식사를 마친 뒤까지 이야기를 나눌 수 있다. 처음 만난 사람이라도 출산을 막 경험했다는 공통점이 있다면 끝없는 대화가 가능하다. 몸은 좀 괜찮은지, 모유 수유는 할 만한지, 가족들은 오셨는지, 이곳 마사지는 어떤지 등 유용한 정보들도 많이 얻을 수 있다. 예방접종이나 지역의 여러 가지 보육 프로그램에 대한 이야기도 조리원에서 처음 들었다. 모유가 콸콸 나온다는 산모의 조언도 내게 큰 도움이 되었다.

"무조건 물을 많이 드세요."

그 말에 나는 빨대컵을 들고 다니며 내내 물을 마셨고, 정말로 모유량이 늘기 시작했다.

산후조리원에 대한 여러 의견이 있지만 나는 대체로 권하는 편이다. 나처럼 아무것도 모르는 초산모는 신생아 양육에 대해 많이 배울 수 있으며, 경산모는 자녀와 분리되어 혼자 마음 편히 쉴 수 있는 거의 마지막 기회를 얻는다. 맛있고 영양가 있는 식단이 제공되고, 노련한 산후조리사들이 아기를 돌봐주니 산모는 몸을 회복하는 일에 더 집중할 수 있다.

한번은 수유콜이 와서 갔더니 아기가 배가 고파 짜증이 났는지 숨이 넘어가게 울고 있었다. 그토록 원하던 젖도 물지 않을 정도였다. 초보 엄마는 쩔쩔매면서 자세도 바꿔보고, 어르고 달래보고, 유두 보호기도 끼워보았지만 소용이 없었다. 옆에 있던 산모들까지 어쩔 줄 몰라 같이 쩔쩔맸다. 그때 산후조리사 한 분이 아기 상태를 보더니 급하게 어딘가로 달려갔다가 분유병을 들고 오셨다. 거기에는 소량의 분유가 담겨 있었다. 그분은 능숙하게 아기를 받아 안고 숨넘어가게 우는 아기 입안으로 분유를 조금 넣어주었다. 그러자 놀랍게도 아기가 울음을 멎었다.

"자, 지금 젖 물리세요."

다시 수유를 시도했더니 잘 물고 빨아먹기 시작했다. 마법을 부린 것 같았다.

"젖 안 준다고 화가 났나 봐요. 이럴 때 분유 조금만 먹이면 울다가 갈증 난 것도 해결하고 진정시키는 데에 도움이 돼요."

밝게 웃는 그분에게서 후광이 비치는 걸 보았다. 내가 갔던 조리원은 경력 10년 이상의 숙련된 산후조리사들이 계셔서 도움을 많이 받았다.

역대급 무더위를 기록했다는 한여름이었다. 갓 출산한 몸으로 작고 습하고 더운 방 한 칸에서 하루를 보내며 내가 해야 할 일은 오직 수유뿐이다. 원장님은 원활한 수유를 위해 직접 마사지를 해주셨다. '출산도 했으니 이쯤이야!'라고 생각했지만 진통만큼 아프고 괴로웠다. 아기가 젖을 빠는 것도 생각보다 너무 아팠다. 모유가 차오르는데 제때 배출이 안 되고 남아 있으면 젖량이 늘지도 않을뿐더러 유선염이 생길 수도 있다. 아직은 아기가 빠는 힘이 약하고 먹는 양도 적기 때문에 아침과 밤에 유축을 해야 한다.

나는 내가 매일 젖을 짜며 살게 될 것이라고는 생각해본 적이 없다. 유축을 하면 인간성이 상실되는 기분이 든다. 직수를 할 때는 사랑스러운 아기가 꿀꺽꿀꺽 먹는 모습을 볼 수 있으니 보람되고 뿌듯하기도 하다. 하지만 유축은 모양새부터가 별로다. 깔때기를 대고 젖을 빨아들이는 게 딱 젖소 같다. 유방은 신기한 구조로 되어 있어서, 한쪽에서 젖이 풀리면 다른 한쪽에서 저절로 사출이 시작된다. 그래서 한쪽을 유축하면 다른 쪽에서 젖이 뚝뚝 떨어진다. 그럼 아까우니까 젖병 뚜껑이라도 받쳐놓고 모아둔다. 이게 다 뭐 하는 짓인가 싶다.

임신으로 몸의 소리에 귀 기울이게 되었다면, 출산 이후의 나는 그야말로 몸으로서만 존재한다. 옷맵시의 수단 정도로 생각했던 가슴은 모유 수유로, 생리현상과 성 기능을 위해 사용했던 생식기는 출산과 봉합으로 만신창이가 되어 몹시 아프고 예민해졌다. 이 두 부위의 존재감을 이렇게 강렬하게 느낀 적이 있었나. 이젠 내 몸은 도구가 되었고 누군가의 양식을 생산할 능력까지 얻었다. 엄마에게도 맨몸을 보이기 부끄러워했던 나는 누가 있든 상관없이 앞가슴을 훤히 드러낸 채 젖을 먹이고 짜낸다.

아기의 얼굴을 보면 행복해지고 힘이 퐁퐁 솟기도 한다. 하지만 그렇다고 아픔과 괴로움이 줄어드는 건 아니었다. 출산 후 2주 동안 호르몬 작용으로 우울감이 생긴다고 한다. 그게 아니더라도 출산 이후는 힘겨웠다. 나라고 인식했던 그 존재가 어디 있는지 아련하다. 여기 있는 내가 과연 내가 맞는지 자꾸 의심하게 된다. 삶은 완전히 뒤바뀌었고 다시 예전처럼 돌아갈 수는 없다. 이것은 모성애로 극복할 일이 아니었다. 내가 너무 우울해하자 남편이 물었다.

"내가 어떻게 도와주면 될까?"

나는 이미 답을 알고 있었다.

"나에게 필요한 것은 연대야."

그러고는 말을 이었다.

"나 혼자 남겨졌다는 생각이 들지 않도록 함께해줘. 나를 보조해준다고 생각하지 말고 여보도 나와 함께 양육에 주인 의식을 가지면 좋겠어. 그러면 우울해지지 않을 거야."

"알겠어. 그런데 나도 밖에 나가 돈 벌어야 하니까 늘 함께 있지는 못할 텐데……"

"연대는 마음에서부터 함께하는 거라고 생각해. 잠깐 함께한다 해도 여보의 마음과 태도를 나도 느낄 수 있을 거야. 한 발 뒤로 물러나 있지 말아줘. 그리고 여보가 양육을 적극적으로 담당하면 나도 돈 벌 수 있을 테니까 경제활동에 너무 부담 갖지 않아도 돼."

남편은 내 말처럼 연대의식을 가지고 육아의 여러 과업을 자기 일처럼 배웠다. 덕분에 우울감에서 비교적 빨리 회복될 수 있었다. (아기가 좀더 자란 후 남편도 육아를 체화하면서 나도 비로소 경제활동을 다시 시작했는데, 적게나마 돈을 벌자 남편이 가장 좋아했다. 가부장제 문화로 각자가 받은 부담과 스트레스는 가부장제에서 벗어날 때 해결되는 것 같다. 지금은 일반적인 성 역할의 구분 없이 서로 배려하면서 육아와 가사와 경제활동의 균형을 찾아가고 있다.)

몸조리를 하러 산후조리원에 왔지만 한여름 산모에게는 사실 좀 애매하다. 에어컨을 끄면 미치도록 후텁지근하고 땀을 뻘뻘 흘린다. 숨 막힐 것 같아서 에어컨을 켜자니 냉기를 쐬는 일이 조심스럽다. 그래도 너무 더우면 조금 틀어도 괜찮다고 들어서 사실은 많이 타협했다. 다들 괜찮은 듯 넘기기에 나도 괜찮을 줄 알았다. 출산한 지 일주일 되던 날, 남편과 처음으로 외출하여 카페에 갔다. 그동안 실내에만 있어서 몰랐으나 외출을 해보고서야 산모의 몸은 정상이 아니라는 사실을 비로소 실감했다. 다리는 부들부들 떨리고 에어컨 냉기는 몹시 시린 데다 머리도 어질어질 아팠다. 아직 밖에 나가거나 에어컨 냉기를 쐴 때는 아니었던 것이다.

남편이 조리원에 오는 건 고맙고 좋은 일이지만 불편한 부분도 있었다.

"잠깐만 에어컨 틀면 안 될까? 너무 덥고 답답해."

그의 간청에 못 이겨 26도에 맞춰 에어컨을 틀었다. 잠시 시원하기도 했지만 에어컨 냉기가 직접 이마에 닿자 편두통이 생겼다. 우리 둘의 몸 상태는 완전히 정반대였던 것이다. 그는 한여름을 지나는 열혈 30대 남성이다. 반면 나는 뼈와 내장기관 및 조직이 정상 범주를 벗어나고 회복 중인 산모이다. 잘 회복하려면 주의가 더욱 필요하다. 그날 남편을 집에 보내고 자려는데 몸이 으슬으슬한 것이 꼭 감기 기운 초기 증상 같아서 덜컥 겁이 났다. 결국 다시 일어나 양말 신고 옷도 제대로 갖춰 입고 온열 기구까지 틀어놓고서야 편히 잤다.

산후조리의 중요성에 대해 수도 없이 들었다. 책을 보니 전통적인 방식으로 몸을 꽁꽁 싸매는 건 오히려 도움이 안 된다고 하더라. 내 친구도 조리원에서 에어컨 틀어놓고 살았다고 했다. 이제는 어느 정도 편안하게 한다고들 한다. 하지만 이제 몸으로 알겠다. 분명 덥긴 하지만 내 몸은 지금 냉방을 원하지 않는다. 땀이 날 때 그걸 차갑게 식히는 것은 좋은 방법이 아니다. 조리원에 있는 동안이라도 자기 몸에 더 집중해야 한다. 더 푹 쉬면서 잠도 많이 자고 몸을 따뜻하게 하는 것이 좋다.

조리원 라이프에서 빼놓을 수 없는 서비스 중에 산후마사지가 있다. 조리원에 보통 에스테틱이 함께 있는 경우가 많다. 산후마사지는 몸의 부기를 빼고 뭉친 곳을 풀어주며 오로가 잘 배출되도록 돕는다. 산후마사지를 받는다고 드라마틱하게 몸이 회복되진 않는다. 그래도 훨씬 가뿐해지고 뭉친 부위가 기분 좋게 풀리는 것 같아서 만족했다. 출산 후 망가져버린 내 몸에도 사랑과 관심을 주는 시간이 필요하다.

산후조리원에 있는 동안 밤마다 남편과 영화와 드라마를 실컷 보았는데 꽤 즐거운 추억으로 남아 있다. 어차피 집에 돌아가면 최소 한 달 동안은 정신없이 겨우 밥 먹고 겨우 쪽잠 자는 삶이 시작될 테니 마지막이라는 마음으로 하고 싶었던 일을 몰아서 해도 좋을 것이다. 나는 미뤄둔 개인 작업도 하고 심경을 담은 일기도 꾸준히 남겼다.

갓 태어난 생명을 어찌 돌봐야 할지 막막할 때 믿음직한 조력자와 함께 차근차근 배울 수 있고, 본격적인 육아 전쟁을 앞두고 전열을 갖출 준비를 한다는 점에서 산후조리원을 권할 만하다. 누군가는 너무 비싸다고 생각할 수 있겠으나 산후조리에 따르는 노동의 가치가 원래 이 정도였다. 위생적이고 안전하게 신생아를 돌봐주고, 영양이 충분한 식사와 간식을 제공하는 것만으로도 가벼운 일이 아니다. 고민스럽긴 했어도 나는 산후조리원 비용이 전혀 아깝지 않다.

말해주지 않아서 몰랐던 것들

아이와 만나면 기쁘고 행복하지만, 힘이 들 때면 우울해지고 짜증이 나기도 한다. 하루에도 여러 마음이 오가는데 출산 후 나를 으뜸으로 사로잡은 감정은 '당혹감'이었다.

임신 기간 중에도 당혹스러운 게 많았다.

임신 증상이라면 입덧 정도만 알았으니 내가 몰라도 너무 모르긴 했다. 이를테면 자다가 다리에 쥐가 날 수 있다는 것이나 손발이 퉁퉁 붓는다는 것, 균형감각이나 운동신경이 둔화될 수 있다는 것도 난 전혀 몰랐었다. 두통이나 소화불량은 물론이고 관절과 근육도 평소 같지 않게 아프고 쑤신다. 임신을 했다는 이유로 머리부터 발끝까지 별별 증상이 다 나타난다는 건 아무도 말해주지 않았다. 임신은 몸의 지각변동 같았다.

출산은 나름대로 준비를 했었다. 수도 없는 출산 후기를 읽으며 시뮬레이션하고 나는 어떤 출산을 원하는지 그림을 그려보기도 했다. 그래도 당혹스럽기는 마찬가지였다. 일단 진통은 상상이상의 고통이었고, 소변 줄을 꽂았던 건 무척 불쾌한 경험이었다.

분만실 의료진들의 까칠한 태도에서도 당혹감을 느꼈다. 나에겐 일생일대의 대단한 사건이지만 그들에겐 하루에도 수십 차례 겪는 '업무'라는 온도 차. 나라고 해도 일하는 모든 순간에 소명의식을 일깨우며 최선을 다하기는 어려울 것이다. 그들 역시 마찬가지일 거라 생각한다. 그럼에도 여전히 분만대에서의 기억이 충격으로 남아 있다. 별다른 문제가 있었던 건 아니지만 나에게는 난생처음 겪는 일인 데다 워낙 자극이 큰 행위라서 그랬나 보다. 이것 역시 남들도 다 겪는 일이라는 게 놀랍다.

출산 이후는 더더욱 당혹스럽다. 다 끝난 줄 알았는데 아니었다. 회음부 봉합 부위가 아파서 앉지도 못하고, 불편하게 겨우 화장실을 가도 피를 철철 흘린다는 것은 몰랐다. 모유 수유는 말할 것도 없다. '완모'라는 말 뒤에 감춰진 고통과 인내가 어마어마하다는 걸 나도 이번에 알았다. 다른 엄마들이 완모하는 걸 부러워했지만 그게 이렇게 힘들 줄은 몰랐다. 수유 때마다 고압 전류가 흐르는 기분이고 건드리기만 해도 아프다. 젖이 불면 아파서 제대로 잘 수도 없다. 양이 많아서 사출이 되면 아주 볼썽사납다. 젖이 돌면서 딱딱해진 유방을 풀려면 출산에 준하는 고통의 마사지를 해야만 한다. 두 시간마다 아이에게 젖을 물려야 한다. 편히 잠자는 건 포기해야 한다. 어째서 이 중요한 사실을 학교 성교육 시간에 가르치지 않는지 모르겠다.

육아는 또 어떤가. 삶이 송두리째 저당잡힌 것 같다. 아무 제약 없이 먹고 자고 화장실을 가거나 누군가를 만날 수 있는, 출산 전과 같은 생활은 당분간 불가능하다. 아이는 매일 새로운 난이도를 제시하고 지친 몸은 만성피로에 시달린다. 처음이라 잘 몰라서 쩔쩔매고 후회하는 일도 얼마나 많은지 모른다.

'나는 몰랐으나 알고 보니 다들 겪은 것' 하나를 또 발견했다. 출산한 지 한 달이 넘어갈 즈음이었다. 이제는 오로가 거의 그친 줄 알았다. 그런데 자궁이 수축하며 태반 찌꺼기가 또 나올 수 있다는 건 정말 몰랐다. 갑자기 적색 출혈이 심했는데 급기야는 회음부에 마치 대변이 나오는 것처럼 압력이 들어가며 아프더니 소의 생간 같은 주먹만 한 핏덩어리가 나왔다. 깜짝 놀라 당장 병원에 전화했는데 자궁이 수축하면서 그런 게 나올 수 있다고 한다. 나에게만 일어난 일인가 싶어 검색해보았다. 충격적이게도 이 또한 자연스러운 현상이었다. 이쯤이면 끝났다고 여겼으나 끝난 게 아니었다. 심지어는 백 일 가까이 되어도 태반 찌꺼기가 나올 수 있다고 한다.

그리고 이미 알고 있었으나 새롭게 경험한 것도 있다. 여름 출산이어도 산후조리하면서 양말은 꼭 신으라는 이야기는 들었다. 겨울 산모는 말 안 해도 양말 챙겨 신고 바닥에 난방도 되어 있어서 오히려 낫다고 한다. 하지만 나는 여름에 출산을 했고 집에서 갓난아기를 키우다 보면 옷 하나 갖춰 입을 여유가 없다. 나는 회복의 골든타임 동안 실내에서 맨발로 다니는 실수를 저질렀다. 솔직히 당장 발이 시린 게 아니라서 괜찮을 줄 알았다. 하지만 계절이 바뀌고 찬바람이 불면서 크게 후회했다. 발바닥과 발목이 너무나도 시린 것이다. 그저 기분 탓이었다면 4월까지 집 안에서 수면양말을 신고 다니지는 않았을 것이다. 산후풍은 전설이나 풍습이 아니라 실재하는 증상이다. 할 수만 있다면 과거의 나에게 찾아가 양말부터 신겨주고 싶다.

아이를 낳으니 세상 모든 엄마들이 다르게 보인다. 이 엄청난 과정을 통과한 것만으로도 정말 대단한 일인데 대체로 이걸 잘 몰라주는 것 같다. 국가는 애를 낳으라고 빚쟁이처럼 독촉하지만 이 모든 고통을 알고서도 그렇게 당당하게 말할 수 있을까. 출산한 여성들이 당연한 듯 혼자 조용히 당혹스러워하면서 이 과정을 견뎠다는 것도 놀랍다. 내 또래 아기 엄마들과 조금만 터놓고 이야기하면 남몰래 몸의 고통 한두 가지씩은 감추고 산다는 걸 알 수 있다. '애 낳고 사흘 만에 밭일하던 시절'을 말하며 산후조리원에 가는 게 대단한 특권인 것처럼 말하는 이들도 있다. 하지만 그들은 애 낳고 바로 밭일하며 살아온 어머니들의 노후와 건강에는 관심이 없는 것 같다. 그 시대 엄마들을 떠올려보라. 약봉투를 쌓아놓고 일평생 갖은 지병에 시달렸을 게 뻔하다. 산모는 반드시 회복기가 필요하다.

출산이 끝일 거라 생각하지는 않았다. 그 이후가 더 힘들다는 수많은 증언을 들었다. 어린 조카들과 8년을 같이 살았어도 내 자식을 키우는 일은 또 다르다. 이 낯섦과 당혹스러움에 대해 나는 자꾸 말하고 싶었다. 생명을 얻은 대가로 엄마들이 이렇게 여러 가지 고통을 지불해왔다는 사실을 직접 겪어보기 전까지는 몰랐다.

모성을 위대한 것으로 치켜세우는 문화나 메시지에 배신감을 느낀다. 모성을 드높이면서 그에 따르는 고통과 수고를 나눠서 짊어질 제도는 만들지 않는다. 이 모든 걸 견디는 사람에게는 박수를 쳐주면서도 모성애가 부족해 보이는 여성을 비난한다. 희생적인 모성애는 위대하지만 그렇다고 당연한 건 아니다. 아이를 낳고 보니 더욱 느낀다. 아이를 정말 사랑하지만 분명히 뒤따르는 고통을 외면할 수가 없다. 이미 사랑만으로 모든 걸 견디고 있다. 허나 그걸 누군가에게 강요하는 일은 잔인하고 어리석다고 생각한다.

다시 생각해도 분만은 충격적인 경험이었고, 정신적 내상이 꽤 오래 남았다. 출산 이후에도 생각보다 몸이 괜찮지 못해서 놀랐다. 모유를 먹이는 일에도 엄청난 괴로움이 따랐다.

내 몸의 관찰자 겸 대상자가 되다 보니 끊임없이 감각하고 질문하게 된다.

'와, 이게 이 정도였어?'

'이걸 모두가 겪었단 말이지?'

단순하게 살면 몸도 마음도 편할 텐데 민감하게 모든 걸 느끼려는 습성 탓에 굳이 문장으로 만들어 자꾸 되뇌인다. 기록하고 발화하면서 내가 어떤 방향으로 생각을 굴려야 하는지 겨우 파악한다. 하지만 그러는 동안 또 새롭고 당혹스러운 다음 과정을 겪는다. 그러면 기껏 마인드컨트롤을 해놓아도 다시 무너진다.

아기를 사랑하지만 스트레스를 느끼고 있다. 이 일이 얼마나 영광스럽고 숭고한 일인지 자꾸 되새기면 해결될까? 그것으로는 부족하다.

나에게 필요한 것은 남편과 가족을 비롯한 사회의 메시지이다.

'그건 너 혼자만의 일이 아니야.'

이와 더불어 함께 짊어지겠다는 약속, 모든 걸 희생하지 않아도 된다는 말, 출산 후에도 돌아올 자리가 보장된다는 사실도 일러주면 좋겠다. 육아의 책임을 가정에 몰아넣지 않고 출산과 육아를 위한 공공의 제도를 시행하는, 안정적인 사회를 바란다. 그리고 음지에서 공유되었던 출산과 육아의 실상이 상식으로써 널리 알려지길 희망한다.

4

우리 모두 자란다

너를 사랑하는 건 나의 운명

너는 왜 이렇게 예쁜 걸까.

모든 아기들은 원래 예쁘다. 신생아에게 세속적 미의 기준을 들이대는 것은 얼마나 어리석은가. 갓 태어난 생명에게는 타고난 아름다움이 존재하며 그것은 누구도 흉내 내거나 평가할 수 없을 만큼 특별하다.

아이를 바라보면 볼수록 애타도록 사랑스럽다. 울어도 귀엽고 열심히 힘주어 선보인 응가조차 예쁘다.

엄마는 자주 말씀하셨다.

"원래 지 새끼는 그렇게 이쁜 거여."

내가 낳았다는 이유로 한 존재가 나에게 온통 쏟아진다. 너무 작아서 바스러질 것 같은 아기. 새로 만들어진 몸의 감촉. 근육의 움직임에 불과한 표정이나 몸짓에도 일일이 의미를 부여하는 즐거움. 갓난아기와 함께 살면 고되긴 하지만 그럼에도 이 행복을 부정할 수는 없다.

갓 태어난 아기는 아빠를 쏙 닮아 보였다. 임신 때부터 그렇게 소망했다. 내가 가장 사랑하는 사람을 닮은 아기를 낳는 것. 임신 기간 내내 남편의 사랑을 흠뻑 받았기 때문에도 그렇고, 인간적으로도 그를 좋아하고 존경해온 까닭도 있을 것이다. 내 마음을 아기가 읽었는지 태어난 후 자기 몸 곳곳에 있는 아빠를 보여주었다. 눈썹이며 눈, 코도 기가 막힌 데다 발가락과 발 모양까지 남편을 닮았다. 비록 내 유전자를 찾기가 좀 어려웠지만 그건 상관없다. 남편 역시 자신의 어릴 적 사진을 보는 것 같다고 했다. 가족들도 모두 인정했다. 아빠 승!

출산 직후 입원실에 아기를 데려와 보낸 2박 3일은 쉽지 않았지만 분명 좋은 시간이었다. 엄마와 분리되어 불안할 아기에게 엄마, 아빠의 목소리를 계속 들려주고 품 냄새를 맡게 해줬다. 자꾸만 사랑을 속삭이며 안심시켜주었다. 모유가 금방 나오지는 않았지만 수유가 피차 익숙해졌고, 아기의 필요를 살피는 연습도 할 수 있었다. 실감이 잘 나지 않아 태교에 다소 미적지근했던 남편은 아기를 직접 본 이후 눈이 하트 모양으로 변하더니 적극적으로 육아에 임했다. 이제 진짜 아빠가 되었으니까.

아기가 예쁘고 사랑스럽지만 직접 맞닥뜨린 육아라는 산은 생각보다 가파르고 험했다. 조리원을 퇴소하고 돌아온 첫날, 하필 남편은 중요한 용무가 있어 나가야 했고, '왕초보' 엄마인 나 혼자 헐레벌떡 눈코 뜰 새 없이 아기를 돌보았다. 다행히 중간에 언니가 와줘서 밥은 챙겨 먹을 수 있었다. 첫 용변을 처리한 뒤 닦아주려고 안아 올렸는데 그새 2차 대변이 발사되며 방바닥에 흩뿌려졌다. 그 순간 다리에 힘이 풀리는 걸 겨우 지탱했다. 언니가 급히 달려와 바닥을 닦아주지 않았다면 어떻게 되었을까. 정신없이 수습을 하고 나서야 기가 차서 웃음이 나왔다. 뭘 했는지 기억도 안 날 만큼 분주한 하루를 보내고 아기를 재운 뒤에야 숨을 돌리며 생각했다.

'이건 전쟁이다.'

장난이 아니었다. 임신과 출산은 나름대로 책도 찾아가며 준비를 했는데, 육아에 대해서는 이렇게도 아는 게 없다니. 충격도 컸지만 책을 넘겨볼 여유 따위는 없었다.

이렇듯 전쟁 같은 일상을 보내다가도 아기를 재운 밤이면 오늘 촬영한 사진과 동영상을 찾아본다. 방금까지 봤으면서 또 보고 싶다고 생각하는 나는 벌써 고슴도치 엄마가 됐다. 아이와 함께 보낼 날들이 두려우면서도 기대가 된다.

아기가 나오기까지 난 너무 조급했다. 예정일에 태어난 셈이니 하나도 늦지 않은 건데 나는 몸이 힘들다고 내심 재촉하고 있었다. 하지만 아기는 가장 좋은 때에 가장 좋은 방법으로 나와 주었다. 내가 격려할 때마다 아기는 얼마나 힘을 내어 적극적으로 움직였는가. 정말 장한 내 딸. 고맙고 고맙다.

품에 두는 것과 낳고 키우는 건 정말 다른 세계다. 심신이 지치고 감정이 들쑥날쑥해도 처음 마음을 기억하리라 다짐해본다. 생각과 감정을 붙들고 자주 감사해야지. 각오를 다지고 하루하루를 맞닥뜨리며 나 또한 기어코 성장할 것이다. 네 덕분에 나는 더 나은 인간이 될 수 있을까?

아기에게 속삭여본다.

"우리는 함께 자라는 사이야."

엄마의 그늘

"원래 아침에도 이렇게 많이 울어?"

남편이 오전 낮잠을 앞두고 칭얼거리는 아기를 달래며 말했다. 그는 프리랜서 겸 대학원생으로서 거의 매일 아침마다 집을 비웠다. 그 빈집에 나와 아기만 있었다. 두 사람이 있어도 집은 빈 것이다. 어떤 면으로는 그렇다. 아무 세간도 없이 텅 빈 집도 빈집이고, 가구들로 채워져 있어도 아무도 없다면 그것도 빈집이다. 사람이 들어와 있어도 그 삶이 가구와 다를 게 없다면 그 집 또한 빈집이라 할 수 있는 것이다. 나는 같은 장소에서 같은 행위를 반복하다 하루를 다 보낸다. 인터넷 공유기나 냉장고가 같은 장소에서 같은 작동을 하는 것과 비슷하다. 그런 의미에서 내 집은 내가 있어도 빈집과 같다. 나는 거기에 남겨진 존재로서 하루의 의무를 다하고 있다.

남편이 바빠서 짧은 며칠간 오롯이 아기를 혼자 돌보고 나니 부쩍 외로워졌다. 아기를 평소보다 한 시간 일찍 재워서 좀더 잘 수 있었지만 그걸로는 소용없었다. 남편이 살갑게 대해주지만 그걸로도 채워지지 않는다. 이 일렁이는 것의 정체가 뭘까. 분명 내면에서 변모하는 뭔가가 있는데 좀처럼 잘 잡히지 않았다. 나는 이런 쓸데없고 진지한 생각을 할 시간이 필요한 사람이다. 아기를 키우는 동안 이 시간이 내겐 별로 없었다.

사람들이 흔히 말하는 '아줌마'의 특성, 그러니까 어딘지 드세고 부끄러운 줄을 모르며 말이 많지만 대체로 논리적이지 못하고, 무엇을 해도 어딘가 서툰 모습을 요즘 내게서 본다. 누군가와 대화를 나눌 기회가 적고 책을 읽는 것이 사치가 된 삶. 당연히 언어 능력은 떨어지고 사회성도 조금씩 잃어간다. 오래 굶은 사람이 음식을 허겁지겁 먹는 것처럼 소통에 주린 사람의 대화 방식은 서툴고 급하다. 하찮은 얘기를 끝도 없이 늘어놓거나 친해지고 싶은 상대에게 질문을 퍼붓거나 주눅 들어 눈치를 자주 본다. 내가 점점 그렇게 되고 있다.

나는 기다리며 하루를 보낸다. 우는 아기를 달래며, 혼자 깨작깨작 밥을 먹으며 하염없이 남편을 기다린다. 그가 내 짐을 덜어줄 것을 기대하고 그에게 하루 동안 쌓인 말들을 늘어놓을 시간을 기다린다. 기다림은 자의가 타의에 의해 제한될 때에야 할 수 있는 것이다. 제한이 익숙해진, 가구가 되어버린 삶. 누구도 말해주지 않은 전업주부의 현실이다.

내가 육아를 잘 몰랐을 때 두 아들을 키우는 친구가 말했다. 지금은 육아휴직 중이지만 복직할 자신이 없다고. 이젠 아무것도 할 수 없는 존재가 된 것 같다고. 예전에는 업무 처리의 기준이 높아서 스스로를 채찍질하며 기어이 해냈는데, 복직 이후에 기준에 미치지 못하는 자신을 직면할 일이 두렵다고 했다. 그는 유능한 교사였다. 그 힘들다는 임용도 한 번에 통과했으면서 지금은 왜 그렇게 떨고 있을까. 당시에는 의아했으나 이제는 그 마음을 잘 알겠다. 아이를 키우는 일은 고된 육체노동이자 고도의 정신노동이다. 당연히 기술이 필요하고 거기에 익숙해지기까지 시간이 걸린다. 전인적인 희생이 요구되며 하루 종일 아기에게 집중해야 한다. 그러면서 출산 전의 삶은 점점 희미해진다. 역사와 미디어와 대중과 사회가, 그러니까 거의 온 천하가 여성에게 엄마의 의무를 부르짖고 있는데 도무지 거기서 탈출할 수가 없다. 그 의무 안에서 한 개인의 꿈은 무기한 유예되고 직업 능력도 억압을 받는다.

나는 글을 쓰는 사람이었다. 직업이나 습관으로도 그랬다. 마음에 와 툭 부딪치고 가는 것들에 대해 뭐라도 써야 정리되고 풀리는 성격이지만 육아를 하면서는 심경조차 간단히 표현할 수 없었다. 글을 쓰려면 독서와 사유를 해야 하는데 그럴 여유는 없고, 사회 활동이 줄어드니 논리력과 어휘력도 떨어지고, 그렇게 매사에 자신감을 자꾸 잃었다.

학교의 흔한 체벌 중 학생을 책상째로 교탁 옆에 옮겨 앉히는 벌이 있다. 모두의 시야 안에 둠으로써 수치를 느끼게 하고 행위를 제한하는, 일종의 투명한 감금이라고 볼 수 있다. 그 자리에 앉는 이상 학생은 소극적이고 조용해질 것이다. 누군가는 그것을 교화라고 여길지도 모르겠다. 어쨌든 감금당한 사람은 자존감을 지키기 어렵다. 의지가 속박된 경험은 사람을 위축시킨다. 육아를 하면 자기 자신으로 살고 싶은 의지, 자신을 위한 선택을 내리려는 의지가 꺾인다. 아이를 사랑하기 때문에 분명 자의적으로 희생하지만 매일 의지를 꺾고 꺾다가 어느 순간 돌아보면 오직 속박이다. 먹고 싶은 걸 먹을 수도, 자고 싶을 때 잘 수도 없다. 심지어 화장실도 제때에 갈 수가 없다. 누가 집어넣었는지 모른 채 매일 똑같은 삶에 감금된다. 엄마라면 이래야 한다고 떠드는 목소리들이 들린다. 그러면 이제는 이게 자의적인 희생인지도 불분명해진다. 감금은 자신감을 위축시킨다. 임신과 출산으로 이미 다 부서져버린 몸으로 매일 고된 노동을 하고 이조차 사회에서 제대로 인정받지 못하는 게 과연 옳은 일인가. 아득해진다. 하지만 아이 엄마에게 사회를 향해 분개하며 의사를 표현할 시간 같은 건 없다.

아침 식사를 하면서 남편과 일상적인 이야기를 나누는데 괜히 눈시울이 붉어졌다. 어제 종일 기다렸던 남편과 드디어 오늘 아침에야 대화를 하는구나. 나의 가장 가까운 친구인 남편과 제대로 된 소통을 하고 싶었다. 나의 피로는 잠만 자는 걸로 채워지지 않았다. 남편은 그런 나를 혼자 두지 않으려고 결국 일과를 비웠다. 그는 내가 나 자신으로 살아가기를 늘 바란다. 아이 낳고 나서도 남편은 내가 다시 작업할 수 있도록 자신이 할 수 있는 건 다 해보겠다고 공언한 바 있다. 그는 자기가 애를 볼 테니 책도 읽고 글도 써보라고 했다. 고마웠다. 하지만 역시 우리의 뜻대로 흘러가지 않았고 밥을 지어 차려 먹은 뒤 육아와 빨래를 분담했다.

남편은 아기를 재우며 내게 걱정 말고 책을 읽으라고 했다. 덕분에 얼마 전에 야심 차게 구독하기 시작한 문예지를 집어들었다. 그러다 평소처럼 아기가 잠든 뒤 눈 좀 붙이려는데 남편이 말했다.

"아기 자는 동안 여보가 책을 마저 읽으면 좋겠어."

남편은 주력 업무 시간과 잉여 시간의 구분이 뚜렷하다. 생산적인 활동 없이 시간을 그냥 흘려보내는 걸 아까워한다. 자신이 시간을 들여 아이를 돌보고 있으니 내게서 생산이 있길 바라는 것이다. 잠시 아기를 보면서 내 생활의 주인 행세를 하려는 것 같아 좀 당황했다. 결국 책을 좀 보다가 나도 잠들었다.

　그날 밤 아기에게 수유를 하며 내 마음을 일렁이게 한 그것을 보았다.

　만성적인 무력감. 코끼리가 도망가지 못하게 길들이려면 어릴 때부터 꼼짝 못하게 묶어놔야 한다는 유명한 이야기가 있다. 갖은 애를 써도 탈출이 불가능하다고 여기면 코끼리는 만성적 무력감에 빠지고, 이후에 성장하여 충분한 힘이 생겨도 도망갈 엄두를 못 낸다는 것이다. 나는 시간이 생겨도 나를 위해 쓸 줄 모르는 사람이 되었다. 육아는 물론이고 이미 산적한 가사 업무가 뒤이어 기다리는 하루. 시간이 나도 책을 읽으니 잠을 택한다.

　남편은 집에 있는 동안 육아와 가사에 매우 적극적으로 참여하는 편이지만 돌봄노동에 들이는 절대시간은 당연히 나보다 적다. 나는 남편을 보면서 단편적으로 육아에 참여하는 사람은 이 시간에 다른 생산적인 일을 떠올리며 가치 판단을 할 수도 있다는 걸 알았다. 하루 종일 아기에게 매여 사는 나는 아예 판단할 대상을 잃어버렸다. 내가 다른 무언가를 할 수 있다는 걸 잊었다. 그 무력감을 발견하고 퍽 울적해졌다.

　그래도 이런 우울은 반갑다. 생각을 활짝 열어 사유를 이어가게 했고 이런 긴 글을 남길 수 있게 해주었기 때문이다. 남편에게 내 우울의 원인을 읊었더니 오히려 그는 눈을 반짝이며 그걸 글로 쓰라고 한다. 피로와 싸우며 겨우 하루를 견디다시피 하는데 시간 조금 났다고 '창작자'로의 모드 전환이 곧바로 이어질 수는 없다. 하지만 모처럼 눈을 빛내며 글을 쓰다 보니 다시 살아갈 힘을 얻었다. 그렇지. 나는 이렇게 살아야 하는 인간이었지. 살기 위해서 작은 몸부림이라도 해봐야겠다.

모유 수유의 빛과 그림자

가만히 있다가도 기계적으로 아기의 기저귀를 확인해본다. 흠뻑 젖었다. 소아과 의사는 아기 소변량이 어떤지 꼭 묻곤 한다. 나는 '완모'를 하는 중이기 때문이다. 모유만 먹이는 경우에는 수유 시간만으로 수유량을 판단하기 어렵다. 아기가 제대로 모유를 섭취한다면 묵직한 기저귀가 하루에 일곱 개는 나와야 한다고 했다. 다행히 맞게 가는 것 같았다. 아기의 소변량이 엄청났으니까.

나는 아기에게 새 기저귀를 채운 뒤 소변으로 묵직해진 기저귀를 손에 들고 한동안 물끄러미 쳐다보았다. 아기는 따로 물이나 보리차를 마시지 않는다. 아기의 식량은 오직 모유뿐. 그렇다면 기저귀를 흠뻑 적신 이 물은 사실 다 내가 마신 것이다. 정작 나는 모유 수유를 시작하고 소변량이 확 줄었다. 물도 자주 마시고 국물도 많이 먹지만 하루에 고작 한두 번 정도 소변을 본다. 나머지는 전부 아기에게 주고 있다. 내가 마신 물이 아기의 소변이 되어 매일 기저귀를 푹 적신다.

그뿐 아니다. 나의 식사가 곧 아이의 음식이 된다. 그래서 밥을 많이 먹어도 돌아서면 금방 허기지고, 육아에 지쳐 기운이 없어도 끼니를 거르거나 대충 때울 수가 없다. 밥을 퍼 담고 반찬을 만드는 일이 성가셔서 그냥 라면이나 끓여 먹고 싶은데 양심상 그럴 수 없다. 의무적으로 매일 두유를 마시고 밥을 꼭 챙겨 먹고 있다. 어떤 날은 두부를 포장만 뜯은 채로 간장을 쳐서 먹었다. 두부를 조리할 여력은 없지만 그래도 먹어야 하니까. 모유 수유를 시작한 후 초반에는 매일 고기가 그렇게 당겼다. 입에서 원하는 식품군은 곧 몸에 필요한 것일 가능성이 크다. 하루가 멀다 하고 소 등심을 굽고 족발을 사오고 보쌈을 배달시켰다. 남편은 수유부인 나의 영양 상태를 늘 신경 써주었다.

모유 수유를 시작한 이상, 내 몸은 내 것이 아니다. 임신과 출산으로 일생에서 가장 이타적인 몸을 갖게 되었지만 아직도 끝나지 않았다. 이제는 내가 아기의 식료품 공장이 된 것 같았다. 나의 신체는 원료를 넣고 가공하여 아기가 먹을 음식을 만드는 기계와 다름없어 보였다. 다만 칼슘 섭취량이 부족할 때 그걸 내 뼈에서 가져간다는 점이 기계에는 없는 기능이겠지. 수유를 하는 순간에는 아기가 사랑스럽고 예뻐서 몸을 바쳐 사랑해주고 싶은 마음이 든다. 탯줄이 없어도 아기와 긴밀히 연결된 것 같아 황홀하기도 했다. 하지만 그럼에도 모유 수유는 내게 벅찬 일이었다. 해보기 전까지는 몰랐다.

일반적으로 '모유' 하면 엄마의 사랑, 아기의 필수영양소, 애착 형성 등을 연상할 것이다. 그중 가장 나를 사로잡았던 것은 따로 있다.

공짜.

모유 수유를 하면 분유값이 들지 않는다. 외출할 때 보온병과 분유통과 젖병을 싸들고 다니지 않아도 된다는 편리함도 있다. 모유 수유를 하면 밤에 아기가 울 때 부랴부랴 물 끓이고 온도 맞춰 분유를 타오지 않아도 된다. 솔직히 그래서 모유 수유를 하고 싶었다. 엄마의 사랑이야 분유로도 충분히 전해진다고 생각한다.

모유 수유에 대한 내 열정은 대단했다. 임신 때 병원에서 하는 모유 수유법에 대한 강의도 찾아가서 듣고, 거기서 배운 가슴 마사지와 유두팩을 주기적으로 실행했다. 출산하자마자 모자동실을 감행한 것도 모유 수유 때문이었다. 할 수 있는 모든 방법을 동원하여 '완모'를 하고 싶었다. 그리고 기어이 해냈다.

그래서 이제는 말할 수 있다. 모유는 공짜가 아니다. 분유도 마찬가지겠지만 모유에도 큰 대가 지불이 따른다.

출산이라는 큰 산을 넘었다면 이제 두 번째 난관을 지나야 한다. 젖몸살이다. 아기도 낳았으니 더는 무서울 게 없다고 생각했으나 겪어보고 나니 지금 생각해도 소름 끼치게 끔찍한 경험이었다. 출산 이후 며칠이 지나면 가슴이 바가지만큼 퉁퉁 불며 겪어본 적 없는 통증이 찾아온다. 가슴이 아파서 잠도 설치고 편하게 옆으로 돌아누울 수도 없었다. 개인마다 경우가 달라서 바로 젖을 잘 먹일 수 있는 사람도 많지만, 나는 젖이 돌면서 유방에 울혈이 심해졌다. 산후조리원 원장님은 그걸 풀어줘야 젖이 잘 나올 거라며 특별 관리를 해주셨는데, 정말이지 고문당하는 기분이었다. 가슴 마사지가 '제2의 출산'이라는 이야기는 들었지만 나는 출산보다 훨씬 아픈 느낌이었다. 과연 이렇게까지 하면서 살아야 하는지 수없이 되뇌다가 어느 날은 폭발한 것처럼 남편 앞에서 펑펑 울고 말았다. 다 행복하자고 아기 낳고 키우는 것인데 어째서 이토록 힘든지 믿어지지 않았다. 별일 아닌 듯 "나? 완모 했지!"라고 말했던 언니들도 이 과정을 거쳤을 것이다. 별것 아닌 것처럼 얘기해서 정말 별것 아닌 줄 알았던 나는 뒤통수를 맞은 기분이었다. 나도 낳고 키워보고서야 알았지만, 아기 엄마들은 대체로 몸의 고통을 숨기며 산다. 일부러 쉬쉬하는 게 아니라 '남들도 다 이렇게 산다'는 생각으로 발화하지 못하고 자기 고통을 누르는 것이다. '애 낳는 게 대수냐'고 하거나 '유세 떤다'는 시선 때문에 스스로 검열하는 거겠지. 나도 그랬으니까. 아기 엄마들끼리의 독특한 유대감도 여기서 기인했을 것이다. 같은 일을 겪었으니 이해할 수 있는, 즉 '마음 놓고 말해도 되는 사람'이기 때문이다.

백 명의 산모가 있다면 백 가지의 서로 다른 이야기가 있을 것이다. 모유 수유에 대해서도 그러하다. 누군가는 분유도 시작하고 더러는 완모에 돌입하기도 하지만 그 사연도 저마다 다르다. 보통은 모유가 나오지 않아서, 아기가 젖을 잘 물지 못해서, 금방 복직해야 해서 아기에게 분유를 먹인다. 나는 지옥의 마사지 이후 모유량이 늘었고, 모자동실의 하드트레이닝 덕분인지 아기도 젖을 잘 물었고, 사실상 백수에 가까운 프리랜서였기 때문에 일년간 모유를 먹였다. 이 말은 곧 일 년 동안 아기와 떨어질 수 없었다는 의미이기도 하다. 모유 수유의 가장 큰 단점일 것이다. 완모를 하면 아기에게서 완전히 분리되기가 어렵다. 수유 간격이 짧은 신생아와 영아기에는 잠깐 혼자 외출하기도 어려웠다. 아기가 울면 바로 젖을 먹여야 하기 때문이다. 그 순간은 어느 때나 찾아올 수 있다. 밥 먹다가 수유하는 건 일상적인 일이고, 세탁이 끝나거나 화장실이 급해도 아기가 울면 모든 걸 미루고 젖을 물렸다. 집에서 밥을 매번 해먹기는 어려워서 이따금 외식도 했는데, 그 어디서나 수유가리개를 두르고 수유와 동시에 식사를 했다. 한식, 중식, 양식은 물론 쌀국숫집, 갈빗집, 퓨전요릿집 등 다양한 종류를 도장 깨기 하듯 섭렵했다. 밥을 먹으면서 수유를 하면 원료 공급과 식량 제조 및 납품까지 동시에 하는 기분이 든다.

완모를 해도 모유를 미리 유축할 수 있다면 외출이 가능하기는 하다. 출산한 지 한 달이 채 못 되었을 때였다. 임신하기 전부터 준비해온 단기 강의가 있어서 사흘을 매일 외출해야 했다. 나는 오직 이날을 위해 밤마다 스스로 젖소와 동일시하면서 악착같이 유축을 하여 얼려두었다. 일도 잘 진행되고 아기도 집에서 유축 모유를 잘 먹었지만 나는 모유 사출이 심해 하루 종일 수도 없이 수유패드를 갈고 가슴이 퉁퉁 불어 불쾌감을 느꼈다. 집에 오는 길에는 마지막 남은 수유패드가 흠뻑 젖어 모유가 새기 시작했다. 윗옷이 조금씩 젖을 정도였다. 집에 오자마자 수유를 한 번 하고 유축기로 뽑아내니 양쪽 합쳐 200밀리리터 정도가 나왔다. 한쪽에 각각 100밀리리터 이상을 담고 다닌 것이다. 아, 두 번은 못할 일이었다.

장염에 걸려 먹은 것을 좍좍 쏟아낸 날이 있었다. 무엇을 먹어도 화장실로 직행하는 통에 아예 굶기로 했다. 엄마의 영양 상태가 좋지 않으면 차라리 분유를 먹이는 게 낫다는 얘기를 듣고 바로 분유를 샀으나 우리 부부는 분유에 대해서는 아는 바가 거의 없었다. 둘이서 허둥대다가 겨우 분유를 타서 먹여보았는데, 이미 엄마 젖에 익숙해진 아이는 젖병을 물지 않았다. 아기가 분유를 잘 먹으면 앞으로 마음 놓고 외출하겠다는 달콤한 상상을 아예 안 한 것은 아니었다. 별수 없이 당분간은 다시 아기와 밀착된 삶을 살겠구나, 그래도 영원히 젖을 먹지는 않을 테니까 조금 더 고생해야지 싶었다.

물론 모유 수유의 장점도 많다. 나와 남편 모두 분유를 먹고도 잘 자랐으니 모유의 영양이 단연코 으뜸이라고 말하고 싶지 않다. 모유 수유의 최대 장점은 간편하고도 강력한 최종 병기라는 점 아닐까. 엄마의 젖을 무는 것은 아기의 가장 궁극적인 욕망이기 때문에 아기의 원인 모를 울음이나 끝도 없는 짜증, 투정에도 수유를 하면 잠잠하게 해결된다. 비행기에서 아기가 크게 울 때도 수유로 입막음할 수 있다. 긴 외출을 하고 집에 가는 길에 아기가 하루 종일 쌓인 스트레스를 폭발시킬 때가 있는데, 그럴 때도 수유로 달래준다. 웬만한 정서적인 문제라면 수유만 한 해결책이 없다. 그렇다고 아기가 울 때마다 무턱대고 엄마 젖을 들이밀어서는 안 되고, 언제나 최후의 수단으로 써야 한다.

이 글을 쓰는 지금, 나는 단유에 무던히 성공하여 비로소 자유의 몸이 되었다. 10개월쯤부터 이유식을 주식으로 먹이고 자기 전에만 수유를 했었는데, 아기의 첫돌이 지난 다음 날부터 잠자리 수유를 끊었다. 아기는 이미 세상의 온갖 신기한 맛을 경험하고 있던 터라 모유에 큰 미련이 있는 것 같지는 않았다. 다만 내가 아기를 재우면 습관처럼 젖을 찾고 울어서 아예 남편이 아기를 재운다. 단유 5일 차에 '자유의 맥주'를 마셨다. 근 2년 만의 음주였다. 지금은 아이스 아메리카노를 마시며 이 글을 쓰고 있다. 가끔은 아기가 젖을 빠는 모습이 무척 그립기도 하고. 다시는 그 사랑스러운 모습을 보지 못한다는 게 솔직히 아쉽기도 하다. 번거롭긴 해도 젖을 먹이는 게 싫던 적은 없었다. 특히 아기와 연결되는 그 느낌이 참 좋았다.

어떤 면에서 성장은 상실을 동반하는 법이다. 삶은 얻고 잃는 과정의 연속 아니던가. 아쉽긴 해도 아기에게 잠시 빌려줬던 몸을 되돌려 받은 이 기쁨을 감출 수 없다. 2년 만에 비로소 내 신체의 주인 노릇을 다시 하게 된 기분이다.

아가야, 너를 진심으로 사랑하지만 엄마도 사람이란다.

어느 집에나 고민은 있다

　나와 같은 해에 출산한 지인이 열 명이 넘는다. 저출산이 국가적인 문제라는 게 믿어지지 않았다. 개월 수에 차이는 있어도 동갑내기 아이들을 둔 엄마들끼리는 할 얘기가 무궁무진하다. 그러면서 알게 되었다. 아기 키우는 집이라면 어디든 나름의 고민과 한숨이 존재한다는 것을.

　임신과 출산은 알고 보면 기적에 가깝다. 인체는 작은 우주라고들 말한다. 내 몸속에서 열 달 동안 우주가 창조되는 것이다. 세포 조직이 만들어지는 중 아주 미세한 결함이나 문제가 생기면 아기에게도 큰 영향을 미칠 수 있다. 아기의 몸의 크고 작은 문제는 피할 수 없어 보인다. 낳기 전에 미리 알아도 완전히 고치기 어렵고, 위험이 있어도 온전히 방지하기 힘들다. 아토피나 알레르기는 복불복처럼 특별한 이유 없이도 느닷없이 나타난다. 신생아가 구토를 하는 건 흔한 일로 여겨지는데, 내가 산후조리원에 있을 때 어떤 아기는 유난히 노란 구토물이 나와서 검사차 병원에 갔다가 문제가 발견되어 곧바로 수술을 받았다. 아기를 입원시키고 돌아온 아이 엄마는 서럽게 울었다. 그 엄마가 무엇을 잘못하진 않았을 것이다. 그저 누구에게나 찾아올 수 있는 일이다.

　나의 아이에게도 몸의 문제가 발견된 적이 있다. 아기가 누울 때 너무 오른쪽으로만 고개를 돌리는 바람에 머리의 우측이 절벽처럼 편편해진 것이다. 여기까지는 으레 있을 수 있는 일이었다. 문제는 목 왼편에 돌기 같은 근육종이 만져진 것인데, 찾아보니 '사경'이라는 질환인 것 같았다. 사경은 목 근육의 한쪽이 돌기처럼 뭉치거나 짧아져서 고개가 기울어지는 병으로, 확실한 건 아니지만 출산 시 아기가 너무 빨리 나오면 생길 수도 있다고 한다. 그래서 '너무 빨리 낳았나?' 하고 괜한 자책도 해보았다. 고개가 기울어진 채로 방치하면 뇌 발달에 문제가 생기고 척추, 어깨, 골반 등이 비대칭으로 성장할 위험이 있다고 한다. 아이의 사경을 치료하는 엄마들이 만든 온라인 카페를 찾아 가입했다. 초등학생이 된 뒤에도 치료를 받거나 수술하는 사례도 많아 덜컥 겁이 났다. 출산 후 처음 소아과 진료를 받았을 때 아이의 몸이

약간 비대칭이지만 조금 더 지켜보자는 소견을 들었던 게 생각
났다. 바짝 긴장한 우리는 소아과에서 사경이 의심된다는 소견
서를 받아 대학병원 재활의학과에 갔다. 거기서 확진을 판정받고
본격적인 치료를 시작했다. 정확한 원인은 아직도 모른다. 그냥
우리에게 이 일이 일어난 것뿐이었다.

머리숱이 적은 아기의 엄마는 다른 아기들의 머리숱만 보이
고, 태열이 심한 아기의 엄마는 다른 아기의 피부만 본다. 나와
남편은 다른 아기들을 볼 때마다 고개 기울기의 정도가 자꾸 눈
에 들어왔다.

"저 아기는 완전 꼿꼿하네. 부럽다……."

대학병원 소아재활의학과에서는 먼저 아기의 몸이 월령에 맞
게 잘 발달하고 있는지 검사부터 진행했다. 결과는 충격적이었
다. 그때가 만 3개월이 조금 안 된 시기였는데 고개도 못 가눌뿐
더러 발달이 너무 느리다는 것이다. 아기의 신체 발달을 위해 이
따금 엎어 눕히며 연습을 시켜야 한다는 걸 우리는 전혀 몰랐다.
엎어 놓으면 질식 위험이 있다고 해서 주의했는데, 생각해보면 곁
에서 지켜보며 눕히면 되는 거였다! 초보 부모는 몇 번이고 자신
의 무지를 탓했지만 이미 벌어진 일이다. 이제부터 연습하면 된
다.

주 1회 물리치료를 받으면서 집에서도 매일 목 가누기 연습과
운동을 병행했다. 아기는 세상이 가혹하고 무섭게 느껴졌을지도

모른다. 어찌할 수 없는 완력이 자기 목을 이리 비틀고 저리 돌려대는데 얼마나 불편하고 무서웠을까. 하지만 아기가 불쌍하다고 그만둘 수는 없었다.

치료를 받을 때마다 아기는 마치 처음 태어났을 때처럼 악을 쓰며 울었다. 너무 속상해서 나까지 울먹이자 남편은 내게 아예 치료실 밖으로 나갈 것을 권했다. 통곡의 물리치료를 매주 반복하며 아기는 조금씩 나아졌고 145일에 뒤집기도 성공했다. 소아과며 재활의학과에서 '발달이 느리다'는 소리를 귀에 맺히듯 들었던 우리는 뒤늦게 아기의 신체 발달에 대해 공부도 했고, 필요한 운동을 규칙적으로 시켜주었다. 그리고 생후 6개월에 초음파 검사를 하고 진료를 받으러 갔다. 담당 교수가 말했다.

"사경은 괜찮아졌는데, 아기 발달 상태가 지난 3개월 검사 때보다 더 안 좋아요."

그리고 일주일간 입원하며 집중 치료와 뇌 MRI를 받으라고 했다. 벼락을 맞은 기분이었다. 진료실을 나선 뒤 정신을 차려보니 손에 입원 동의서가 들려 있었다. 우리 눈에는 많이 좋아진 것 같아서 예후가 좋다는 소견을 기대했으나 오히려 혼쭐이 난 셈이다. 제주도에 이주하기로 한 날이 얼마 남지 않았을 때였다. 그래서 제주에 있는 대학병원에서 다시 진료를 받기로 하고 검사를 취소했다.

결론부터 말하자면, 아기는 그 후 눈에 띄게 성장했다. 뒤집기는 금방 마스터했고 배밀이와 기어다니기까지 섭렵했다. 예전에 운동치료사가 '기기 시작하면 더 좋아질 것'이라고 했던 말이 생각났다. 아기가 많이 기어다녀야 두뇌와 신체 발달에 큰 도움이 된다고 한다. 돌을 갓 지난 요즘은 아무것도 잡지 않고 혼자 일어서서 놀고, 손을 잡거나 어딘가를 짚은 채로 걸음마를 하는 게 그리 어렵지 않은 상태다. 엄청난 호기심으로 빠르게 기어다니며 주위를 탐색하기도 하고 감정표현도 풍부해졌다. 아기가 자라며 말썽도 부리고 사고도 치지만 발달이 늦어 걱정했던 날들을 생각하면 감사해진다. 남편은 혼자 장애에 대해 검색해본 적도 있다고 했다. 부모의 두려움과 고민이란 이렇게 극단적인 것일까. 당시 의사가 과잉 진료를 했을 수도 있겠지만, 몇 개월 동안 물리치료와 운동치료를 받은 효과도 분명할 것이다.

아이를 낳고 키우면서 솔직히 알레르기가 문제가 될 줄은 몰랐다. 나도 남편도 알레르기 증상이라 할 게 거의 없었고, 임신 때나 수유기에 식생활에 신경 썼던 터라 더 예상치 못했다. 그런데 아이가 '유기농 아기 치즈'를 먹고 얼굴과 온몸에 두드러기가 심하게 올라와서 정말 깜짝 놀랐다. 그 뒤로 한동안 치즈를 먹이지 않다가 돌이 지난 후 다시 조금 먹여보았는데 여지없이 몸 여기저기에 붉은 반점이 생겼다. 단유하면 흰 우유를 먹이는 게 좋다고 해서 조심스럽게 우유를 맛보였는데 다행히 반응이 없었다. 우유는 가능하고 치즈는 안 되는 체질이라니. 하지만 이렇게 타고난 것을 어쩌랴.

아기 키우는 지인들을 살펴보면 누군가는 피부 질환으로, 혹은 면역 질환으로, 혹은 신체 장기의 문제로 걱정이 많다. 아기 키우며 겉으로는 별일 없어 보여도 물어보면 하나둘 고민거리를 꺼내놓는다. 아기가 태어나 아무 문제 없이 건강하게 잘 자란다는 게 얼마나 기적 같은 일인지 새삼 느껴지는 요즘이다.

나는 성인이 된 지금까지도 출산을 제외하면 입원이나 수술 경험 없이 자라왔는데, 이것은 곧 큰 질병과 사고를 피해왔다는 의미일 것이다. 얼마나 억세게 운 좋은 인생인지 다시금 깨닫는다. 경제적으로 풍족한 삶은 못 되어도, 큰 영예 없이 산다고 해도 나는 받을 복을 다 받은 셈이다.

아무 탈 없이 자라는 게 기적이라고 해도 나의 아이가 살아갈 동안 기적이 따르길 바란다. 세상의 모든 아이들이 아프거나 다치지 말고 건강하게 성장하기를, 마음 아픈 사건들을 보면서도 기도한다. 어린 생명을 보호하고 안전을 지켜줄 수 있는 세상이 되었으면 좋겠다.

인정하는 시간

부모로서 나는 완벽할 수 없다는 걸 인정한다.

새 옷을 사면 더러워질까 조심하게 되고, 새 책은 구기면서 읽지 않는다. 새 신발을 사자마자 뒤축을 구겨 신는 사람이 있을까? 새것을 대할 때는 그대로 지키고 싶은 마음이 드는 법이다. 언젠가 조금씩 낡게 되더라도 최대한 유예시키고 싶은 그런 마음.

흠 없이 무결한 몸, 순수한 마음을 가진 아기를 볼 때도 그렇다. 몸에든 마음에든 상처 하나 남기고 싶지 않다. 아기의 무결한 폐에 먼지 한 톨도 들이고 싶지 않고, 아기가 분리불안을 느껴 마음 상하지 않게 하려고 울음 소리가 들리면 자다가도 벌떡 일어난다. 담배 연기는 무조건 피하고, 주변 소음에 아기가 스트

208

레스 받을까 봐 민감해진다. 살면서 무엇 하나 제대로 지켜본 적 없는 내가 온몸을 던져 한 존재를 지켜내려 애를 쓴다. 그래서 작은 흠집이라도 나면 더 속상하다.

모기가 꼬이면서 아기의 얼굴에만 무려 열 군데를 물었던 날이었다. 우리도 같은 방에서 자는데 아기 혼자 다 물린 거다. 아침에 아기 얼굴을 보고 어찌나 화가 나던지 고놈의 모기를 잡으면 능지처참하리라 몇 번이고 다짐했다. 하루 종일 속상했다.

수유 중에 아기 얼굴을 보며 엄마의 한계에 대해 생각했다. 내가 잠도 자지 않고 매일 24시간 아기를 따라다니며 지킨다고 해도 아기를 온전하게 지킬 수는 없을 것이다. 예상할 수 있는 일이란 없고 나는 불완전한 존재다. 모기 한 마리에게서도 아기를 지키지 못할 정도니. 무균 상태로 애를 키울 수도 없고, 집 안이나 바깥 어디에도 완벽히 안전한 곳은 없다. 나 역시 천의무봉 같은 몸으로 태어났겠지만 셀 수도 없는 생채기와 흠을 내며 살아왔다. 안쓰럽더라도 아기는 성장하며 흠집이 나고 상처를 받아야 한다. 이제는 인정하기로 했다. 슈퍼맨도 자기 자식을 완벽히 지킬 수는 없겠지. 모기 물린 자국이야 며칠 내로 아물 것이다. 속상하고 화가 나지만 어쩔 수 없는 일이니 마음을 내려놓았다.

하지만 내 잘못으로 아기가 다치면 절대로 편히 마음을 내려놓을 수 없다. 아기띠로 아기를 안고서 어느 카페 문을 나설 때였다. 발목이 꺾이더니 몸이 앞으로 휙 쏠려 넘어질 뻔했다. 홀몸이었다면 팔을 뻗어 지탱했겠지만, 팔은 본능적으로 아기를 잡았다. 그러자 몸이 고꾸라지면서 아기의 머리가 아스팔트 바닥에 살짝 부딪혔다. '턱' 소리가 났다. 남편을 비롯한 일행들이 모두 놀랐고 이 광경을 본 카페 사장님까지 깜짝 놀라 뛰어나왔다. 아기도 놀라서 울긴 했지만 금방 그쳤다. 다행히 세게 부딪히지는 않은 모양이다. 그곳에 있던 모두가 놀랐지만 나는 그야말로 공포에 휩싸였다. 그 찰나의 순간에도 아기 머리에서 피가 철철 흐르고 응급실에 달려가는 장면이 떠올랐다. 아기 곁에서 죄책감에 훌쩍거리며 우는 내 모습까지. 원래 '불길한 상상' 분야에서 참 뛰어나긴 했지만 엄마가 되니 더욱 겁이 많아졌다.

아기가 진정이 된 후에도 내 충격은 가시지 않았다. 세상에서 가장 안전하다는 '엄마 품'에서 아기가 크게 다칠 뻔했다는 것도 그랬고, 나의 은밀한 두려움이 끄집어져 나와서도 그랬다.

나는 어릴 때부터 자주 뭔가를 떨어뜨렸다. 싱글일 때는 그리 신경 쓰이진 않았으나 결혼 이후 내가 하루에도 몇 번씩 자꾸 뭔가를 떨어뜨린다는 사실을 알게 되었다. 식기건조대 위에 그릇을 쌓다가 떨어뜨리고, 무심코 움직였다가 근처에 놓인 걸 건드려서 떨어뜨린다. 요리하다가 찬장에서 꺼낸 조미료 통을 떨어뜨리는 것도 예삿일이다. 내가 부엌에 있으면 꼭 한 번은 '우당탕' 소리를 낸다. 남편은 그런 나를 '떨어뜨리는 사람'이라고 부르며 너스레를 떤다.

"괜찮아. '떨어뜨리는 사람'이 뭘 떨어뜨리는 건 이상한 일이 아니지. 나는 여보가 떨어뜨린 걸 '줍는 사람' 할게."

떨어뜨리지 않기 위해 매 순간 촉각을 곤두세우며 살 수는 없다. 이따금 정신에 빈틈이 생길 때면 꼭 이렇게 실수를 한다. 그런 내가 육아를 시작하면서 아기를 떨어뜨릴지 모른다는 두려움이 생긴 것은 당연했다. 공포와 불안은 때론 끔찍한 상상으로 이어졌고 난 애서 고개를 흔들며 떨쳐냈다. 그런데 이날, 그 불길한 공상과 흡사한 장면을 내 눈으로 본 것이었다. 아기 머리가 땅에 부딪히는 소리는 정말 무서웠다. 만약 크게 다쳤다면 어땠을지 상상하기도 싫다.

한번은 침대 가에 누운 채로 아기를 내 배 위에 올렸다가 순식간에 아기가 바닥으로 굴러떨어진 적이 있었다. 다행히 바닥에 이불이 깔려 있어서 크게 다치지는 않았지만, 나는 겁에 질려 호들갑을 떨었다.

"병원에 가봐야 하지 않을까? 머리에 금이 갔으면 어쩌지?"

그때도 엄마가 어떻게 자기 아이를 놓칠 수가 있는지 이해되지 않았다. 그러다 이렇게 또 아기를 아프게 한 것이다. 침대에서 떨어뜨린 그날처럼 혼자 자책을 많이 했다. 한 아이를 키우려면 나의 능력이나 한계를 뛰어넘어야 하는 순간이 자주 찾아온다. 흔히들 엄마는 강하다고 하지만 나는 사실 아기를 지킬 힘이 별로 없는 것 같았다. 내 실수를 자책하느라 그날은 무력감이 지워지지 않는 밤을 보냈다.

내 품에 안겨 있어도 아기는 다칠 수 있다. 내가 아이 옆에서 매일 보초를 선다고 해도 그를 온전히 지켜줄 수 있을까? 뉴스나 기사를 통해 세상의 온갖 무서운 일들을 보면서 이제 불안과 두려움은 내가 아닌 아기에게로 향한다. 내가 초식동물처럼 주위를 두리번거리며 살았던 것처럼, 아마 내 딸도 그렇게 될 것이다. 내가 두려워했던 것들을 아마 이 아이도 무섭다고 인식하고, 강력범죄의 피해자가 된 여성들을 보며 내 일처럼 불안을 안고 살게 될 것이다. 수많은 목소리가 이 아이에게 '조심하라'고 말할 것이다. 이런 생각을 하면 막막해지면서 어떤 태도로 아이를 키워야 할지 고민이 된다. 좀더 안전한 세상이 오길 바라지만 그러기 위해 내가 뭘 할 수 있을까? 무력감은 시시각각 찾아온다. 아이가 강한 사람으로 자라기를 그저 바랄 수밖에 없는 걸까.

유모차에 아기를 태우고 어느 한적한 길을 가고 있을 때였다. 거리를 떠도는 덩치 큰 개 한 마리가 따라왔다. 만약 저 개가 아기를 공격한다면 어떻게 할까? 내 몸이 물어 뜯기더라도 나는 저 개를 막아낼 것이다. 그러려면 저기 있는 벽돌을 들어야겠다고 혼자 마음속으로 준비했다. 그러거나 말거나 개는 자기 갈 길을 가고 나는 어쩌다 반사적으로 방어 모드를 작동하게 되었는지 생각했다. 혼자 거리를 걸을 때에도 나는 항상 만일의 상황을 상상하는 습관이 있었다. 갑자기 저 사람이 덤비면 소리를 지르거나 저 가게로 들어가야지. 구두를 벗고 뛰어야지. 늘 이런 식이다. 슬픈 일이다. 자녀를 키우다 보면 전사가 되어야 할 순간을 만날 것만 같다. 아이에 대한 사랑이, 그리고 책임감이 나를 더 강하게 만들어 줄지도 모르겠다. 일단은 실수 많은 이 두 손부터 어떻게 해봐야겠다. 모든 순간마다 지켜줄 수는 없어도 다치게는 하지 말아야 하니까.

나 자신으로 살고 싶다

거리와 마트에서 흔하게 볼 수 있는 수많은 엄마들. 유모차를 끌거나 아기띠를 메고 씩씩하게 걷는 여성들을 보며 그들을 묶는 천편일률적인 말들을 생각했다. 누구에게나 '우리 엄마'는 소중하지만, 어떤 이들은 자기 엄마를 뺀 다른 엄마들을 쉽게 범주화하여 판단 내린다.

'엄마들이 역시 극성이네.'

'카페에 애엄마들이 왜 이렇게 많아?'

'너도 애엄마 다 됐다.'

엄마들을 한 개인으로 보기보다는 어떤 부류로 인식하고 해석하는 경향이 내게도 분명 존재했다. 그러나 출산 후 아이를 키우면서 나 역시 그 부류가 되고서야 비로소 그들이 한 인간으로 보였다. 예전에는 밖에서 지나치는 아이 엄마들을 그저 '엄마1', '엄마2' 정도로 인식했다면, 이제는 '저 사람은 무척 피곤해 보이네', '저분 입은 옷 예쁘다!', '아이고, 아이 때문에 힘드시겠다' 하고 한 번씩 관심을 갖는다.

어떤 분들은 아이 엄마들에게 한 마디씩 얹을 수 있는 자격을 얻은 것만 같다. 여섯 살 조카와 지하철을 탔다가 낯선 중노년 어른들이 말을 걸어 당혹스러웠던 기억이 있다.

"아들이 잘생겼네."

"외할머니가 좋아, 친할머니가 좋아?"

"엄마가 맛있는 거 많이 해주니?"

나 혼자였다면 절대 듣지 않았을 말들이 척척 붙는다. 무신경한 개인으로 지하철을 타오던 나는 아이와 함께 있다는 이유로 타인이 불쑥 끼어들 때마다 깜짝 깜짝 놀랐다. 단 한 번도 원한 적 없던 관심이다. 그날 아이 키우는 엄마의 피로를 조금 느껴본 것 같다. 그러다 아기를 데리고 다녀보니 전혀 모르는 사람이 자주 말을 걸어온다.

엄마가 되면 자기 의사와 상관없이 공적인 상황에 끌려나오기 쉽다. 나만큼, 혹은 나보다 더 소중한 존재를 키우다 보면 한 인간으로서의 나는 희미해지고 자녀가 나를 대신하는 경우가 많아진다. SNS의 프로필에 아이 사진을 올리고 누구와 말을 나눠도 결국 육아에 대한 이야기로 빠진다. 아이를 사랑하고, 아이를 위해 기꺼이 희생할 수 있지만 그럼에도 나는 너무도 나 자신으로서 살고 싶은 사람이다. 그래서 주체성 유지를 위해 SNS 프로필 사진은 무조건 내 사진을 올리기로 했다. 가족 사진까지는 허용해도 아이만 나온 것은 절대 올리지 않을 생각이다. 내 이름이 걸린 계정의 얼굴을 아이가 대신하게 하고 싶지 않았다.

결혼하고 아이를 키우다 보면 비혼이나 무자녀 기혼자인 친구들과 멀어지기 쉽다고 한다. 육아가 삶 전체가 되면 정말 그렇게 될 것 같아서 상대가 묻기 전에 먼저 육아 얘기를 꺼내지 않았다. 그러면 좀더 나 자신에게 집중할 수 있으리라 생각했다. 돌아보면 참으로 알량하기 짝이 없게 느껴지기도 하지만 어쨌든 나는 나로, 아이는 아이로서 각자의 길을 가려면 적당한 간격을 유지하는 연습이 필요하지 않을까.

험난한 육아의 여정을 지나다 보면 주변의 다른 엄마들과의 유대가 정말 큰 힘이 된다. 서로의 안부와 아이의 안부를 함께 물으며 격려도 해주고 좋은 정보들도 교환할 수 있다. 언제라도 힘들 때 연락하고 싶지만 그것도 타이밍이 굉장히 중요하다. 전화해서 말 좀 하려는데 그쪽이나 우리 쪽 아이가 울거나 칭얼대면 바로 통화 종료. 반면 둘 다 괜찮은 상황에서 통화하면 한 시간은 기본이며 '이제 끊어야지' 하다가 두 시간도 훌쩍 넘을 수 있다. 아이가 아프진 않았는지, 평소에 어떻게 지내는지, 수면 습관은 어떤지, 남편은 어떤지, 무엇이 특히 힘든지……. 이야기는 해도 해도 끝이 없다. 메시지를 주고받다 보면 서로 별별 링크를 공유하면서 자신이 아는 정보를 나눠준다. 어디서 뭐가 싸게 팔더라, 이럴 때는 이런 방법이 좋더라, 나라에서 해주는 지원이 이런 게 있더라……. 특히 같은 해에 출산한 엄마들 사이에는 별천지 같은 정보들이 넘쳐흐른다. 아무것도 몰랐던 나도 많은 도움을 받았다. 아이 엄마가 아니더라도 비슷한 경험을 가진 이들은 서로를 끌어당기기 마련이다. 출산과 육아는 특히 더 강렬한 경험인 데다 대부분 잘 모르는 상태로 맞닥뜨리기 때문에 엄마들끼리의 유대가 더 강력한 것 같다. 이런 유대를 곱지 않게 보는 시선도 있다는 걸 안다. '엄마들'이 아니라 '인간과 인간'으로 본다면 무난히 이해할 수 있다.

요즘 엄마들은 할 일이 너무 많다. 옛날에는 조부모나 동네 어른들이 아이들을 때때로 보살펴주니 엄마도 마음 편히 가사나 경제활동에 집중할 수 있었다고 한다. 동네 아이들은 한데 모여 종일 어울려 놀다 저녁이 되면 집에 들어왔다. 이유식, 유행에 맞는 놀잇감, 선행학습 같은 걸 신경 쓸 필요가 없었다.

하지만 이제는 모든 게 숙제이고 과업이다. 모유 수유에 대해서 공부하고, 출산용품 리스트를 검색하고, 육아는 '템빨'이라고 할 정도로 시기별로 살 것이 많다. 이제는 육아를 위해 감정코칭도 배우고, 연령에 맞는 놀이법을 찾아 직접 놀아주고, 이유식의 단계와 대원칙들을 미리 학습하여 적용해야 한다. 아이가 읽을 책도 나이에 맞게 고르고, 아이와 같이 놀 친구들도 만들어주고, 때 되면 한글과 숫자도 가르쳐야 한다. 그뿐만 아니다. 아이에게 문제가 있어 보이면 책을 보고 검색을 하기도 하고, 병원에 데려가 진료를 받고는 정해진 시간에 약 먹이는 것도 잊지 말아야 한다. 장난감과 아이 옷에도 유행이 있다. 소비는 신중해야 하지만 그 흐름을 완전히 무시하기 어려운 때도 있다.

남들이 하는 대로 다 따라갈 필요는 없다. 나 역시 이렇게 다 챙기며 살지는 않는다. 하지만 큰 욕심 없이 적당히 먹이고 입히고 놀게 하면서 그저 기본만 하려고 하는데도 할 일이 너무 많다.

아기가 태어나면 새로운 세계가 열린다고 하는데, 키워보니 아기가 클 때마다 새로운 세계가 매번 계속 열린다. 좀 적응할 만하면 아이는 더 성장하고 발달하여 부모에게 새로운 과업을 안기는 것이다. 수유에 적응할 만하니 이유식을 시작하고, 누워 있는 아기에게 적응하니 뒤집고 배밀이를 한다. 아기가 울면 대체로 졸리거나 배고프거나 배변하는 것으로 판단했는데, 이제는 안아달라며 울고 책 읽어달라며 찡얼댄다. 아기가 휴대전화 화면을 들여다보기에 잠금 버튼을 눌렀더니 화를 내며 전화기를 집어던진다. 또래 아이와 만나면 서로 물건을 뺏고 뺏기며 울기도 한다. 그래서 엄마들은 이럴 때 어떻게 해야 하는지 자료를 찾고 실험하며 해결책을 찾는 일종의 임상실험학자가 되기도 한다.

이렇게 의무들을 겹겹이 걸친 채로는 온전한 자신의 모습을 유지하기 어렵다. 내면의 요구에 귀 기울이는 시간이나 나 자신을 위한 일들을 한없이 뒤로 미루는 것이다. 인생이 종이접기도 아닌데 뜻을 접고 희망을 접고 계획도 접다가 내가 전혀 다른 모양으로 남아버릴 것 같다.

고민이 주특기인 나는 그래서 또 고민한다. 엄마의 길과 나 자신으로 사는 길은 원래 이렇게 정반대로 놓인 걸까? 아니면 인생의 긴 여정 위를 달려가다가 '엄마'라는 터널을 통과하는 중인가? 운전하면서 산을 지나고 바다를 등지는 것처럼 그저 풍경이 바뀌는 것뿐인 걸까? 엄마들에 대한 선입견을 의식하면서도, 평범한 아이 엄마의 조건을 하나씩 갖춰가면서도, 자꾸만 고민하면서 현실을 받아들이고 있다.

모든 걸 다 잘하겠다는 욕심은 애초에 없었다. 나 자신으로 살기 위해 엄마의 도리를 저버리고 싶다는 건 더더욱 아니다. 그저 오래된 비석의 글귀처럼 지워져가는 내 모습을 나만이라도 잊지 않기 위해 노력하려는 것이다. 내가 과연 무슨 꿈을 꾸었나 헤아리고, 그래서 지금 무엇을 할 수 있는지 살핀다. 이렇게 조금 씩 꿈틀대다 보면 내 모든 역할을 긍정하며 새로운 나를 찾아가 겠지. 그러다 아이가 더 자랐을 때, 또렷하고 환한 엄마의 삶을 보며 기뻐하고 안심하면서 저 자신의 길을 가줄 것이라 믿는다. 내가 바라는 양육의 완성이다.

끝나지 않는 수면 교육

아기가 자랄수록 사랑도 함께 자란다. 그래서 힘겨운 육아 중에도 씩씩하게 버티며 아기 앞에서 늘 방글방글 웃게 된다. 내 능력 밖의 일도 아기를 위해서라면 해내고야 마는, 제법 엄마다운 모습도 나온다. 눈에 넣어도 아프지 않다는 말을 아기를 보며 실감하고 있다. 나는 내 딸을 정말 사랑한다.

그럼에도 시련은 온다. 육아의 최대 난관은 밤에 찾아왔다. 아기들이 밤에 자주 깬다는 건 이미 알았지만 버티기 어려운 순간들이 있었다. 잠을 못 자게 하는 건 전통적인 고문의 한 방법인 만큼 심신을 미치도록 괴롭게 한다.

아기가 태어난 후, 나는 아침에 자연스럽게 잠에서 깬 적이 거의 없다. 아기 재우고 이런저런 일을 마치고 누워 렘수면에 들어갈 때도, 깊이 잠든 새벽에도 아기가 울면 일어나야 한다. 타의에 의해 억지로 잠이 깨면 그 스트레스와 피로감은 이루 말할 수 없다. 몸이 침대에 진득하게 들러붙은 상태에서 팔다리를 하나씩 떼어 몸을 일으켜본다. 너무 졸려서 미쳐버릴 것 같다. 그래서 밤중 수유는 중단할 엄두도 내지 못했다. 젖을 물리면 아기가 금방 다시 잠들지만 다시 안아서 재우려면 시간과 에너지가 배로 들기 때문이다. 그렇게 겨우 아기를 재우고 나면 내 잠은 멀리 달아나버리고 밤새 뒤척이다 얕게 잠든다. 그래서 나는 아기가 울면 곧바로 일어나 젖을 물리고 나도 눈을 감으며 잠기운을 유지했다.

아기가 신생아였을 때는 꽤 모범적이었다. 조리원 퇴소 후 집에 돌아와서는 꾸준히 수면 시간이 늘더니 6, 7시간 정도 안정적으로 통잠을 잤다. 그러다 백일 전까지 10시간 통잠을 자는 아기가 되었다. '백일의 기적'을 흔히들 말하는데 내 경우에는 백일이 지나자 아기가 다시 밤에 깨기 시작했다. 남편의 대학원 방학 기간에 출산을 했기 때문에 처음에는 아기가 깨면 남편이 먼저 기저귀를 갈아주고 내가 수유를 했다. 남편이 개강 이후 작업까지 겹쳐 바빠지면서 아기가 깰 때마다 내가 먼저 일어나 수유를 했다. 밤중 수유를 서서히 끊어야 한다는 이야기는 들었지만 아기를 빨리 재우려면 수유만 한 게 없기 때문에 매일 밤 타협을 했다. 아기가 울면 부스스 일어나 눈 감은 채로 3~4분 정도 수유하면 아기도 다시 잠든다. 그때는 몰랐다. 내가 만들어간 아기 수면 습관이 나중에 어떤 결과로 내게 돌아올지. 결국 아기는 같은 시간마다 젖을 찾으며 울게 되었다.

수면 교육에 대한 여러 간증을 들은 바 있다. 수면 교육은 아기가 혼자 잠드는 습관을 길러주는 것인데, 그러려면 아기가 울어도 안아주지 않고 스스로 잠들기를 기다려야 한다. 처음에는 울다 지쳐 잠들겠지만 나중에는 안아주거나 수유하지 않아도 아기가 혼자 누워 잠든다는 것이다. 생후 6주가 되면 수면 교육을 시작할 수 있다고 한다. 7주 무렵에 나도 괜히 한번 도전해보았다. 졸린 아기가 앵앵 울기 시작한다. 울어도 엄마가 안아주지 않으니 더 크게 운다. '이래도 안 와?'라고 하듯 점점 더 악을 썼다. 그 모습을 가만히 지켜보기가 정말 쉽지 않았다. 엄마를 기다리며 울부짖는 아기가 불쌍해서 견디기 어렵고 너무 미안했다.

'내가 왜 이러고 있지?'

'아기가 분리불안을 느끼지 않을까?'

'수면 교육 안 할래!'

결국 다 포기하고 아기를 안아주었다. 그제야 마음이 놓였다. 눕혀서 토닥거려주기만 해도 잠들던 아기는 얼마 지나자 안아줄 때까지 울게 됐고, 시간이 더 지나니 안고 걸어다녀야 잠들고, 그

다음에는 안아서 짐볼을 타야 잠들고, 급기야는 안고 들썩들썩 움직이며 걸어다녀야 잠들었다. 화이트 노이즈나 물 흐르는 소리를 틀어주면 울음을 그치고 잠들던 호시절도 있었다. 이게 안 먹히면 아기의 귓가에서 비닐봉지를 비비고 또 비비다 보면 그 소리에 잠들기도 했다. 이런 대책들도 몇 번 써먹으면 효과가 없었다. 아기가 성장할수록 잠드는 조건이 점점 까다로워진 것이다. 우리는 아기가 울 때마다 새로운 '무기'를 찾아냈으나 무용해지는 순간이 이내 찾아왔다.

급기야는 나의 필살기이자 최후의 수단이었던 젖 물리기가 소용없어지는 날이 왔다. 젖을 웬만큼 먹이다 잠든 것 같아 눕히면 아기는 바로 깨서 울었다. 음악을 틀고, 아기띠로 아기를 안고, 입으로는 쉬쉬쉬 소리를 내며 몸을 들썩이며 걷는 모든 방법을 동시에 써봐도 아기는 악다구니를 썼다. 남편과 번갈아가며 아기를 안고 달래며 한 시간 넘도록 사투를 벌였다. 겨우 잠든 아기를 조심스럽게 내려놓고 둘 다 만신창이 상태로 멍하니 침대에 걸터앉았다. 남편이 말했다.

"수면 교육 말이야. 다시 해야겠어."

우리는 좀더 현실적인 수면 교육 방법을 검색해보았다. 이번에는 남편이 새로운 이론을 가지고 왔다.

"아기는 아빠가 재워야 한대."

말인즉슨, 엄마가 재우면 젖 냄새가 나서 더 투정을 부린다고 한다. 아빠가 재우면 자기를 달래줄 것이란 기대를 일찍 접고 잠든다나. 아기에게 이제 잠잘 시간이라는 걸 알려주려면 수면 의식을 정해 매일 반복해야 하는데, 그 과정을 이제 남편이 맡기로 했다. 나는 수유까지만 하고 밖으로 나왔다. 정시 퇴근하는 기분이었다.

아빠가 재우는 방법도 꽤 효과가 있었다. 이제야 아기 수면 습관이 제대로 잡혀간다고 생각했으니까. 하지만 이번에도 복병이 있었다. 뒤집기를 시작한 것이다. 아기 신체 발달 과정에서 뒤집기는 매우 중요하다. 우리는 아기가 발달이 느리다는 소리를 병원 갈 때마다 들었던 터라 집에서 열심히 연습을 시켰다. 마침내 아기가 처음으로 자기 힘으로 뒤집었을 때는 눈물이 핑 돌 정도였다. 아기의 성장은 기쁜 일이지만, 뒤집기가 익숙해지면서 아기는 시도 때도 없이 눕히기만 하면 몸을 뒤집었다. 잠들었을 때도 마찬가지였다. 뒤집기 다음 단계는 되뒤집기, 그러니까 엎드린 상태에서 다시 원래대로 몸을 뒤집는 것이다. 그러면서 굴러다니는 게 가능해진다. 그전까지는 엎드린 채로 다시 뒤집지 못해 잠에서 깬다. 우리의 아기도 피할 수 없는 일이었다.

별의별 방법을 동원해서 재우고, 수면 습관을 만들어보려고 해도 치아가 나기 시작하면 또다시 원점이다. 갓 만들어진 뽀얀 잇몸을 뚫고 단단한 치아가 나오는 일이 아기에게는 불편하고 아픈가 보다. 내게도 그런 시절이 있었겠지만 기억나지 않으니 추측만 할 수밖에.

그 무렵, 밤중 수유로도 아기를 재울 수 없는 고난의 시기가 찾아왔다. 나는 중대한 결정을 내렸다.

"이제부터 밤수 끊을 거야. 어차피 먹여도 안 자."

아기의 월령도 이미 어느 정도 찼기 때문에 안 그래도 밤중 수유를 중단해야 했다. 영원히 먹일 수는 없으니까. 더 나은 수면 습관을 위해서도 필요한 일이다. 어떤 일에도 마음 흔들리지 않겠다고 다짐한 그날 밤이었다. 아기는 평소처럼 새벽에 깨서 또 울었다. 전장에 나서는 장군이 칼을 차는 것처럼 나는 비장하게 아기띠를 차고 아기를 안았다. 아기가 울부짖었지만 나는 흔들리지 않았다. 아기가 울다 지쳐 잠들 때까지 나는 몸을 들썩이며 거실을 걸었다. 누가 이기나 해보자는 심정이었다. 아기가 너무 울면 중간에 잠깐 빼서 물을 먹이기도 하고, 창밖 야경을 보여주기도 했다. 그러다 다시 아기띠로 재워보기를 반복한 끝에 드디어 아기가 곤히 잠들었다.

'해냈다……'

어둠이 물러가고 동이 트고 있었다. 두 시간이 걸렸다.

밤중 수유를 끊기로 하자 아기가 밤에 깨는 일이 줄었다. 그것만으로도 큰 수확이었다.

하루는 심심해서 육아 팟캐스트를 틀어놨다가 수면 교육에 대한 이야기가 나와 주의 깊게 들었다. 수면 교육은 아기에게 스스로 잘 수 있는 습관을 만들어주는 것이며, 그 과정에서 아기가 많이 울지만 정서에 큰 영향을 주진 않는다고 했다. 수면 교육은 아기가 잘 잘 수 있도록 도와주는 것이다. 따라서 아기를 울린다고 자책하지 않아도 된다는 이야기였다. 방에 혼자 남아 울게 하는 수면 교육에 대해서는 아직도 의견이 분분한 걸로 알고 있다. 하지만 월령이 어느 정도 차면 한번 크게 울리고 난 뒤의 효과가 크다는 말에 나도 용기를 얻었다.

"오늘부터는 울어도 놓고 나올 거야. 누워서 자는 습관을 갖게 해야지."

그날은 남편이 저녁에 일이 있어 나 혼자 아기를 재워야 했다. 나는 아기에게 마지막 수유를 하고 오늘 하루를 정리하는 이야기도 정답게 들려주다가 잘 자라고 인사하고 나왔다. 당연히 아기는 울기 시작했다. 나는 문밖에서 그 울음소리를 맞으면서 열심히 텔레파시를 보냈다.

'엄마는 너를 사랑해. 네가 스스로 잘 수 있는 기회를 주는 거야. 넌 이겨낼 수 있어.'

그날 아기는 한 시간을 꼬박 울부짖은 뒤에야 잠들었다. 그리고 밤에 한 번도 깨지 않고 열 시간을 잤다. 다음 날은 15분 울고 그다음 날, 드디어 울지 않고 잠들었다. 성공한 것이다. 우리에게 밤은 항상 피곤에 절은 시간이었으나 이제는 저녁도 차려먹고 치킨도 시켜먹고 텔레비전도 볼 수 있게 되었다. 아기가 자는 7시 이후로 본격적인 '저녁이 있는 삶'이 시작됐다.

이제는 아기가 졸릴 때 방으로 데려가면 스스로 침대에 들어간다. 그러면 우리는 인사를 나눈 뒤 문을 닫고 나온다. 아기도 분리불안을 느끼거나 울지 않고 스스로 잠들게 되었고, 중간에 깨지 않고 안정적으로 열한 시간 정도 잔다. 돌 지나면 안정기가 온다더니 정말 그런 것 같다. 최근에야 비로소 나도 깨지 않고 긴 잠을 잘 수 있게 되었다. 물론 아기띠 졸업한 것만으로도 춤추고 싶을 만큼 기쁘다. 장차 또 어떤 일이 생길지는 모르겠지만 아직까지는 해피엔딩이라고 믿겠다.

존재를 환영해주기

　내가 지금 이렇게 고생해도 얘는 기억조차 못 하겠지. 아이를 키우면서 이따금 생각한다. 부모의 사랑과 희생과 고생을 아이가 다 알아줄 수는 없다. 그럼에도 계속해야 하는가? 물론이다. 육아에는 전폭적인 사랑은 물론, 신체와 정신의 에너지, 그리고 시간과 돈도 많이 들어간다. 사실 임신부터 비용이 든다. 각종 검사비도 만만치 않고, 임부복이나 속옷도 구입해야 하고, 음식도 더 좋은 걸 먹어야 하고, 아이가 태어나서 입고 쓸 모든 걸 준비해야 한다. 출산 역시 돈이 꽤 들지만, 산후조리원에 가려면 최소 국립대학교 등록금만큼은 필요하다. 산후도우미를 고용하는 것도 마찬가지이고. 아기가 살아가는 데에는 기저귀와 분유값만 필요한 게 아니다. 아프면 병원에 가야 하고, 아기 상황에 맞는 생활용품과 장난감도 구비해야 한다. 이유식을 사먹이든 만들어 먹이든지 어른들 먹는 만큼의 비용이 든다. 이렇게 나열한다고 해서 그게 아깝냐고 묻는다면 당연히 아니다. 아이는 우리에게 찾아온 귀한 손님이고, 사랑을 다 쏟아도 아깝지 않은 존재다. 아이가 독립하여 스스로의 힘으로 살아갈 수 있도록 나는 힘과 지혜를 쏟아 키울 것이다. 돈도 필요하기 때문에 열심히 벌 것이다. 이 모든 일을 하려고 나는 자녀를 낳았다.

경제가 어려워지면서 '가성비'가 소비의 중요한 기준이 되었다. 심지어 인간관계에 드는 비용도 가성비로 계산한다. 누군가를 위해 마음과 돈을 쓰기 전에 무엇이 되돌아올지 미리 계산하는 이들도 있다. 심하지만 않다면 잘못된 건 아니다.

그런데 요즘 자녀를 낳고 키우는 일에도 '기브 앤 테이크'를 생각하는 부모들이 쉬 보인다. 양육에는 당연히 신체와 정신의 에너지가 들고, 돈도 필요하다. 그런데 이런 비용을 나중에 아이가 커서 효도하며 갚아주길 바라는 사람을 더러 보았다. 이렇게 말하기도 한다.

'너 키우느라 이만큼 힘들었으니 나중에 효도해라.'

'이번에 너 때문에 얼마가 들었으니 나중에 커서 갚아라.'

솔직히 조금 무서웠다. 아이가 부모를 위해 할 수 있는 가장 큰 일은 독립이라고 생각한다. 그것이 양육의 목적이기 때문이다. 기브 앤 테이크는 기본적으로 두 욕망이 각자의 만족을 위해 서로 거래하는 것이다. 하지만 아이는 단 한 번도 부모에게 자신을 낳아달라고 요청하거나 부탁한 적이 없다. 영혼들이 빛처럼 떠돌다가 어느 부부를 보고 찾아가 묻는다고 생각해보자.

"저를 댁의 자녀로 키워주시겠습니까?"

만일 이런 과정으로 아이를 거두었다면 거래가 성립됐다고 볼 수도 있겠으나 출산은 부모가 원해서 이루어진 일이다. 설령 부모가 원하지 않은 임신이었다고 해도 어찌 되었건 아이 입장에서는 어느 날 갑자기 자신이 존재하게 된 셈이다. 태어나버린 자는 생존을 위해 힘쓸 수밖에 없다. 그래서 밥을 달라며 울고 제 욕구를 채워달라고 울부짖는다. 이 탄생에 책임이 있는 사람이 그 요구를 듣는 것은 마땅한 일이다. 그게 부모 아닌가.

자녀 계획이 신중히 이루어져야 할 까닭도 여기에 있다. 부모는 의무로 가득 찬 업이다. 힘들게 낳아도 고생은 있는 대로 다하고 보상으로 아이의 웃음과 사랑을 받는다. 아이가 웃으며 나에게 사랑한다고 고백하는 모습을 상상만 해도 마음이 간질간질하고 행복해진다. 하지만 이것이 가능할 만큼 자라려면 얼마나 많은 울음과 짜증과 떼쓰기가 반복되는가. 기쁨은 육아의 본질보다는 '덤'에 가깝다. 그래서 텔레비전이나 SNS 속 아기들의 행복한 모습을 보고 임신을 계획한다면 후회할 날이 올 수도 있다. 물론 먼저 직면한 뒤 기대보다 못한 현실에 절망하면서 그 안의 행복을 찾아가는 경우도 많다. 그래도 알고 아이를 낳는 것과 모른 채로 현실에 부딪히는 것은 다르다. 적어도, '내가 고생한 만큼 아이가 갚아야 한다'고 생각한다면 차라리 아이를 갖지 않는 게 더 좋을 수도 있다.

다른 포유류 동물들은 태어난 지 얼마 되지 않아 바로 일어나 걷고 젖도 금방 뗀다. 반면 인간은 무능력하고 의존적인 상태로 태어나 생존 기술을 배우기까지 너무도 긴 시간이 걸린다. 갑자기 존재하게 된 아기는 따뜻한 엄마 몸에서 나와 세상과 마주하는데, 그가 앞으로 살아갈 이 세계는 도무지 본 적도 느껴본 적도 없는 무섭고 광활한 곳이다. 신생아가 자라나는 시간의 대부분은 혼돈과 공포로 가득 차 있을 것이다. 그래서 아기는 본능적으로 의지할 곳을 찾고, 그렇게 찾아낸 양육자를 전적으로 의지하며 생존을 이어간다. 모든 인간은 이런 과정을 거쳐 성장하고 어른이 되었다. 그 작은 몸으로 주어진 생을 붙들고 여기까지 온 것이다. 아기를 이 세상으로 불러낸 장본인이 부모다. 태어나길 원한 적도 없는 생명을 이런 혼돈의 세계로 불러냈으니 책임지는 것이 마땅하다.

농담으로라도 아이에게 '키워준 만큼 갚으라'고 말하는 부모들이 없기를 바란다. 사실 우리도 알고 있지 않은가. 돌려받기를 바라는 사랑, 계산하고 있는 속내, 조건이 있는 호의가 얼마나 차가운지. 거칠게 표현하자면 아이에게 이런 말은 폭력에 가깝다고 생각한다. 발화자 본인이 어렸을 때 부모에게 이 차가운 말을 들었다고 가정한다면 아무래도 달갑지 않을 것이다. 정서에도 좋지 않을 게 분명하고.

그렇지만 가성비의 함정에 빠지지 않고 힘써서 아이를 길러낸 다면 아마도 아이는 갚을 것이다. 순전한 사랑을 받으며 그것을 배운 사람은 같은 방법으로 사랑을 줄 수 있지 않을까. 갓 돌을 지난 나의 딸도 엄마와 아빠를 사랑하고 있다. 우리를 보면 기분 좋게 웃어주고, 컨디션 좋을 때는 뽀뽀도 해주고, 우리와 함께 있을 때 진심으로 행복해한다. 가끔은 다른 볼일 때문에 당장 안아달라는 아이의 요구를 들어주지 못할 때도 있다. 그러면 아이는 엉엉 울면서 내 바짓가랑이를 붙잡는다. 요구사항이 무시되면 상처를 받을 수도 있고 화가 날 수도 있는데, 아이는 포기하지 않고 나를 붙든다. 수면 교육을 한다고 혼자 방에서 꼬박 한 시간을 울게 해도 다음 날 아침이 되면 환한 미소로 나를 맞아준다. 아기는 전 존재로 부모를 사랑하고 때론 용서한다. 부모를 어떤 상황에서도 포기하지 않는다. 그것이면 나는 충분히 되돌려 받았다고 생각했다. 시간이 더 지나면 나의 사랑보다 아이의 사랑이 훨씬 깨끗하고 영롱하다 느껴지는 순간이 올 것이다.

부모를 사랑해서 여러 모양으로 표현해준다면 더할 나위 없이 고마운 일이다. 하지만 그것을 내가 먼저 요구할 수는 없다. 그 순간 사랑은 가장 아름다운 빛을 잃고 무거운 의무와 부담이 작용하겠지. 이런 결과는 원치 않는다.

아이의 존재 자체를 환영해줄 수 있는 마음이 생긴다면, 희생과 의무로 가득 찬 것을 알아도 부모가 되고 싶다면, 내가 바라는 대로 되돌려 받지 않아도 기쁨과 행복을 찾을 수 있다면 이미 좋은 부모로 충분히 준비되었다고 생각한다. 나도 욕심이 슬그머니 고개를 들 때마다 새롭게 다짐한다. 부모가 되면서 나 같은 사람도 높은 사랑에 도전할 기회를 받았다.

딸을 어떻게 키워야 할까

나는 딸을 낳았다.

태아 성별을 처음 알았을 때, 기쁘기도 했지만 한편으로는 걱정도 많았다. 여성으로 살아온 삶이 내겐 쉽지 않았기 때문이다. 조심하고 신경 써야 할 것이 너무 많다. 제약이나 편견과도 싸워야 한다. 외모에 신경 써야 한다는 강박이 생긴다. 그리고 언제 어떤 위험이 생길지 모른다는 두려움을 늘 지니고 있다.

임신 기간 중에 강남역 살인 사건이 일어났다. 볼일이 있어서 강남역에 갔다가 포스트잇이 잔뜩 붙은 10번 출구를 지나갔다. 마음이 아파 글귀들을 다 읽을 수가 없었다. 이 불안과 두려움이 아이에게도 전해질까 봐, 그래서 혹시라도 은연중에 자기 성별에 대한 원망이 자리 잡을까 봐 짧은 글조차 남기지 못하고 돌아섰는데 그게 오래 마음에 걸렸다.

딸을 어떻게 키워야 할까. 치마 입었을 때는 두 무릎을 붙이고 앉으라든가 과일을 예쁘게 깎으라든가 너무 크게 웃지 말라는 말들을 들으며 나는 자랐다. 리더십이 있는 여자는 신붓감으로 좋지 않다거나, 드세지 않고 조신한 여성이 인기가 많다거나, 너무 유능하면 남자들이 싫어한다는 메시지를 참으로 다양한 유형으로 학습했다. 이 아이가 살아갈 세상은 성별에 관계없이 누구나 같은 행복을 누렸으면 좋겠다.

딸은 키우는 맛이 있다고 한다. 예쁘게 꾸며줄 수도 있고, 때때로 애교도 부리고, 아들보다 상대적으로 차분해서 키우기 좋다고들 한다. 아들은 에너지가 넘쳐서 키우기가 어렵다고 아들 가진 엄마들은 입을 모아 말한다. 얼마나 어려운지 아들 양육에 관한 서적도 쏟아져 나온다. 서점 사이트에서 '딸'을 입력하면 성장하는 딸에게 주는 조언이나 서신 같은 에세이가 먼저 나온다. 반면 '아들'의 경우는 아들 잘 키우는 법이라든가 아들이 엄마를 미치게 한다거나, 엄마는 아들을 잘 모른다는 제목의 양육서가 더 많이 보인다. 이 땅에는 아들들과 비슷한 수의 딸들이 살고 있는데 어째서 딸을 잘 키우는 법에는 관심이 없어 보일까. ('딸 잘 키운'으로 검색해보니 '잘 키운 딸이 좋은 어머니가 된다'는 제목이 떠서 잠시 몸서리쳤다.)

성별에 대한 편견이야 그 역사가 유구하고, 사람들을 보면 통계적으로 성별에 따른 특징이 나타나는 것도 사실이다. 그렇지만 달리 생각해보면 바로 그 편견으로 성 역할을 학습하게 되는 경향도 있는 것 같다. 에너지가 넘치는 여자아이는 '딸인데 왜 이러지?', '여자애가 아주 활발하네' 같은 말을 들을 것이고, 얌전하고 내성적인 아들은 '아들치고 얌전하네' 혹은 '사내자식이 왜 이래?' 따위의 말들에 속상해할 것이다. 성별마다 주어지는 칭찬도 다르다. SNS만 봐도 아기 사진이 올라오면 딸에게는 흔히 '예쁘다', '야무지다', '여성스럽다'로, 아들에게는 '씩씩하다', '멋있다', '벌써 상남자 같다' 등의 말들이 일상적으로 붙는다. 성별에 따라 듣는 칭찬조차 다르니 아이들은 세상이 자기에게 기대하는 게 무엇인지 의식하고 그런 모습을 더 보이기 위해 노력할 것이다. 아이들은 성별로 편을 가르기도 하는데, 일례로 내 남자 조카는 여자가 대통령이 됐다고 억울하다며 울기까지 했다. 그것도 겨우 일곱 살 때. 내 여자 조카는 그다음 대선에 유일하게 등장한 여성 후보의 선거 벽보를 보면서 이렇게 말했다.

"여자를 또 대통령으로 뽑기가 좀 그렇지 않을까?"

생각이 어느 정도 자란 6학년이었다. 아이들은 그때까지 무엇을 배우고 믿어온 걸까.

나는 본래 자기주장이 강하고 리더로 나서길 좋아하는 아이였고, 여러 사람 앞에 나와 말하는 게 별로 어렵지 않았다. 걸림

돌이 있다면 주위의 시선과 말들이었다. 나는 중학교와 고등학교 때 학생회장이 되었지만 가족들조차도 내가 리더가 되는 것을 그리 반기지 않았다. 내가 목소리가 크고 드세다며 대놓고 꺼리는 또래 남자들도 있었다. 여자아이들은 '그래서 결혼은 어떻게 할래', '이런 걸 잘하니까 결혼해서 잘 살겠다', '이런 걸 배워야 결혼해서 사랑받는다'와 같이 결혼과 관련된 조언들을 끊임없이 듣는다. 결혼이 인생의 최종 목표라도 되는 것처럼 말이다. 우리 부모님은 학창시절을 보내는 딸들에게 '교사가 되는 게 여자에겐 최고다'라는 말을 꾸준히 하셨는데 정말이지 지긋지긋했다. 그럼에도 나는 소위 말하는 '센 여자'가 되지 않으려고 애쓰며 20대를 보냈다. 그 시절의 나에게 지금 그 모습도 괜찮다고 말해주고 싶다. 누구에게 사랑받기 위해서 스스로를 바꾸려 애쓰지 말고, 사회가 요구하는 전형에 자기 삶을 끼워 맞추며 힘겹게 살지 않아도 된다고. 하지만 나는 과거의 나를 만날 수 없다. 다만 빠르게 성장하는 딸이 있다. 아이와 함께 고민하고 토론도 하면서 생각의 길을 터주고 싶다.

태아 성별이 나오고 딸이라는 이야기를 할 때마다 꼭 이런 말을 들었다.

"요즘은 딸이 대세야."

솔직히 왜 이런 말들을 하는지 잘 모르겠다. 우리 부부는 딸이든 아들이든 전혀 상관이 없었고, 누구라도 환영할 준비를 했다. 혹시 위로를 해주려는 거라면 애초에 위로를 받을 이유가 없으니 이상하고, 부러워하는 것이라면 그럴 필요가 없는 일이니 그 또한 이상하다. 격려나 칭찬도 아닌 것 같고, 그렇다면 행운을 빌어주는 것인가? 마치 어느 지역의 부동산을 매입했다고 했을 때,

"잘됐네! 거기 요즘 집값이 뛰고 있대."

라고 하는 느낌이랄까. 부동산 매입은 스스로 선택하는 것이고 자녀의 성별은 주어지는 것이니 똑같이 듣기 좋은 말이라도 좋게 들리지 않는 것 같다. '요즘은 딸이 대세'라는 말. 곰곰이 생각해보면 참 여러 함의가 있다. 인종차별을 소재로 한 영화 〈겟 아웃〉에서도 비슷한 뉘앙스의 대사가 나와서 인상적이었다.

"요즘은 흑인이 인기가 좋지."

나는 딸이 대세가 되길 바라지 않는다. 대세라는 말에서 딸에게 무엇을 기대하고 있는지도 느껴진다. 딸이든 아들이든 과한 기대를 받기보다는 그저 존재 자체로 환영받고 자신에게 주어진 모습대로 행복하게 살면 좋겠다.

그럼에도 나 역시 모순을 안고 있다. 여름이지만 나는 한참 기어다니는 아기에게 늘 무릎 아래로 내려오는 바지를 입혔다. 무릎이 더러워지지 않게 하고 싶었다. 아들이었다면 무릎에는 신경조차 쓰지 않았을 것이다. 얼굴이나 몸에 흉터가 생길까 봐 노심초사하는 습관도 아마 아들이었다면 덜했을 것이다. 딸이라서

외모를 가꿔주고 싶다는 생각은 누가 나에게 심어놓았을까.

SNS에서 어느 남성이 딸이 막 태어났다며 사진을 올린 걸 보았다. 엄마 배 속에서 통통 부어 얼굴이 좀 이상하지만 나름대로 쌍꺼풀도 있다면서, 곧 예뻐지지 않겠느냐는 글을 남겼는데 나는 어쩐지 구역질이 날 것 같았다. 가만히 생각해보니 '아직은 아기가 예쁘지 않으니 더 예뻐지면 사진을 올리겠다'는 부모들이 내 주위에도 더러 있었다. 그리고 그들이 말한 아기는 모두 갓 태어난 여아였다. 딸은 신생아 때부터 외모 평가를 받는다는 걸 나도 분명 무의식으로 인식하고 있었다. 이 또한 지긋지긋해서 견딜 수가 없다.

오래 입어 묵은 옷은 이제 벗고 새 옷으로 새 시대를 살고 싶다. 나를 포함한 우리 모두가 말이다.

노키즈존

　이미 한참 이슈가 된 바 있지만 제주도에 '노키즈존'이 점점 늘어나고 있다. 제주에 살면서도 예쁘고 격식 있는 음식점을 막 찾아다니지는 않아서 딱히 실감이 나지 않던 차에, 어느 유명한 식당에 갔다가 노키즈존 안내를 보고 충격을 받았다. 무려 13세 이하 어린이를 출입금지 하겠다고 한다. 당시 내 딸은 만 0세였으니 이 아이는 앞으로 13년 동안 그 식당 문턱을 넘을 수 없는 것이다. 불과 몇 달 전에도 아기와 함께 가서 즐겁게 식사를 했었기 때문에 믿어지지 않았다. 허탈하게 문 앞에서 발걸음을 옮기며 생각했다.

　'애들이 뭘 그렇게 잘못했지?'

　온라인에서 그 식당의 입장을 찾아보았다. 어린이 손님이 고

가의 물건을 훼손한 적이 있고, 온수 포트에 화상을 입을 뻔한 일도 있었다고 한다. 식당 규모상 관리할 직원을 더 둘 수 없어서 고심 끝에 노키즈존을 결정했다고 한다. 이것만 보면 꽤 심각한 사안이다. 마음고생 했을 사장님의 고충이 충분히 이해가 된다. 짐작일 뿐이지만 비단 이 일 하나 때문에 느닷없이 노키즈존으로 바꾸진 않았을 것이다. 아마 아이 동반 손님들이 장사에 크고 작은 불편을 주는 일이 반복되지 않았을까. 나는 그곳에 생후 70일가량 되는 아기를 데리고 갔었는데 그때의 내 모습도 괜히 돌아보았다. 탁자 옆에 커다란 유모차를 두는 게 거슬렸을 수도 있다. 중간에 아기가 울어서 다른 손님들이 컴플레인을 하진 않았을까?

노키즈존은 말 그대로 아이를 동반한 손님을 거부하는 곳이다. 보통은 조용한 분위기를 추구하는 격식 있는 레스토랑이나 공연장 등에서 미취학 아동의 출입을 금하는 경우가 있었다. 그런데 요즘 제주도에서는 대단히 엄숙하거나 조용한 곳이 아니더라도 사업자의 판단 아래 노키즈존 선언을 한 업소가 많아졌다. 노키즈존이 된 모든 식당이나 카페를 다 알지는 못하지만 아마도 사장님의 감각과 개성이 드러난 인테리어와 조경, 소품들로 꾸며진 곳이 대부분인 것 같다. 아이들이 오면 정성껏 꾸며놓은 게 망가질 위험이 크고, 울거나 소리를 지르고 뛰어다니며 분위기를 해칠 수 있으므로 그런 결정을 내렸을 것이다. 혹시나 아이가 다치거나 물품 훼손으로 시비가 붙으면 골치 아프니까 사전 예방 차원에서 아예 출입금지가 되었을지도 모르겠다. 어쨌든 그분들은 가족 단위 손님을 포기하면서까지 자신의 사업터를 보호하려고 한 것이다. 쉽게 내릴 결단은 아니다. 그래서 충분히 이해한다. 아이들이란 본래 어디로 튈지 모르는 존재이고, 부모 중에도 부도덕한 사람이 분명 존재하기 때문이다. '진상 손님'에는 다양한 부류가 있지만 할 수만 있다면 한 부류라도 막고 싶었을 것이다.

　제주에 노키즈존이 많아진다고 하지만 모든 곳이 그렇지는 않다. 노키즈존이 아닌 업주분들은 아이 동반 손님들이 편안한 걸까? 당연히 그렇지 않다. 우리 부부가 좋아하는 카페나 레스토랑에도 아이를 데리고 온 어른들에게 주의를 요하는 안내가 붙어 있다. 인상적인 문구들을 옮겨본다.
　'이곳은 노키즈존이 아니지만 그렇다고 키즈카페인 것은 아닙니다.'
　'아이들이 무슨 잘못이 있겠어요……. 방치하는 어른들이 문제죠.'
　그동안 많은 일을 겪었다는 게 느껴진다. 그리고 아이들을 탓하지 않으면서 보호자에게 주의를 구하는 느낌이라서 오히려 바람직하다고 생각했다. 직관적으로, 또 솔직하게 뜻을 나타낸 사장님들 덕분에 우리도 기분 상하지 않고 좀더 주의하며 신경을 쓰게 되었다. (물론 이미 지나치게 신경 쓰고 있다!) 이곳에 온 아이들은 공공장소 예절을 배울 수 있을 것이다. 그 카페에 앉아 있으면 부모를 따라온 어린이들이 조용히 책을 읽는 모습을 쉽게 볼 수 있다. 더 어린 아이들도 부모의 주의와 관리 아래 주변을 탐색한다. 무엇보다도 업주분이 아이들을 예뻐하고 환영해주어서 고맙다. 아이들은 환대하는 분위기 안에서 편안하게 예절을 학습한다. 그들이 울거나 소리 지를 때도 있지만 부모의 관리와 주위의 용납이 있으니 길게 가지 않는다. 매너는 직접 겪으며 배워야 한다.

노키즈존 앞에서 마음 한쪽이 서글픈 이유가 이것이다. 사회화는 사회에서 이루어져야 하지만, 노키즈존은 그 과정을 감당하지 않겠다는 선언과 다름없기 때문이다. 아이들에 대한 용납과 인내에 조금도 에너지를 쓰지 않겠다는 것이다. 다 키워서 데려오든가 아예 오지 말라고 막는다. 노키즈존의 사장님은 아이들을 사업에 도움이 되지 않는 존재로 결정 내렸다. 사고를 칠 수도 있고 말썽을 부릴 수도 있다는 '가능성' 때문에 이미 몇몇 '진상' 손님을 만났다는 이유로.

진상 손님은 다양하다. 만약 앞서 말한 그 식당에서 20대 커플이 사진을 찍다가 소품을 망가뜨리고 도주했다고 한다면 같은 논리로서 '노 20대 존'을 만들었을까? 술 마시고 온 중년 남성이 난동을 피우다 집기를 훼손했다면 '노 중년남 존'을 선언했을까? 패스트푸드점 아르바이트를 했던 경험을 떠올려보면 사실 진짜 '진상' 손님은 대체로 성인이다. 아이들이 와서 놀다가 구토한 것을 부모가 치우지 않아 내 손으로 쓸어모아 치운 적도 더러 있었다. 하지만 그것보다 훨씬 더 불쾌한 것은 나를 비인격적으로 대하는 일부 어른들이었다. 말도 안 되는 트집을 잡거나 반말을 하거나 햄버거를 집어던지는 손님을 생각해보면 대부분 중년 남성이었다. 카페에서 조용히 책을 읽고 싶은데 옆에서 스피커를 켜고 DMB를 본 사람도, 술에 취해 고래고래 소리 지르는 사람도 마찬가지. 하지만 그 어디에도 '노 아재 존' 같은 것은 없다.

어떤 부류에나 부도덕한 개인이 존재한다. 남성과 여성, 성인과 아동, 군인이나 성직자, 청소년, 교육자 등 어디나 마찬가지이다. 하지만 이 중에서도 범주화되어 평가와 해석을 당하는 부류는 언제나 약자이다. 부류 중 소수의 사람이 잘못을 범하면 그 부류 전체가 비난을 받고 대상화되는 것이다. 나는 중년 남성들에게 그 많은 불쾌감과 불편을 당했지만 단 한 번도 '노 중년남 존'을 만들어야 한다는 생각을 해본 적이 없다. 학창시절 남자 선생님들의 성희롱을 경험했지만 '이래서 남선생은 뽑으면 안 돼' 같은 생각 근처에도 간 적이 없다. 배임이나 횡령, 성폭력으로 구설수에 오르는 목사님들이 있지만 '목사들이 다 그렇지'라고 말하는 사람은 별로 없다. 이런 일은 일부 개인이 저지른 잘못이라고 모두가 알고 있으며, 그들이 약자가 아니기 때문이다.

아이들과 외식하겠다고 밖에 나가면 챙길 것도 많은 데다 제멋대로 움직이는 아이를 통제하느라 정신이 없다. 그렇지만 잠시라도 한눈팔았다가는 '맘충'이라고 욕먹을까 봐 늘 자신을 검열하고 의식한다. 아기가 배변한 기저귀를 식탁 위에 두고 갔다든가 자리를 온통 난장판으로 만들었다는 온라인의 '맘충썰'을 상기하며 앉은 자리를 싹 치우고 나온다. 물론 그렇지 못한 부도덕한 부모들도 있다. 문제는 그걸로 모든 엄마나 부모를 범주화하여 비난하고 다른 엄마들에게까지 눈총을 주는 분위기가 만연해졌다는 것이다. 그게 억울하고 힘들다면 차라리 애 데리고 밖에 나오지 말라고 할 수도 있다. 하지만 부모들도 사람이니까 가끔은 외출도 하고 좋은 음식을 먹고 싶다. 모든 부류와 계층의 시민이 같은 경험을 공유하도록 배려할 수 있는 사회가 바람직하다는 건 모두가 동의할 것이다.

나이가 어려 말썽을 피울 우려가 있다고 해서, 부도덕한 '맘충'일지도 모른다고 해서 배제시키는 것은 자본주의나 시장경제에서는 '사업주의 재량'으로도 해석할 수 있다. 손님이 가게를 선택할 수 있듯이 업주도 손님을 선택할 자유가 있다고 한다면, 언뜻 그럴듯하게 들린다. 그렇다면 같은 논리로 이렇게 말할 수 있을까?

'일부 중국인들이 너무 시끄러웠기 때문에 앞으로 중국인의 출입을 금지하겠다.'

'일부 중년 남성들이 난동을 부리며 집기를 훼손하였으므로 5-60대 남성 손님은 사양하겠습니다.'

'이 공원에 동양인들이 낙서를 해놓았다. 앞으로 동양인의 출입이 제한될 것이다.'

여기서 차별을 읽을 수 있다면 이건 어떨까?

'아이를 동반한 손님들이 무례할 때가 많고 다른 손님에게 피해를 주는 경우가 많아 고민 끝에 노키즈존으로 변경하였습니다.'

업주의 마음을 이해하고 존중하지만, 그래도 마음이 아프다. 아무리 좋게 해석하려고 해도 노키즈존은 차별의 다른 말이기 때문이다. 가능성을 근거로 어떤 부류를 배제하는 장소가 많아지는 세상이 나는 두렵다. 우리는 모두 약자가 될 수 있다. 어느 날 갑자기 장애를 안게 될 수도 있고, 재산을 잃게 될 수도 있다. 노화를 막을 수는 없으니 모든 인간은 피할 수 없이 노인이 된다. 어떤 장소에 어울리지 않는다는 이유로, 여기 존재하는 것도 불편하다는 이유로 배제시키는 사회라면 더욱 많은 사람들이 차별을 경험할 것이고 내가 그 당사자가 될 수도 있다.

무엇보다도 어리다는 이유로 배제를 경험한 아이들이 자라서 어떤 성인이 될지가 걱정이 된다. 고작 몇 식당이 노키즈존이 되었다고 앞으로의 사회를 걱정하는 건 무리라고 여겨질 수도 있겠다. 하지만 역사를 통해 알 수 있는바, 차별은 작은 데서 시작되어 암묵적으로 허용하면서 더 큰 차별로 이어진다. 흑인과 유대인도 처음부터 그처럼 극심히 차별받지는 않았을 것이다.

태어날 때부터 어른이었던 사람은 없다. 우리 모두는 주위 어른과 사회의 용납을 받으면서 성인이 되었다. 어릴 때 시끄럽게 소리 지르거나 음식을 엎지르지 않은 사람이 있을까? 돌아보면 내가 어렸을 때는 아이의 어리숙함이 요즘처럼 눈총을 받지는 않았던 것 같다.

우리는 언젠가 다시 어린아이처럼 도움이 필요한 노인이 된다. 이렇듯 인간 생애에서 약자의 시기를 필연적으로 거친다면 사회의 배려와 용납을 공공의 문제로 끌어올려야 하지 않을까.

우리 모두 자란다

"쿵!"

뒤이은 자지러지는 울음소리. 아기가 앉기 시작하면서 본격적으로 바닥에 머리를 박았다. 몸에 비해 머리가 커서 자꾸 뒤로 넘어간다. 저 정도 충격이면 별이 보이는 정도가 아니라 뇌에 충격이 갈 것 같아서 걱정이 된다. 아기는 수도 없이 뒤로 넘어가서 머리를 박았다. 반무릎 상태로 서서 신이 나서 몸을 들썩거리다가 쿵. 선반을 짚고 일어서려다 다리에 힘이 풀리면서 쿵. 놀이매트를 사고 싶었지만 비용 문제로 고민했던 것이 너무 미안할 정도였다. 마음 같아서는 온 집안에 매트를 깔아주고 싶었다. 실내 헬멧을 구해 씌워보았지만 불편했던지 자꾸 벗어서 별도리가 없었다.

그럼에도 아기는 앉고 일어서기를 포기하지 않았다. 본능만큼 의욕적인 것이 있을까. 누워만 있을 때는 시야가 제한적이었으나 앉고 나서부터 입체 평면을 만나고 세계가 확장되는 기분이 들 것이다. 그러다 서기 시작하면 아예 새로운 차원을 만난다. 만지고, 맛보고 싶은 흥미로운 것들이 가득할 테지. 나는 그저 짐작만 할 뿐인 쾌감을 아기는 매일 느끼고 있다.

앉고, 일어서고, 걸으려면 한동안 끊임없이 넘어져야 한다. 이러다 두개골에 문제가 생기지 않을지 걱정될 정도로 머리를 박고 울고 또다시 일어나야 한다. 그 과정이 아기에겐 조금도 어렵지 않아 보인다. 자신을 아프게 한 바닥에 얽매이지도 않는다. 새로운 세계를 보겠다는 열망이 아픔보다 더 크다.

딸을 보며 생각한다. 나는 이렇게 탄력적으로 아픔에서 몸을 일으킨 적이 있었나. 고통의 과거를 다 잊은 것처럼 저렇게 배실배실 웃으며 새로운 일에 손을 뻗어본 적이 있었나. 그러다가 문득 나 또한 저 시기를 지났다는 걸 떠올렸다. 저만 했을 때 나 역시 수도 없이 넘어지고 다쳤고, 그때마다 조금 울고 다시 일어났을 것이다. 넘어지는 횟수는 점차 줄어갔을 것이다. 넘어질 때 어떻게 하면 좋을지 학습했을 것이다. 지금 내 아기가 그러는 것처럼. 언젠가부터 아기는 몸이 뒤로 넘어가면 재빨리 몸을 옆으로 틀어 머리를 보호한다. 운동신경과는 거리가 먼 부모는 이런 점도 신기하고 기특하다.

어느 순간부터 아기는 성장이 눈에 보이듯 빨라졌다. 많은 엄마들은 아기가 빨리 크는 게 아쉽다고 하는데 나는 그저 경이롭기만 하다. 성장은 셀 수도 없는 실패, 그리고 다시 일어서기를 반복해야 얻을 수 있는 소중한 과정이다. 능력치가 하나하나 오를 때마다 아이템을 얻는 기분이 든다. 아기의 성장을 나의 상으로 여기지는 않지만 그럼에도 성장하는 인간을 도울 수 있다는 건 꽤 보람 있는 일이다.

첫돌이 가까워지면서 아기는 스스로 일어나는 법을 터득했다. 그전까지는 무언가를 잡거나 짚어야 일어날 수 있었다. 그러다 이제는 으랏차차 힘을 내듯 천천히 몸을 일으켜 세운다. 그러면 엄마와 아빠의 눈이 휘둥그레지고, 아기는 뭐가 그리 재밌는지 히죽히죽 웃는다. 자부심을 느끼는 것 같았다. 손을 잡고 걸음마를 시킬 때마다 정말 즐거워한다. 아기는 매일 새로운 세계를 경험하고 있다.

걷고 뛰기도 하며 말까지 트이면 또 얼마나 신기할까. '걸으면 그때부터 고생 시작'이라는 말도 숱하게 들었지만 그래도 성장은 축하받을 일이다.

아이가 자라며 우리 부부의 외모는 더 늙어가고 있지만 그래도 삶에는 성장이 있다. 단계별로 달라지는 과업을 받지만 이제는 꽤 노련하게 방법을 터득하고 공유하며 학습한다. 아이의 입장에서 더 생각해보게 되었고, 아이가 원하는 것을 금방 알아챌 수 있다. 남편은 아빠의 일, 엄마의 일을 나누지 않고 육아의 거의 모든 일을 감당한다. 물론 아이를 키우다 보면 자주 탄식하곤 한다.

'이게 사는 건가!'

우리는 삶이 퍽퍽해질 때마다 서로를 의지하는 법을 더 배웠다. 상대방이 어떤 수고를 하는지 기억하며 격려하고, 부족한 점이 보이면 좋은 말로 제안하는 방식을 익히고 있다. 엄마와 아빠 사이에 흐르는 기류를 아이는 기가 막히게 눈치챈다. 우리는 아이 앞에서 이야기를 나누다가 언쟁이 시작될 것 같으면 정신 차리고 아이에게 웃으며 말한다. 우리가 어릴 때 자주 들었던 그 말.

"엄마 아빠는 지금 대화하는 거야. 싸우는 거 아니야. 알겠지?"

그리고 다시 일상적인 어조로 대화를 나눈다. 그러면 아이도 안심한 듯 웃는다.

아이가 갓난아기였을 때 우리는 얼마나 자주 '멘붕'에 빠졌던가. 그렇지만 아이가 점점 커가며 몸이 힘든 일은 조금씩 줄어든다. 처음 아이 키우며 힘들었을 때 주변의 선배 엄마들이 말했다.

"지금은 힘들겠지만 앞으로 점점 나아질 거야."

그때는 희망고문처럼 들렸지만 이제는 조금 알겠다. 성장만큼 기쁜 약속이 있을까. 아이가 자라나는 것은 아이에게도 부모에게도 큰 의미를 준다. 앞으로의 삶이 걱정되지 않는 건 아니지만 그래도 성장의 약속을 생각하며 기대를 품어본다. 하루하루가 쌓여 일생을 만드는 것이니 오늘도 힘을 다해 사랑하며 자라나고 싶다.

5

육아하는 부부 생활

새로운 로맨스

마음에 그릇 하나 품고 산다. 사랑이 채워지고 줄줄 새어나가기도 하는 그릇. 사랑이 차오르면 힘이 나고 선의가 저절로 생기지만 어떤 계기로 마음이 비어가면 불평하고 계산하며 모든 일에 서러워지기 시작한다. 결혼 후 남편과 공동의 일상을 만들어가면서 작게 서운했던 일들이 모여 덜컥 마음을 사로잡아버릴 때, 일일이 설명하기도 어려운 그 심정에 대해 나는 뽀로통하게 말하곤 했다.

"마음 그릇이 텅 비었어."

그러면 남편은 어떻게 채울 수 있는지 진지하게 묻고 열심히 실행한다. 그 모습을 보면 다시 내면에 밝은 빛이 비치고 나는 이렇게 속삭인다.

"이제 마음 다 찼어!"

그릇을 채울 방법은 다양하지만 시기에 따라 조금씩 바뀌기도 했다.

연애 시절에는 말과 행동으로 애정을 자꾸 확인하고 싶었다. 연애 전에 '썸'을 타면서 나는 두 번이나 남편에게 우리 관계를 물었고, 자기 감정을 잘 몰랐던 그는 침묵으로 일관했었다. 남편은 긴 고민 끝에 정중히 거절했지만 나중에야 벼락처럼 자기 마음을 깨닫고 나에게 정식으로 고백을 했다. 나는 그의 고민과 침묵을 기다리느라 정말 힘들었기 때문에 연애를 시작해서도 실감이 잘 나지 않았다. 당시 남자친구였던 남편은 그 점을 잘 알았는지 마치 직진밖에 모르는 사람처럼 언제나 변함없고 확실한 어조로 애정을 표현해주었다. 그럴 때마다 나는 점점 과거에서 벗어나 현재의 사랑을 누릴 수 있었다.

결혼을 하고 나니 남편과 함께 시간을 보낼 때 마음이 채워졌다. 각자 핸드폰만 쳐다보는 시간 말고, 둘이서 같은 것을 보고 마음을 모으는 그런 시간. 오롯이 상대를 경청하는 대화, 함께 만든 음식을 먹는 일, 혹은 밖에서 즐기는 데이트로 나는 다시 살아갈 힘과 의지가 생겼다. 가정경제를 의식하며 온갖 욕망을 억누를 때면 쉬이 우울해지다가도 맛있는 걸 사먹고 시기적절하게 예쁜 무언가를 구입하면, 게다가 그걸 남편이 사주기라도 하면 나는 사랑의 폭포 아래에서 등목이라도 하는 기분으로 시원하게 애정을 확인하곤 했다.

하지만 아기를 낳고 모든 것이 변했다. 아기가 생후 1개월쯤 되었을 때였나. 남편이 말했다.

"출산하고 나서 여보가 부쩍 무뚝뚝해진 것 같아."

그러면서도 내가 왜 그런지 안다며 이해한다고 했다. 사실 이런 말을 들어도 대꾸하고 싶지 않았다. 애정이 식었느냐 묻는다면 거기에도 할 말이 없었다. 나는 남편을 덜 사랑하게 되었나? 정확히 말하자면 사랑에 대해 생각할 에너지가 없었다. 내가 예전에 어떻게 그를 대했는지, 그게 지금과 어떻게 다른 건지 잘 떠오르지 않았다.

나는 남편의 말을 듣고 한번 차분히 생각해보았다.

아기를 사랑하는 일에는 에너지가 든다. 왜냐하면 사랑하기로 결정해야 하기 때문이다. 달리 표현하자면, 내가 아기를 사랑한다고 최면 정도는 걸어야 즐겁게 육아를 할 수 있다. 남들이 말하듯 모성애는 본능처럼 저절로 뚝 떨어지는 게 아니었다. 오히려 아이를 사랑하기로 결정하고 노력하는 이성의 작용에 가깝다. 물론 아이를 보기만 해도 사랑스럽고 예쁘지만 양육에 따르는 모든 희생을 감당하려면 내 깜냥보다 큰 사랑이 필요했다. 출산과 육아는 여자의 인생에 너무 크고도 가혹한 변화를 안긴다. 출산 이후 닥친 모든 의무가 내가 생각한 것 이상으로 무거웠다. 엄밀히 말하자면 이 고난을 제공한 당사자는 바로 아기다. 내 몸을 만신창이로 만든 것도, 삶에 수많은 의무들을 얹어준 것도, 생활이 엉망이 되게 만든 것도 아기다. 때문에 아기를 사랑하지 않는다면 키울 수도 없을 것이다. 축 처진 마음을 일으켜서라도 아기를 사랑해야만 한다. 그 결정과 노력이 모성이다. 사랑이 저절로 퐁퐁 솟는 현상 말고, 사랑을 길어올리는 것이 모성애라는 걸 뒤늦게 알았다. 나는 날마다 아기를 보면서 이 사랑스러운 아이를 더욱 사랑할 수 있도록 힘을 주시기를 기도한다. 이렇듯 나는 힘을 다해 아기를 사랑하고 있다.

그렇다 보니 몸뿐 아니라 감정, 정서적인 에너지 소모도 만만치 않다. 육아에는 감정 노동도 포함되는데, 내가 별로 즐겁지 않아도 아이 앞에서는 밝게 웃고 높은 톤으로 말하게 된다. 이성의 힘을 사용하여 감정을 조절한다. 사랑은 감정을 조절하는 것이라고 믿는다. 그러다 보니 마음 그릇은 쉽게 말라붙었다. 사랑을 기초로 한 엄청난 희생과 봉사를 매일 매 순간 해야 하므로 바닥을 벅벅 긁어서라도 아기에게 쏟아줘야 했던 것이다. 바야흐로 사랑의 가뭄이다. 그래서 남편을 내 관심 밖에 두었던 것 같다. 생각하고 보니 문득 미안했다.

본격 육아를 시작하고 나서 남편이 가사와 육아에 동참할 때에야 비로소 마음이 채워진다. 함께 있어도 그가 가만히 누워만 있다면 오히려 줄줄 새어나간다. 나를 얼마나 사랑하는지 말로 표현하고 그럴싸한 선물을 받아도 소용이 없다. 내 마음이 가리키는 참된 사랑은 온갖 집안일로 가득한 일상을 함께 짊어지는 것이었다.

마음의 그릇은 남편이 아기띠를 장착한 시간, 알아서 기저귀를 가는 횟수와 비례하게 채워졌다. 남편이 끼니를 준비하는 소리, 아기가 울 때 후다닥 일어나 달려가는 발걸음, 진심을 다해 아기와 놀아줄 때 들리는 부녀의 웃음소리로 나는 사랑을 확인한다. 남편과 아기를 집에 두고 나 혼자 외출을 하거나, 카페에서 작업하는 동안 그가 육아를 전담할 때 단전에서부터 에너지가 차오르는 기분이 든다. 필요한 육아용품을 함께 찾아보며 구입하고 서로의 리뷰를 들을 때, 각자가 촬영한 아기의 사진과 동영상을 밤마다 공유하며 깔깔 웃을 때, 아기를 재운 뒤 문 닫고 나오며 오늘도 수고했다고 서로를 꼭 안아줄 때, 따뜻한 안정감이 든다.

집안일은 정말 끝이 없어서 때로는 둘 다 허리도 못 펴고 일만 하다가 하루를 다 보내기도 한다. 끼니때마다 "밥 차릴래, 애 볼래?" 피차 묻는 건 그리 로맨틱하게 보이지 않을 수도 있다. 하지만 힘겨운 삶이라 해도 둘이 함께한다면 몸은 힘들지언정 마음은 비워지지 않는다. 육아하는 부부의 로맨스란 이런 것이다. 연애와 신혼 시절과는 질적으로 다른, 동료애, 전우애, 휴머니즘까지 결합된 강력한 사랑. 힘들게 아기를 재운 뒤 방에 털썩 누워 그날의 힘들었던 일과 향후 계획 같은 이야기로 속닥거리다 함께 웹툰을 보며 낄낄거린다. 그러면 피로는 씻기고 나의 오래된 마음 그릇이 사랑으로 찰랑찰랑 차오르는 것이다.

세상에는 육아하는 커플이 얼마나 많은데 왜 이런 로맨스를 다룬 드라마가 없을까. 설거지하고 빨래를 너는 남편의 뒷모습이 얼마나 사랑스럽고 설레는지 주부들은 알 텐데. '사랑해'보다 더 달콤한 말은 이것이다.

"내가 할게."

내가 아기를 사랑할 수 있는 힘과 여유는 남편에게서 비롯된다. 그는 나를 살피며 필요를 채워주고, 내가 혼자 뒤집어쓴 기분이 들지 않도록 할 수 있는 한 열심히 육아에 참여했다. 처음 아기를 키우다 보니 에너지를 전부 아기에게 쏟았을 수도 있겠다. 그래서 남편에게 따뜻하게 말할 에너지가 별로 없었다. 신생아 시기에는 의사 전달을 위한 대화만 나눴던 것 같다. 하지만 남편은 그 와중에도 내 마음 그릇을 채워주려 노력했다. 그에게 퍽 미안하고 고마웠다. 만약 그가 나를 외면했다면 나는 가뭄 밑바닥에서 사랑을 벅벅 긁어내다가 상처 나고 지쳤겠지.

그 후 나 역시 힘을 일으켜서 남편을 어떻게 챙겨줄지 더 생각하게 되었다. 그가 나에게 준 배려와 여유로 가능해진 일이다. 사랑하는 사람을 어떤 방식으로 사랑해야 할지 고민하는 건 언제나 즐겁다.

"우리는 항상 같은 편에 서자. 적이 되지 말자."

오늘도 이렇게 로맨스를 유지해간다.

민감성 훈련

"오늘 일정 마치면 공원 같은 데서 바람도 쐬면서 쉬고 싶어."

아기와 외출하는 길에 내가 남편에게 말했다.

"또? 어제 쉬었잖아."

남편이 의아하다는 듯 물었다. 전날 나는 처음으로 아기를 데리고 혼자 모임에 다녀왔다. 물론 좋은 사람들을 만나 이야기를 나누고 맛있는 걸 먹으며 즐거운 시간을 보내기는 했지만, 혼자 아기를 데리고 외출하는 일은 결코 쉽지 않다. 밖에서도 아기가 울면 수유를 하고 기저귀를 갈아주고 안아서 달래야 한다. 집에서는 맘껏 울어도 괜찮지만 밖에서는 더욱 주의를 기울여 최대한 아기의 비위를 맞춰줘야 모임이 즐거울 수 있다. 결과적으로 즐거운 외출로 쉼을 30만큼 얻었다면, 혼자 밖에서 육아하느라

264

50 정도 잃은 셈이다. 나는 일부러 환한 목소리로 말했다.

"아, 그래? 그럼 여보도 친구들 만날 때 아기 데리고 나가서 좀 쉬다 올래?"

그제야 상황 파악이 된 남편이 웃는다. 자기가 생각해도 말이 안 되는 언사였던 것이다. 혼자 아기를 데리고 나갔는데 쉼이라니! 그 후 우리는 서로 이런 농담을 주고받았다.

"여보, 힘들지? 저기서 아기랑 좀 쉬고 있어."

"나 이제부터 일할 테니까 편하게 아기랑 잠깐 놀아."

그러니까 '뜨거운 아이스티' 같은 소리다. 아기랑 둘이 있다면 애당초 편할 수가 없다. 이걸 모른다면 주 양육자에게 "부럽다", "나도 아기랑 집에 있고 싶다"처럼 한가한 소리나 하게 될 것이다.

'행복한 육아'라는 말이 때로는 유니콘처럼 비현실적으로 느껴지기는 해도, 어쨌든 만족스러운 육아를 위해서는 양육자가 먼저 행복해야 한다. 양육자의 행복은 육아 환경과 밀접한 관련이 있는데, 그중에서도 파트너와의 관계가 특히 중요하다고 생각한다. 가장 가까운 사람, 또 양육에 대한 동등한 책임을 지고 있는 사람이기에 나의 감정에 유효한 영향을 준다. 말 한마디로 힘을 줄 수도, 기운이 피시식 빠져나가게도 할 수 있는 것이다. 아기를 돌보라고 했더니 아기는 잉잉 울고 본인은 누워 핸드폰을 보고 있다든가, 서둘러 외출 준비를 해야 하는데 남편이란 작자는 한가롭게 차 키랑 핸드폰만 달랑 챙긴다면 건전한 삶의 의욕은 오간 데 없고 분노만 치밀 수도 있다.

처음에는 아기가 밤에 자다 깨서 울면 둘 다 일어났다. 그런데 문제가 생겼다. 너무 피곤한 나머지 두 사람의 아침이 모두 망가지는 것이다. 그래서 전략을 바꿨다. 밤에 아기가 깨면 내가 일어나고, 남편이라도 살게 하는 것. 그리고 아침에 남편이 먼저 일어나 아기를 전담하고 나는 늦잠을 잔다. 이렇게 되면 그래도 좀 살만하다. 우리가 프리랜서 부부이기에 가능한 일이다.

육아 노동은 시간과 에너지, 기술의 집약으로 이루어져 있으며 고도의 집중력과 체력을 요한다. 쉽게 말해 손이 너무 많이 간다는 것인데, 아기 뒤치다꺼리하는 일 자체도 품이 많이 들뿐더러 뒤이은 가사도 끝없다. 한국에서 가사와 육아는 확실히 엄마, 즉 아내에게 더 편중되었고 남편이 이 짐을 나눠서 지지 않는다면 아내는 몸도 마음도 폭삭 삭는다. 많은 엄마들이 혹독한 노동을 반복하며 지친 상태로 배우자와 갈등을 겪는다. 그때가 되어서야 이것 좀 해달라, 저것 좀 해달라 말해도 남편은 익숙지 않아 어려워할 수도 있다. 아니, 의욕은 넘친다 해도 감이 없을 수도 있다.

민감함은 훈련으로 끌어올릴 수 있다. 그러니까 아기가 생기기 전에 준비할 수 있다는 것이다. 서로가 어떤 수고를 하고 있는지 알아채는 민감함, 그 고단함을 예측하고 쉴 틈을 챙길 수 있는 센스, 집을 살피고 필요한 일을 찾아 알아서 하는 노련함, 쑥스러움을 이기고 서로의 노고에 대해 감사를 표현하며 격려하는 연습. 별것 아닌 듯 보이고 낯간지러울 수도 있지만 이런 작은 실천이 민감함을 키우고 전쟁 같은 육아를 치르면서 빛을 발한다. 우리는 생업과 육아와 가사를 함께하며 한 사람에게 편중되지 않도록 신경을 쓴다. 더 많이 짐을 진 사람은 그만큼 쉽게 해주고 상대가 어떤 과업을 마칠 때마다 격려한다. 이런 것들이 안정적인 육아 환경을 만들고 양육자의 마음에 여유를 준다. 물론 그래도 힘에 부치는 게 육아. 그렇다면 미리 준비해볼 만하다.

아빠 육아가 좋은 이유

   '아빠 육아'가 떠오르고 있다. 아빠와의 친밀한 관계 속에서 자란 아이는 그렇지 않은 아이보다 자존감이 높고 정서와 지능이 발달한다고 한다. 엄마는 보호하고 교육하는 양육 패턴을 보이는 반면, 아빠는 아이의 도전을 지지하며 세계를 확장시키는 역할을 한다고 한다. 어느 다큐멘터리에서 실험을 통해 엄마와 아빠의 놀이 방법의 차이를 보여주기도 했다. 엄마는 놀이 규칙을 직접 제시하고 그 틀 안에 머무는 데 반해, 아빠는 아이가 자유롭게 선택하는 과정에 뛰어들어 틀을 변화시키는 모습을 보였다. 또 아빠와 허물없이 친밀한 아이들은 교우관계도 좋고 건강하고 안정적인 정서를 갖게 된다고 한다. 이러한 이론들을 아빠들이 안다면 양육에 높은 의욕을 보일 것 같다. 매우 바람직한 흐름이라고 생각한다.

　그럼에도 솔직히 말하자면, 개인적으로 '아빠 육아'라는 말 자체에 좀 거부감이 든다. '엄마 육아'라는 말은 딱히 없다. 그냥 '육아'라고 하면 당연히 엄마를 향하는 말로 여겨지기 때문이다. 이 말은 그만큼 그동안 아빠들이 육아에 참여하지 않았다는 방증이기도 하다. 그러니까 아빠가 육아에 적극적으로 참여하지 않는 것을 자연스럽게 여기는 문화가 있었다는 말이다. 아빠의 양육이 얼마나 중요한지 알리기 위해 그 방식을 치켜세우는 것은 좋지만 그러면서 상대적으로 엄마의 양육을 비교 대상으로 삼아 은근히 깎아내리는 흐름이 마음에 걸린다. 여태껏 엄마들의 양육을 당연하게 여겼으면서 이제 와서 그 방식이 아빠의 것에 비해 이런 점이 다르다고 말하기 좀 민망하지 않나. 게다가 그 특징이라는 것도 너무나 주관적이다. 양육 방식은 양육자의 성향에서 비롯될 확률이 높고, 성향이라는 것은 개인차가 있기 마련이다. 대범하고 모험적인 엄마도 있고 좁은 울타리를 가진 아빠도 있을 수 있다.

　이런 식으로 엄마의 육아와 아빠의 육아를 각각 어떤 개념으로 묶어버리면 편견의 덫에 빠질 수 있을 것이다. 그럼에도 일반적인 특성이나 통계를 무시할 수는 없는 일이니 한발 물러나서 엄마와 아빠의 차이를 인정한다고 하자. 사실 나는 그래도 '아빠 육아'라는 단어가 멋지게 여겨지지 않는다. 육아는 당연히 부모가 함께해야 하기 때문이다. '아빠 육아'는 기존에 가져왔던 명제, 즉 '육아는 일반적으로 엄마의 몫이다'를 조건으로 갖는다. 의외의 것은 특별하게 여겨지기 마련이다. '의외'는 보편성에 기댄 말이다. '아빠 육아'가 새삼스럽게 조명을 받는 것은 육아의 대상이 엄마라고 한정 짓는 보편성에서 기인한다고 생각한다. 부부의 동등한 육아가 당연한 명제가 된다면 아빠의 양육 방식이 주목받을 일도 없을 것이다. 마치 '엄마 육아'가 화제로 떠오르지 않듯이 말이다. 정말 마땅하게 여겨질 명제는 이것이라고 본다. '양육은 부모가 동등한 주체로서 함께하는 것이다'. 나는 남편에게 입버릇처럼 말하곤 했다.

"출산과 모유 수유만 빼면 아빠도 다 할 수 있어."

정말 그렇다. 정상적인 사회생활이 가능한 성인이라면 누구나 육아할 수 있다. 다만 학습과 경험이 필요할 것이다. 육아에 대해 학습할 의지가 어느 정도인지에 따라 육아에 대한 태도도 다를 것이라 생각한다. 사회생활 역시 경험과 학습으로써 익숙해진다. 사회생활은 할 수 있지만 육아에는 서툴다면 그에게는 배울 의지가 더 필요한 것이다.

'아빠 육아'의 전제는 또 있다. 육아는 단순히 아이와의 일대일 관계라고만 할 수 없다. 아이를 먹이고 씻기고 재울 뿐 아니라, 아이가 먹을 것을 준비하고 온종일 늘어놓은 것을 치우는 일도 포함되는 것이다. 어린아이들은 쉽게 음식물이나 오물을 묻혀서 하루에도 몇 차례씩 옷을 갈아입는다. 때마다 아이 옷을 빨고 널고 개키는 일들도 육아다. 아이가 자라며 필요한 것들을 살피고 준비하는 것 또한 그렇다. 일부 매체에서 말하는 '아빠 육아'에는 이것이 빠졌다. 그러니까 그들의 '아빠 육아'에는 아이를 키우는 데에 필수적으로 따르는 궂은일은 포함되지 않는다. 오직 일대일의 돌봄과 놀이에 집중된 것이다. 그 사이에 누군가는 그 궂은일을 도맡는다. 진정한 아빠 육아가 이루어지려면 아빠 역시 육아에 따르는 갖은 가사를 책임져야 하지 않을까.

　이렇게 긴 비판을 써놓았지만 나 역시 남편이 아이를 돌보는 게 좋다. 우리는 둘 다 프리랜서라서 함께 아기를 볼 시간이 많은데, 솔직히 아직까지 엄마와 아빠의 양육 방식의 차이를 잘 모르겠다. 아이가 더 자라면 느낄 수 있을지도 모르겠다. 엄마도 아빠도 그저 한계를 갱신하며 성장하는 중이다. 남편은 나와 마찬가지로 아이 옷을 빨고 널고 개키며, 아이가 쓴 식기를 닦아놓고 아이의 방을 청소한다. 앞서 말한 진정한 '아빠 육아'를 실천 중이다.

　우리는 아기를 위해 무엇이 필요한지 생각하고 연구와 토론도 하면서 노력하고 있다. 그러면서 아기의 성장과 변화를 함께 지켜보고 기뻐할 수 있다는 점이 특히 좋다.

이렇듯 남편이 육아에 주체적으로 참여하면서 나는 '아빠 육아'의 비밀을 깨달은 것 같다. 한 인간의 정서 발달 과정에는 양육자의 정서가 매우 중요한 영향을 끼친다. 나만의 가설일 뿐이지만, 아빠와 친밀한 아이들이 안정적인 정서를 가진 이유는 아빠가 아이와 친밀해지는 시간 동안 엄마가 쉼과 여유를 얻었기 때문일 것이다. 친밀함이 형성되려면 시간과 에너지가 필요하다. 긴 시간 동안 양육에 적극적으로 참여하며 자녀의 마음과 필요를 헤아리는 남편을 두었다면, 그가 양육하는 시간만큼 아내는 숨을 돌리며 자신에게 좀더 집중할 수 있었을 것이다. 그리고 한결 여유로워진 마음으로 자녀를 대했으리라. 결국 엄마와 아빠의 균형 있는 양육이 두 사람 모두에게 긍정적인 영향을 주었고, 부부 관계도 당연히 좋아질 수밖에 없으며 이는 자녀의 정서 발달에 큰 도움을 줄 것이다.

아기를 정말 사랑하지만 그렇다고 육아가 힘들지 않은 것은 아니다. 안 자고 울기만 하는 아기를 두 시간 동안 달래다 보면 아기 울음소리가 짜증스럽게 들릴 수도 있다. 나의 육아 여정에도 고비는 꾸준히 찾아왔지만 돌아보면 한 번도 아기에게 부정적인 감정을 표출한 적이 없었다. 홧김에라도 분을 내거나 짜증을 낸 적도 없다. 아기가 이유 없이 울면서 칭얼거려도 내 감정에는 큰 영향이 없다. 내가 너그러운 성품을 가져서가 아니다. 오히려 그 반대에 가깝다. 본래 나는 쉽게 옹졸해지고 불평도 잦았다. 그럼에도 아기 앞에서 감정을 조절할 수 있었던 것은 남편이 육아와 가사에서 자기 몫을 가져갔기 때문이다. 그가 양육에 함께했기에 나는 어느 정도의 여유를 늘 갖게 되었다. 출산 후에도 나의 일을 가지면서 주체성을 되찾을 수 있던 까닭 역시 그러하다. 내가 일을 하는 동안 남편은 육아를 전담했고, 그 시간만큼 나는 자연인으로 존재할 수 있었다. 그렇게 쌓인 마음의 여유가 감정을 조절할 힘을 주었다. 남편을 향해서도 변함없는 애정과 의리를 갖게 되었음은 물론이다.

부부가 서로 사랑하는 모습을 보이는 것만큼 좋은 가정교육이 없다고 한다. '아빠 육아'의 마법은 아마 이것이 아닐까 싶다. 물론 아빠만이 가지는 고유한 장점도 존재할 것이다. 엄마와 상호 보완되는 좋은 부분들도 많을 것이고. 그렇다면 그것을 발휘할 시간과 기회가 더 주어져야 하지 않을까. 양육의 주체로서 육아에 뛰어드는 아빠들이 더 많아지면 좋겠다.

가사 분담, 우리는 이렇게 한다

나는 남편과 거의 매일, 종일 함께 지낸다.

두 사람이 한집에 살면 생각보다 많은 일거리가 생긴다. 거기에 맹렬히 기어다니는 아기까지 있다면 일상은 전쟁에 가깝다. 어떤 날은 드러누울 틈도 없이 하루가 휙 지나가기도 한다. 각자일하러 나갈 때도 있지만 시간을 잘 배분하여 한 사람이 일을 하면 다른 사람이 아기를 돌보고 있다.

이렇게 끝도 없는 가사와 육아의 과업에 지쳐도 또 개인 작업을 해야만 한다. 살아남기 위해, 더 나은 삶을 위해 두 사람이 힘을 합쳐야 했다. 그래서 각자의 몫을 나누어 더불어 살아갈 구조를 만들고 안정적으로 적응하는 중이다.

남편은 아침에 일어나면 식사를 준비한다. 싱글이던 나는 아침을 잘 먹지 않았으나 결혼 이후 그가 차려주는 대로 토스트나 파스타를 먹게 됐다. 그는 원두를 갈아 커피를 내리고 식사를 차리는데, 요즘은 잉글리시 머핀을 사서 달걀과 베이컨, 치즈를 넣은 샌드위치를 즐겨 만든다. 발사믹 소스를 곁들인 샐러드도 먹는다.

점심과 저녁은 내가 맡거나 메뉴에 따라 담당자를 정하기도 한다. 이를테면 떡볶이나 파스타, 볶음밥 같은 특식은 주로 남편이 만든다. 그런 메뉴를 본인이 좋아하기 때문이다. 한식을 좋아하는 나는 대부분의 일상적인 밥상을 주로 차린다. 오징어볶음이나 제육볶음, 각종 국과 찌개, 나물 무침 등. 신혼 때 남편이 좋아하는 생선조림에 도전했다가 소금 범벅요리를 완성했는데, 그 후로는 남편이 레시피를 찾아가며 직접 고등어조림을 만든다. 맛집에 견줄 만큼 정말 맛있다.

설거지는 거의 남편이 한다. 신혼 때부터 그렇게 정해두었다. 나는 비위가 약한 편인 데다 매번 똑같이 반복하는 유형의 작업이 적성에 맞지 않아 설거지가 힘들었다. 차라리 요리는 주어진 재료로 창의성을 발휘할 수 있기 때문에 내가 맡기로 했다. 그래서 남편이 설거지와 음식쓰레기 배출을 전담하면서 부엌 정리와 가스레인지를 닦는 것도 빼놓지 않는다. 다만 아기 이유식 그릇을 닦고 소독하는 일은 주로 내 몫이었는데 남편이 설거지할 때 같이 닦아두기도 한다.

쓰레기 분리배출과 청소기 돌리는 일도 남편이 주로 한다. 그는 청소기를 쓰고 나면 꼭 바로 먼지통을 비우는 습관이 있다. 공기청정기 필터를 정기적으로 청소하는 것도 그가 맡고 있다. 생각해보니 나는 결혼 이후 화장실 쓰레기통이나 집 안 휴지통을 비워본 적이 거의 없다. 재활용 분리수거도 마찬가지. 쓰레기가 쌓이면 남편이 알아서 치운다.

집 안 청소는 함께할 때가 많다. 빨래도 그때그때 여건이 되는 사람이 한다. 나도 그렇고 남편 역시 세탁기 돌릴 때가 되면 돌리고, 세탁이 끝나면 널고, 다 마르면 개켜 옷장에 정리한다.

아이가 신생아였을 때는 무조건 둘이 함께 목욕을 시켰다. 그러다 아이가 혼자 앉을 수 있을 만큼 큰 이후에는 둘이 번갈아가며 아기와 함께 샤워한다. 그래도 보통은 남편이 씻긴다.

지인들은 내 남편이 이만큼을 해내는 게 대단하다고 말한다. 그렇게 생각할 수도 있다. 아내가 집안일을 하는 건 당연하게 여기고, 남편이 가사에 동참하면 즉시 '좋은 남편'으로 등극할 수 있는 사회에 살고 있기도 하고.

사실 남편이 하는 일은 대개 어떤 단어로 딱 떨어지는 것들이 많다. '설거지', '아기 목욕시키기', '쓰레기 분리배출' 등으로.

살림을 해본 사람은 알겠지만, 집안일이란 이렇게 딱 떨어지는 굵직한 일들 사이에 별것 아닌 것 같지만 결코 무시할 수 없는 작은 일들이 촘촘하게 끼어 있다. 남편의 일을 깎아내리는 것이 아니라 '보이지 않는 가사 노동'에 대해 말하려는 것이다. 이를테면, 설거지는 매일 하지 않아도 된다. 사나흘 정도에 한 번 할 수도 있다. 하지만 끼니를 챙기는 일은 매일 반복되며 가지고 있는 재료로 어떤 메뉴를 조리할 것인지 생각해야 한다. 요리를 하려면 식재료를 미리 사다 놓아야 하는데, 그러려면 무엇이 필요하고 무엇을 채워 넣어야 하는지 평소에 끊임없이 살펴야 한다. 어떤 재료를 어떤 경로로 구입해야 하는지도. 우리 가족만 해도 가까운 동네 마트, 시내에 있는 대형 마트, 국내산 유기농만 취급하는 생협, 그리고 인터넷 쇼핑 등의 경로를 모두 이용한다. 어디서 무얼 사야 할지, 이걸 사서 어떻게 활용할지를 생각하고 고민하는 일은 내가 주로 맡는다. 그리고 구입을 결정하기 전에 남편과 상의한 다음에야 산다. 이런 사전 준비 역시 가사의 중요한 부분이다.

청소기를 돌리는 일도 매일 하진 않는다. 보통은 내가 아침마다 청소포를 밀대에 끼워 바닥을 닦는다. 아기가 기어다니기 때문에 바닥이 더러워지지 않도록 신경 써야 한다.

남편이 아기 목욕을 시키면 후속 작업은 내가 맡는다. 폭신한 이불 위에 수건을 깔고 갈아입을 옷과 기저귀와 아기 몸에 바를 로션을 가져다 놓는다. 창문이 열려 있다면 아기 체온이 떨어질수 있으니 미리 닫는다. 아기가 목욕을 마치면 미리 준비한 속싸개로 아기를 감싼 뒤 수건에 눕히고 아기에게 장난감을 하나 쥐여준 다음에 정신없이 몸에 로션을 바르면서 상처나 트러블은없는지 살핀다. 기저귀를 채운 뒤 데굴데굴 구르려는 아기를 달래가면서 단추들을 채우고 얼굴용 로션을 따로 발라줘야 후속작업이 끝난다.

'별것 아닌 듯하지만 중요한 작은 일'은 셀 수 없이 많다. 아기가 밤에 울면 먼저 일어나 아기 방에 달려가는 것도 나다. 아기가 먹을 것, 입을 것, 바를 것, 갖고 놀 것 등의 필요 물품을 검색하고 고민하고 구입하는 일도 대부분 내 몫이다. 아기띠에 끼웠던 침받이가 얼마나 더러워졌는지 살핀 뒤 손빨래를 하는 자질구레한 일도, 아기의 침구를 언제 세탁해야 하는지도 내가 살피고 실행한다. 아기는 자꾸 손으로 얼굴과 몸을 비비기 때문에 손톱 관리를 주기적으로 해야 하지만 남편은 아직까지 아기의 손톱을 깎아준 적이 없다. 외출하기 전에 아기 옷을 입히는 사람은남편이지만 아기에게 뭘 입힐지 결정하고 준비물을 챙기는 것은내 담당이다. 밖에서 먹일 이유식을 데워 보온통에 넣고, 과자는과자통에 물은 물통에 담고, 기저귀와 손수건을 파우치에 채워넣는다. 아기의 장난감과 여벌 옷, 로션, 모자, 양말도 챙겨야 한다. 남편이 아기를 먼저 데리고 나가 카시트에 태우고 시동을 거는 동안 나는 마지막으로 빠뜨린 건 없는지 반복해서 헤아리고, 창문을 닫고 보일러와 가스레인지를 확인하고 혹시 필요할 수도 있는 물품까지 생각하여 챙긴 뒤에야 뚱뚱한 가방을 짊어지고 집을 나선다.

이유식 만들기는 내가 담당하는 가사 및 육아의 과업 중에서 가장 품이 많이 드는 일이다. 메뉴를 구상하려면 공부가 필요하다. 아기 월령에 맞는 제철 식재료를 파악하고 조리법도 연구해야 하기 때문이다. 각각의 재료를 어디서 사야 할지 결정한 뒤 구입까지 하면, 그걸 다듬고 다지고 끓이고 믹서에 가는 긴 과정이 기다리고 있다. 마침내 불린 쌀과 손질한 재료를 밥솥에 넣고, '죽' 모드를 실행하고 나면 마치 긴 산행 후 정상에 오른 듯한 후련함이 든다. 아기 식기들을 전용세제로 싹 씻어서 소독하는 것도 잊지 않아야 한다. 그렇게 완성된 이유식을 용기에 담는 일은 대개 남편에게 맡긴다. 조금이라도 짐을 덜고 싶은 마음이다. 하루는 아기를 재운 뒤에야 이유식 조리가 끝났고, 방에서 일하고 있는 남편을 불러내서 이유식을 담아달라고 말했다. 그는 선뜻 나섰으나 내가 혼자 방에 들어가려고 하자 쭈뼛거리며 말했다.

"같이 했으면 좋겠어."

"나 이거 만드느라 너무 힘들었던 거 알잖아."

내 푸념에 남편이 짐짓 귀여운 표정으로 대꾸한다.

"여보가 이유식 만들 동안 난 아기 목욕시켰어. 나도 힘들었어."

"그래? 그럼 앞으로 여보가 이유식 만들래? 내가 아기 목욕시키고 이거 담을게."

"……그냥 방에 들어가."

이유식이 이렇게 힘들다. 무엇과 대결해도 이길 수 있다.

살림의 작고 중요한 일들은 감각이 쌓이지 않으면 일일이 챙기기 어렵다. 나는 그야말로 둔하고 덜렁거리며 살아왔으나 결혼을 하고 아기를 키우며 강제적으로 섬세함과 꼼꼼함이 길러졌다. 이런 작은 일들을 잊어버린 실패의 경험이 쌓인 까닭이다. 남편은 이런 부분에서 아직 빈틈이 좀 있다. 조금만 신경 쓰면 챙길 수 있는 것을 남편이 무심하게 지나칠 때 아내들은 잔소리를 할 수밖에 없다. 나 역시 그런 아내가 되고 말았다. 급하게 외출 준비를 하고 있을 때였다. 나는 이런저런 준비물을 챙기느라 분주하고 남편은 아기 옷을 갈아입히고 있었다. 내가 물었다.

"기저귀 확인했어?"

"아니, 지금 확인해야 해?"

지금까지 수차례 외출했는데도 또 얘기해야 하다니.

"밖에 나가면 상황이 어떻게 될지 모르니까 외출 전에는 무조건 미리 확인하고 나가야 되잖아. 내가 언제까지 이런 걸 일일이 말해줘야 해? 좀 알아서 할 수는 없어?”

다분히 감정을 실은 말이었다. 다시 생각해도 바람직한 태도는 아니었다. 아마도 그동안 반복적으로 뭔가 쌓인 것 같았다.

솔직히 말하면 나는 가사와 육아가 내 쪽으로 더 기울어진 것이 좀 벅찼다. 남편이 많은 일을 도맡긴 하지만 가사에 오너십을 가진 사람은 나다. 상황을 예측하여 준비하고 일을 찾아서 처리하며 이럴 때 어떤 작업이 필요한지 살피고 실행이나 지시를 하는 일. 하루에도 몇 번씩 가사에 대한 크고 작은 결정을 내리는 일. 끊임없이 가족구성원과 집안에 관심을 갖고 그들을 보살펴야 하는 일. 여기에 얼마나 에너지와 집중력이 필요한지 아는 사람만 안다. 신경 쓰지 않으려는 사람은 정말 아무것도 모른 채살 수 있다. 하지만 신경 쓰는 역할을 맡은 사람은 무수히 많은일이 눈에 들어오는 법이다.

정신을 차리고 다시 곰곰이 생각해보았다. 나에게도 무심한영역이 있었다. 그건 곧 남편에게도 기울어진 일이 많다는 것이다. 그가 전담하는 중요한 일 중 하나가 바로 재정 관리이다. 결혼 전에 누가 ‘재정부 장관’을 할 것인지 둘이 의논하다가 역시 잘하는 사람이 해야 한다며 만장일치로 남편이 맡게 되었다. 그는 용도별로 통장을 만들어 관리하고, 각종 세금과 공과금, 보험금, 대출 이자, 청약 저축, 부모님 용돈, 각종 쇼핑 등의 복잡한

송금 업무를 도맡는다. 둘 다 프리랜서이기 때문에 수입이 일정치 않아 철저한 원칙과 관리가 필요한데, 그는 뚝심 있게 원칙을 지켜내며 알뜰하게 살림을 관리한다. 내가 식재료나 아기의 필요 물품을 검색하고 고민하고 구입을 결정하면, 그는 머릿속으로 현재 생활비 상황을 그려가며 어느 선을 허용하거나 대안을 제시한다. 그의 입장에서 나는 만날 돈 쓸 일만 생각하는 사람일 수 있다. 내가 이것도 필요하고 저것도 필요하다고 하면, 그는 머리카락을 쥐어뜯다가 이렇게 말한다.

"여보가 생활비 관리를 한번 해봐야 돼."

남편 덕분에 나는 돈에 관한 염려나 고민을 거의 하지 않는다. 돈의 쓰임에 대한 오너십을 가진 남편이 이와 관련된 고민과 고뇌와 에너지 소모를 다 가져갔기 때문이다. 또한 그는 우리 가정의 대외 행정 업무를 거의 도맡고 있다. 아기 병원비를 보험에 청구하거나 이사한 집의 인수인계라든가 가전이나 통신장비의 A/S를 신청하고, 여행 갈 때 교통편을 예매하고, 아파트 관리비의 과오납을 체크하는 등 다양하다. 고마운 일이다.

그뿐 아니라 그는 우리 자동차와 운전에 관한 모든 일을 담당한다. 나는 애초에 면허도 없고 자동차에 대해서는 목불식정의 상태이기 때문에 뒷자리에 앉아 아기를 돌보는 일에만 집중하면 된다. 하지만 그는 혼자 운전도 하고 주유와 세차 시기를 가늠하며 실행하고 자동차 보험 갱신, 차량 유지에 관한 여러 사안을 관리한다. 그렇기 때문에 나와 아기가 마음 편히 차를 타고 다닐 수 있는 것이다. 그러면서도 남편은 재정 관리와 자동차 등 자신이 맡은 분야에 대한 이슈를 늘 브리핑해준다. 이번 달은 얼마가 들어왔고, 어디에 얼마를 썼고 또 쓸 계획인지, 엔진오일 교체의 원인과 중요성, 자동차 보험 종류와 비용을 알기 쉽게 이야기하며 내가 그 일에 동참하도록 해준다.

각자 맡은 역할과 분야가 다른 것뿐이지 우리는 함께 집안일을 지탱하고 일상을 만들어가고 있다. 나는 그에게 섬세함을 요구하지만, 그는 이미 자기가 맡은 부분에서는 나보다 훨씬 꼼꼼하고 섬세하다. 여기까지 생각하니 남편에게 신경질을 냈던 게 몹시 미안해졌다. 그래서 그에게 사과의 말을 건네며 다시 마음을 다졌다.

"앞으로는 말 안 해도 다 해주길 바라지 않고, 도움이 필요하면 그냥 말할게."

"나도 무심하게 있어서 미안해. 더 신경 써볼게."

고운 말을 건넸더니 역시 고운 말이 돌아온다.

나는 결혼 생활에서 서로가 어떤 수고를 하는지 기억하고 고마움을 잊지 않고 표현하며 격려하는 것이 정말 중요하다고 생각한다.

남편은 주로 밤에 작업을 한다. 그래서 아침에 아기가 깨면 내가 먼저 달려가 돌보고 남편은 좀더 자게 한다. 그러면 남편은 그게 고마워서 아침 식사도 준비하고 아기를 전담하며 나의 휴식 시간을 확보해준다. 그동안 힘을 채운 나는 남편에게 고마워하며 점심 준비를 하고 이유식을 만든다. 나는 매일 아침부터 밤까지 분주해서 아기를 재워도 글을 쓸 여력이 없었다. 그러면 남편은 내가 힘들어서 작업을 잇지 못하는 걸 기억하고 카페에서 자기가 아기를 담당하면서 내가 작업에 집중하도록 돕는다. 헌신과 고마움이 맞물리고, 작업과 육아를 번갈아 나누면서 일상을 엮고 있다.

또 한 가지. 우리는 서로가 도움을 요청할 때 즉시 벌떡 일어나 돕는다. 웬만해서는 밍기적거리거나 떠넘기지 않는다. 가정을 위한 상대의 수고를 감각하고 있기 때문이다. 그리고 한 사람이 좀 오래, 많이 애를 썼다 싶으면 주저 없이 휴식 시간을 준다. 방에 들어가 혼자 오롯이 쉬는 것인데, 휴식이 필요하면 먼저 요청하기도 한다. 그렇게 에너지를 채운 사람은 나와서 다시 자기 할 일을 찾아 시작하거나 육아를 전담한다. 그래서 둘이 동시에 번아웃되는 일이 없도록 조절한다.

가끔 남편이 친구나 후배와 통화하는 소리가 들릴 때가 있다. 그의 몇 가지 말이 기억에 남는다.

"아내를 돕는다는 생각을 버려야 돼. 집안일은 둘이 함께하는 거지."

"뭐? 전업주부나 하고 싶다고? 너 살림이 얼마나 힘든 건지 모르는구나?"

가사 분담에 대해 긴 대화와 여러 갈등을 거듭한 결과가 이렇게 흐뭇하다. 남편은 단 한 번도 '나 정도면 좋은 남자'라거나 '이 정도면 잘하는 것 아니냐'는 공치사를 한 적이 없다. 내가 어떤 부분에 대한 개선을 요구하면 그는 진지하게 받아들이고 실제로 적용하며 감각을 기른다. 물론 나도 마찬가지이다. 한집에 사는 부부가 집안일을 나누어 감당하는 것은 말할 필요도 없이 당연하다. 자랑할 일도, 칭찬받을 일도 아니다.

내가 가사 분담에 대한 글을 쓰겠다고 하니 그가 진지한 얼굴로 말했다.

"이건 꼭 빼놓지 말아야 해. 가사는 돕는 게 아니라 함께 주인 의식을 가져야 하는 거라고."

그래서 적어본다. 가사는 둘이 함께한다는 각자의 동의가 있을 때 결혼을 결정하는 것이 좋다. 이미 결혼했다면 우리가 그랬듯 갈등과 대화를 반복하며 함께 성장하기를 응원한다.

아빠들의 마음을 이해했다

출산 후 몇 개월 동안 내가 주로 아기를 돌봤다. 남편은 대학원 마지막 학기를 보내면서 틈틈이 일을 했기에 딱히 역할을 바꿀 수는 없었다. 그러면서 여느 부부처럼 우리에게도 보통의 남편과 아내로서의 클리셰가 생겼다.

남편에게 잔소리하는 아내, 늘 미안해하는 남편, 가족을 섬세하게 챙기는 아내, 아내가 시키는 것만 겨우 하는 남편, 아기 울음소리에 즉각적으로 일어나는 아내, 아기가 울어도 잘만 자는 남편…… 정말이지 여기에 머물기는 싫었다. 우리는 관용과 이해의 태도를 유지하며 많은 대화를 나눴고, 학업과 생업으로 육아에 한발 물러서 있던 남편은 차츰 진일보하며 현재 공동 양육자로서 큰 축을 담당하게 되었다.

남편이 일로 바쁘면 당연히 아내가 더 많은 시간 동안 아이를 돌본다. 그러면 자연스럽게 아이는 엄마를 더 의지하고 엄마에게 달라붙는다. 남편은 아이를 정말 사랑하고 또 아이에게서 사랑받길 원하지만, 어느새 아이는 '엄마 껌딱지'가 되어버렸다. 아빠가 매일 일찍 나갔다가 늦게 들어오는 것도 아니고, 목욕도 시키고 재워주고 놀아줘도 그랬다. 어쨌거나 아기는 주 양육자를 인지하고 그를 전적으로 의지하며 자란다.

"얘는 울면 엄마만 찾아. 확실히 엄마에게는 아빠가 도달할 수 없는 뭔가가 있는 것 같아."

남편의 말에 내가 대답했다.

"아기의 욕구를 채워줄 수 있는 요소를 가진 사람이 엄마라서 그런 거지, 뭐. 종일 옆에서 돌봐주는 사람도 엄마니까 그게 당연한 거고."

다 알아도 섭섭한가 보다. '부모'에서 '부'를 담당하는 사람이고 나름 최선을 다해 양육에 참여해도 자녀에게 1순위가 되지 못하니까 서운할 수 있겠지. 사실 나는 내 역할에 고도로 집중한 상태였고, 양육에서 남편보다 더 큰 비중을 감당했기 때문에 그의 서운함에는 별 관심이 없었다.

아기가 6개월쯤 되었을 때 우리는 제주로 이주했다. 오래 고민해온 일이었다. 이사를 마친 뒤엔 딱히 둘 다 별일이 없는 상태로 매일 육아를 했다. 비로소 공동 양육의 시대가 온 것이다. 어느새 남편은 모유 수유만 빼고 다 할 수 있는 양육자가 되었다. 내가 일을 하러 나가는 날이면 남편이 집에서 아기를 돌보고, 이제는 나만큼 아기의 필요를 민감하게 살피며 채워준다. 그러면서 아이는 아빠 역시 주 양육자로 인식한 것 같았다. 아빠에게 안아달라고 떼를 쓰고 책을 갖다주며 읽어달라고 하고 간식을 꺼내달라고 요구한다. 아기를 목욕시키려고 남편이 먼저 욕실에 들어가면 나는 아기 옷과 기저귀를 벗겨주는데, 그러면 아기는 생각만 해도 즐거운지 방글방글 웃으면서 아빠를 향해 신나게 기어간다. 밤에 아빠가 재워줄 때도 엄마를 찾지 않는다. 아빠가 밖에서 들어오면 환하게 웃으면서 안아달라고 두 팔을 벌린다. 어느 때는 '아빠 껌딱지'가 되기도 한다.

"애가 엄마 껌딱지였을 때는 그게 부러웠는데, 막상 날 찾으니까 생각보다 그렇게 엄청 반갑지는 않네."

"내 마음도 딱 그랬어."

아기를 사랑한다고 해서 무한한 체력이 생기는 건 아니다. 계속 안고 놀아주면 당연히 몸이 힘들다. 아이가 나만 찾으면 사랑받는 기분이 들어 좋기도 하지만, 어쨌든 마냥 기쁘지는 않다. 아기가 우리 둘 중 하나를 지목하여 찾으면 남은 사람은 서운한 체하며 떠넘기기도 한다. 이건 우리끼리의 놀이 같은 것이다. 마치 아기를 상사로 둔 부하직원들처럼.

살다 보니 내게서도 전형적인 아빠의 클리셰가 보이기도 했다. 아기의 돌이 지날 무렵, 서울에서 청소년을 대상으로 한 강의가 있어 올라와 친정 언니 집에 묵었고, 내가 일하는 동안 남편이 그 집에서 혼자 아기를 돌봤다. 강의 첫날에도 좀 늦게 귀가하긴 했지만 둘째 날에는 아예 저녁까지 먹고 아이가 잠든 뒤에야 돌아왔다. 그리고 다음 날 아침, 평소처럼 아기는 잠을 깨며 찡얼거리고 그 소리에 나도 눈을 떠 환한 얼굴로 아기를 안아주었다. 그런데 뭔가 이상했다. 아이가 나를 반가워하긴 하면서도 방 한쪽에 누운 아빠를 자꾸 쳐다보는 것이다. 아무래도 아빠가 안아주길 바랐던 것 같았다. 단 이틀 동안 조금 긴 외출을 했을 뿐인데 벌써 엄마보다 아빠를 찾는 건가 싶어 조금 서운했다.

'아빠들이 이런 마음이겠구나……'

또 있었다. 강의 첫날 아침에는 장대비가 쏟아졌고 다음 날은 불볕더위였는데, 마음을 단단히 먹고 문을 나설 때마다 집에 있을 남편이 문득 부러운 것이다. 쾌적하게 에어컨도 틀을 수 있고 원할 때에 누울 수도 있는 집. 나도 그냥 여기서 함께 드러눕고 싶었다.

'이런 날에는 나도 집에서 아기랑 있고 싶다.'

이 말이 목구멍까지 올라와서 깜짝 놀랐다. 뭇 남편들의 흔한 '망언'이라고 여겨왔던 바로 그 말을 내가 뱉으려 하다니. 그때도 생각했다.

'남편들이 이런 마음이구나……'

인간의 마음이란 이렇게도 얄팍해서 부는 바람의 방향만 바뀌어도 금세 뒤집힌다. 솔직히 말하자면 집에서 아이를 돌보는 것보다 밖에서 일하는 것이 내게는 훨씬 낫다. 적어도 상대적으로 행동이 자유롭고, 내 능력을 발휘하여 인정과 보상을 받을 수 있다는 점에서도 좋다. 자연인의 상태로 혼자 걸으며 귀에 이어폰도 꽂을 수 있다. 음식점에서 여유롭게 밥을 먹을 수도 있다. 나를 사회인으로 대우하는 사람들과 만나 교류하면서 멋있는 말도 쓸 수 있다. 종일 집에서 아이를 돌봐야 하는 남편을 단지 날씨가 궂다는 이유로 잠깐 부러워했지만, 또다시 둘 중 하나를 선택하라고 한다면 더 볼 것도 없이 밖에서 일을 할 것이다. 다 알면서도 얄궂은 마음을 품은 것이 못내 미안했다. 이것도 역시 남편들의 마음이겠지.

매일 정해진 시간에 나가 일을 하는 건 쉽지 않다. 모든 직장인들은 그럼에도 몸을 일으켜 기어이 일터로 향한다. 그리고 저마다의 목표를 위해 노동하고 보수를 받는다. 조직 생활이나 사업장에서도 '치사해서 못 해먹겠다'는 마음이 하루에도 몇 번씩 치솟지만 힘을 다해 참아가며 하루를 버틴다. 우리 부부 같은 프리랜서의 삶도 치열하기는 마찬가지다. 생활을 쪼개가며 혼자 작업하면서 업무나 비용에 대한 조율도 하고 소극적이게나마 영업도 한다. 경제활동은 자아실현의 측면에서도 중요하고 가정의 생계를 잇는 축이 된다는 점에서도 존중받아 마땅하다.

하지만 냉정히 생각해보면 전업주부와 비교했을 때 남편의 경제활동은 충분히 존중받고 있다. 아내가 전업주부인 경우 남편은 '가장'이 된다(반대의 경우나 맞벌이일 때도 보통 남편을 가장으로 칭하는 일이 많다). 가정의 우두머리라는 말이다. 돈을 벌면 우두머리가 될 수 있다. 회사 조직 내에서 고용인이 가장 높은 위치에 있는 것도 당연하다. 돈을 주기 때문이다.

반면 육아와 가사노동의 가치는 자주 폄하된다. 전업주부 여성을 가리켜 '집에서 논다'고 하거나, 아이를 키우면서 직장에 다니는 엄마(아내)에게 '이제 그만두고 집에서 쉬라'고 하는 말들이 적잖게 들린다. 그런 말을 아무렇지도 않게 하는 사람이라면 여태껏 집을 쉼의 공간으로 누리며 살아왔을 가능성이 크다. 주부에게 집은 퇴근 없는 직장이다. 이것을 이해하지 못한다면 내가 속으로만 생각했던 그 말을 폭탄처럼 내뱉을 수 있다.

'나도 집에서 쉬고 싶다.'

선택의 여지없이 집에 갇혀야 하는 사람에게는 배부른 푸념으로 들릴 뿐이다.

내가 작업할 때 남편이 자기 일도 못 하고 아이를 돌보는 것이 처음에는 좀 미안했다. '엄마가 돈 벌려면 여러 사람이 희생해야 하는구나' 하는 자책도 잠시 해보았다. 그런데 생각해보면 남편이 일을 할 때 내가 아이를 돌보는 것 역시 희생이었다. 그 시간 동안 나 역시 일을 하거나 쉴 수 있는 기회를 포기하기 때문이다. 아빠가 돈을 벌어도 역할만 바뀌었을 뿐 희생의 분량은 비슷하다. 내가 집에서 아이를 보는 것은 당연히 여기면서 남편이 육아를 담당하면 희생으로 생각해왔다는 걸 그제야 알았다. 무언가를 포기해야 한다는 건 엄마나 아빠나 마찬가지다. 그래도 내가 더 희생한다며 상대에게 배려를 강요하는 태도라면 둘 사이에는 무엇이 남을까.

서로 격려하고 이해하기에도 인생은 짧다.

엄마가 되어도 될까

학생 때 캠프에 놀러 가면 누군가가 자고 있는 내 얼굴에 낙서 하는 게 끔찍하도록 싫었다. 더 어릴 때는 발표회나 어떤 무대에 오르기 위해 분장을 하기도 했는데, 꾸미는 걸 좋아하는 아이도 있겠지만 나는 그 느낌이 이상하리만큼 불쾌했다. 타인이 완력 으로 내 신체에 어떤 영향을 주는 느낌은 항상 불편하다. 신체적 폭력이야 말할 것도 없지만, 가벼운 위해라고 해도 스스로 방어 하기 어렵거나 어쩔 수 없는 상황일 때 오는 긴장과 불쾌감, 무력 감이 나는 유난히 싫었다.

그래서 출산을 앞두고 미리 상황을 그려보며 준비할 수밖에 없었다. 임신도 그렇긴 했지만, 출산을 하면 내 몸은 공유화되고 평생 은밀히 감춰온 생식기는 낯선 이들(의료진)에게 공개되고 너나 할 것 없이 손을 집어넣는다. 태아는 강력한 의지로 내 몸을 뚫고 나온다. 결코 당해본 적 없는 일이다. 그렇다면 출산 당일 어떤 일이 일어날지 숙지해야 스트레스를 덜 받을 것 같았다. 출산 자체는 예상보다 더 엄청난 일이었지만, 미리 생각해두지 않았다면 아마 더 큰 충격과 당혹감을 겪었을 것이다.

어쨌든 이토록 열심히 준비한 덕분인지 나는 비교적 큰 문제 없이 출산을 했다. 목표를 이룬 셈이다.

하지만 그 후에야 깨달았다.

'나는 오로지 출산만 준비했구나!'

그동안 순산에 목을 매느라 육아에 대한 준비는 소홀했던 것이다. 언니와 함께 살면서 조카들을 키워봤으니 어느 정도는 괜찮을 거라 생각했던 걸까. 어른들의 말처럼 닥치면 다 하게 되는 줄 알았던 걸까. 험한 분만 과정을 씩씩하게 이겨내고 '순산'이라는 목표를 이뤘으나 육아의 큰 산 앞에서 와르르 무너졌다. 사실은 가장 중요한 부분인데 나는 눈앞의 목표만 보았다.

밖에서 보이는 아기들은 대부분 아장아장 걷거나 아기띠에 달려 있다. '아기'를 생각하면 젖꼭지를 물고 앉아 있다거나 히죽히죽 웃으며 기어다니는 아기의 모습을 먼저 떠올린다. 하지만 출산 후 내 품에 안긴 아기는 너무 작고 붉었으며 자의식이 거의 없어 보였다. 나의 딸은 난 지 사흘 만에 눈을 떴는데 사실 뜬 것도 감은 것도 아닌 게슴츠레한 눈빛에 가까웠다. 매일 고치처럼 속싸개에 싸여 누워만 있는 아기를 보며 생각했다.

'이렇게 작은데 언제 크지?'

상상속 아기들처럼 앉고 기어다니려면 최소 반년은 훌쩍 지나야 한다는 걸 나는 몰랐다. 요즘은 텔레비전에서 아기들의 생활을 담은 예능 방송이 많아졌지만, 신생아 양육에 대해서는 거의 다루지 않는 것 같다. 목도 허리도 가누지 못하는 작디작은 아기를 매일 목욕시키는 일이 얼마나 힘든지, 겪어보지 않았다면 알 방법이 없다. 내가 어떤 소리나 표정으로 얼러도 반응이 없는 아기와 단둘이 보내는 하루는 생각보다 훨씬 막막하고 외로웠다.

흔히 말하는 '보편적인 삶'의 과업 중에서 부모 되기만큼 큰 준비 없이 맞이하는 일이 있을까. 취업을 할 때 나의 꿈과 적성, 일의 전망을 고려하며 몇 년 동안 준비하는 것처럼 자녀를 낳아 기르는 일 역시 미리 준비해야 하지만 누구도 그렇게 말하지 않는다. 부모가 되는 일은 당연한 의무로 요구받을 뿐, 이것이 선택 가능하다는 사실은 알려지지 않는다. 가까운 가족부터 오늘 처음 만난 사람까지도 나에게 결혼 여부와 자녀 계획을 안부처럼 묻는 것이 자연스러운 사회라서 그럴 것이다.

더욱이 이 사회는 여성을 미래의 엄마로 간주하고 '좋은 엄마'를 여성의 삶의 이상이나 목표로서 제시한다. 신체에 자궁이 존재한다는 이유로 언젠가는 자녀를 낳아 기르는 것을 당연히 여기는 것이다. 자궁은 내 몸의 일부지만 때로는 공공의 영역 같다. 상식적으로 상대방에게 맹장 수술을 강요하거나 전립선 건강을 염려해주는 사람은 별로 없다. 만약 어느 친척이 '네가 젊으니 가족을 위해 장기 기증을 하라'고 강요한다면 온당하지 않다고 여길 것이다. 개인의 신체는 당사자의 뜻에 따라 움직이고 사용되어야 한다. 하지만 이상하게도 여성에게는 가정과 국가를 위해 출산을 해야 한다는 메시지가 끊임없이 전해진다. 심지어 가정을 이루고 자녀를 기르는 것만이 여자의 행복인 것처럼 말하기도 한다. 임신과 출산을 겪고 나서 이러한 메시지들이 얼마나 무책임하고 불합리한지 비로소 깨달았다. 임신과 출산은 여성의 몸을 망가뜨린다는 점에서도 중대하지만 여성의 삶에도 돌이킬 수 없는 영향을 주기 때문에 충분한 고려가 필요하다. 나는 더 많은 사람들이 출산과 육아에 대해 고민했으면 좋겠다. 고민하는 사람은 여러 상황과 현실을 견주고 사유하기 때문에, 그럼에도 임신을 결정했다면 더욱 잘 준비할 수 있다. 아기를 낳는다고 할 때 장차 어떤 일이 펼쳐질지 이왕이면 구체적으로 알아두는 것이 좋다. 엄마들의 서사에 귀 기울여도 괜찮다. 이런 식으로 마음의 준비를 하면 무작정 임신하고 맞닥뜨리는 것보다 안정적으로 대처할 수 있다. 임신과 출산으로 경력이 단절되기 쉬운 한국 사회의 부당함에 목소리를 높이며 세상을 조금씩 바꿔

나갈 수도 있다. 그리고 신중하게 선택한 후 그 결과를 보다 긍정적으로 받아들일 수 있을 것이다.

결혼을 '아무것도 모를 때 얼른 해버려야 한다'고 정의하는 말을 자주 들었다. 너무 많이 재거나 계산하지 말라는 뜻인데, 결혼을 하고 나니 이 정의가 얼마나 위험한지 알겠다. 아무것도 모를 때 결혼을 결정하는 것은 도박에 가깝다고 생각한다. 결혼에 대해 '해도 후회, 안 해도 후회'라고 말하는 사람들은 아마도 '아무것도 모를 때' 결혼하지 않았을까. 인간은 저마다 다르기 때문에 각자에게 맞는 방법으로 확신을 얻을 것이다.

몇 번의 연애와 소개, 여러 사건과 고민 끝에 내가 그린 이상형이 있었다. 이성과 감성이 균형 잡힌 사람, 똑똑하지만 겸손한 사람, 성찰과 사유가 가능하고 변화의 동력이 있는 사람. 내가 이런 사람을 만나고 싶다고 하면 모두가 고개를 저었다. 혹자는 진지하게 '그런 남자는 이 세상에 없다'고도 말했다. 하지만 이것은 내가 확신을 얻는 방법이었고, 감사하게도 가까운 곳에서 그런 사람을 찾았다. 그럼에도 부딪치고 깎이는 시간은 찾아오지만 이런 기준 없이 적당한 사람과 덜컥 결혼했다면 나는 더욱 숱한 위기를 겪었을 것이다.

출산도 마찬가지라고 생각한다. 나는 아이를 키우며 내게서 자생되기 어려운 맑고 환한 즐거움을 얻었지만, 그럼에도 누구에게도 출산을 권하지는 않기로 결정했다. 이게 나빠서가 아니라 내가 책임질 수 없는 일이기 때문이다. 임신과 출산, 육아는 몇 마디 말로 쉽게 권할 사안이 아니다. 나의 딸에게도 충분히 고민하고 선택하도록 할 것이다. 어차피 아이를 낳을 거라면 한 살이라도 젊을 때 임신하라고들 한다. 하지만 자신의 삶을 길게 보면서 충분히 생각하고 결정하는 편이 훨씬 낫다고 생각한다. 물론 출산을 선택하지 않아도 다른 모양으로 행복을 찾아갈 수 있다. 이 모든 것을 선택할 수 있다는 사실을 인지하는 게 중요하다.

나는 자녀를 낳아 기르는 삶을 선택했다. 그러니 이 선택에서 찾을 수 있는 행복에 대해 말할 수 있다. 어린이들은 대체로 귀엽고, 조카들도 사랑스러웠지만 딸은 또 새로운 차원의 사랑이다. 내 몸속에서 자란 생명이 탄생하여 산고와 육아의 고단함도 잠시 잊게 만드는 얼굴을 보여준다. 온통 무너지고 싶은 날에도 한 번 더 몸을 일으킬 힘을 주며, 성장하는 모습 하나하나가 어떤 엔터테인먼트보다 흥미롭고, 아이가 자랄수록 웃을 일이 더 많아진다. 이 글을 쓰는 요즘, 아기는 내 휴대전화를 귀에 대고 누구랑 통화라도 하듯 중얼거린다. 신발을 가져와서 신겨달라고 하고 책을 읽어달라는 의사를 강력히 표시한다. 전보다 훨씬 자주 웃고 고집도 생겼다. 성장의 증거를 매일 보여주면서 본인도 행복해한다. 그래서 남편과 나는 요즘 하루에도 몇 번씩 고개를 절레

절레 저으며 탄식한다.

"와… 어떻게 이렇게까지 귀여울 수 있지?"

일상의 루틴을 아이도 받아들이고 적응하면서 우리 부부도 숨 쉴 틈이 더 생겼다. 아이가 자라면 늘 새로운 과업을 내려받는 기분이 들지만, 그럼에도 아이와 공유하는 일상이 익숙해졌고 이 속에서 나의 일과 소망을 실현하려 노력하고 있다. 나는 아이를 낳고 내 원가족이나 배우자로 선택한 사람 말고도 세상에서 가장 빛나고 사랑스러운 존재를 더 얻었다. 그리고 좀더 나은 내가 되기 위해 그 어느 때보다 의욕적으로 노력하게 되었다. 평생 당연하게 누려온 자유를 내려놓은 채 종일 고단하게 보내지만, 이러한 즐거움과 유익 역시 사실이다. 그래서 나는 이 선택을 조금도 후회하지 않는다. 아이를 보면서 나는 운명적 사랑의 신화를 현실로 받아들였다.

하지만 오로지 여성에게만 육아와 가사의 모든 책임을 지게 하는 문화만 아니라면 분명 훨씬 더 행복했을 것이다. 가부장제를 버리고 평등한 제도와 문화를 만들어가는 사회에서 더 높은 출산율을 보이는 이유가 여기에 있지 않을까. 여전히 이 사회는 아이 가진 엄마에게 날이 서 있다는 걸 느낀다. 한국에서 여성은 대체로 출산 후에도 자기 일을 이어가기 쉽지 않으며 어떤 이들은 엄마에게 일을 중단하라고 요구한다. 자아실현의 욕망은 꺾이고 자녀에게 더 집중할 수밖에 없는 상황이 펼쳐지지만 그러면 '자기 자식만 아는 맹목적인 모성'이라 비난을 받는다. 반대를 무릅쓰고 커리어를 쌓아간다 해도 그 과정은 혹독하다. 자녀가 있는 기혼 남성이라면 받지 않을 반응과 눈빛, 평가, 부정적 메시지를 이겨내고 균형을 찾아가야 한다. 그 몫도 오롯이 엄마에게 주어진다. 이럴 때는 또 '이기적인 엄마', '무책임한 엄마'로 비난받기도 하고 엄마 스스로도 자주 자책한다.

자녀 성적과 입시에 맹목적으로 집착하는 엄마, 혹은 아이를 방치하는 엄마를 보며 나는 가려진 저들의 이야기를 상상한다. 비도덕적으로 보일 수도 있는 어떤 모습이 비쳐지기까지 그들은 무엇으로 하루를 채우며 살았을지 서사로 그려진다. 그래서 그들의 행동에 다 동의할 수는 없어도 이해는 가능하다. 한국이 아이 키우는 사람과 비양육자를 동등하게 대하고 육아의 큰 짐을 부부와 사회가 나눠지며 교육을 국가가 책임지는 곳이었다면 불행한 부모는 훨씬 줄었을 것이다. 그리고 국가가 그렇게도 바라는, 심신이 건강한 아이들이 더 많았을 것이다. 지금으로서는 아이 낳기를 선택하지 않는 게 더 자연스러워 보이기까지 하다. 어느 누가 아무런 도움이나 지원 없이 자유를 포기하고 몸을 망가뜨려가면서 24시간 근무할 수 있겠는가. 그것도 빈약한 제도와 배려 없는 시선, 날선 비난 속에서 엄청난 시간과 경제 비용까지 스스로 감당해야 한다면 말이다. 그럼에도 이 바보 같은 일을 선택하는 사람들이 여전히 많다. 이들은 더 인정받고 행복해져야 마땅하다.

　임신 이후, 그리고 출산 이후 여성의 신체 안팎에서 어떤 일들이 일어나는지 더 많이 알려져야 한다고 생각한다. 아무도 귀 기울이지 않았던 엄마들의 이야기, 그러니까 기쁨과 괴로움, 불합리 혹은 유익의 면면들이 편견 없이 읽혀야 한다. 고민하며 주저하기도 하고, 출산이든 비출산이든 신중하게 결정하는 사람들이 점점 많아진다면 사회 제도나 분위기도 조금씩 달라지지 않을까? 출산이 모든 여성이나 부부에게 당연히 요구할 일이 아니라는 인식이 퍼지면 비로소 '함께 젊어지자'는 메시지를 들을 수 있으리라 기대한다.

　남들이 별 이유 없이 '그냥 하라'고 하는 일은 최소 한 번은 의심해봐야 한다. 그것이 일생에 영향을 주는 결정이라면 더 말할 것도 없다.

　사실 자녀를 낳아 기르는 것은 합리성만으로 결정할 일이 아니다. 자녀는 인생의 족쇄가 아니기 때문이다. 많은 엄마들이 양육 스트레스를 호소하지만 그럼에도 대부분은 아이 낳길 잘했다고 생각한다.

　세상이 험하고 몸이 곤해도, 시간과 자유를 잃는다 해도 아이의 환한 얼굴을 볼 때면 합리성 같은 것은 까마득 잊어버린다. 그리고 아이를 갖는 일을 태어나서 가장 잘한 일로 여기기도 한다. 자녀를 사랑하는 일이 힘든 순간도 있지만 사실 부모 역시 아이에게서 크고 영롱한 사랑을 받는다. 나의 딸도 의아할 정도로 엄마를 사랑한다. 좋은 엄마가 되고 싶어도 늘 마음보다 못 미치는 것 같은데 그럼에도 아이는 사랑을 주면서 조금도 계산하지 않는다. 출산이 비합리적인 선택이라 해도 그래서 누군가에게는 자녀가 구원이 되고 성장의 동력도 되는 게 아닐까.

고민 끝에 임신을 결정할 수도 있고, 나처럼 그저 때가 되어 마음이 열렸을 수도 있다. 출산이든 육아든 준비하며 대처하는 게 가장 좋지만 그렇지 않다 해도 결국은 어느 순간 아이를 보며 생각할 것이다.

'그래도 낳길 잘했어.'

출산과 비출산, 어느 쪽이든 선택할 수 있다. 그리고 그 결정을 긍정하며 주체적으로 행복의 색깔을 찾아가는 여성들이 많아지면 좋겠다.

남편 인터뷰

아빠가
되어도
될까

임신, 출산 그리고 육아의 모든 과정은 사실 부부 공동의 몫이며 책임이다. 앞선 내용은 아무래도 엄마의 입장과 역할에 더 집중되었기 때문에 간략하게나마 아빠의 이야기도 들어보기로 했다. 그래서 가장 가까운 '아빠'인 나의 남편과 서면 인터뷰를 진행했다. 낮에는 육아하고 밤에는 각자 작업을 하기 때문에 한집에 살아도 한가롭게 마주 앉아 대담을 나누고 녹취할 여유는 없었다. 부부가 둘 다 프리랜서라는 것을 감안하고, 아빠 되기를 고민하는 남성들에게 작은 도움이라도 된다면 좋겠다. 인터뷰는 임신, 출산, 육아의 세 부분으로 나누어 정리했다.

임신

처음 아내의 임신을 알게 되었을 때의 심정이 궁금합니다.
전부터 임신을 시도하고 있었지만 막상 임신이 되니 얼떨떨했어요. '잘할 수 있을까'라는 두려움도 몰려오고요. 하지만 아내가 임신테스트기 두 줄 나오면 일단 웃으며 환영하라고 했기 때문에 진심으로 웃으려고 애썼습니다. 그 와중에 표정 관리가 잘 안 되면 큰일 난다는 마음도 들었어요. 불안과 기쁨이 버무려져 있었지만 겉으로는 기쁨만 표현하려고 노력했습니다.

아내의 입덧에 어떤 자세로 임했나요?
한겨울에 수박이나 복숭아를 찾듯이 구하기 어려운 음식을 먹고 싶다고 하면 어쩌나 걱정도 했지만 '먹고 싶은 것은 최대한 먹게 해줘야지' 하고 다짐했어요. 아내가 냄새 때문에 밥도 짓지 못하고 부엌에 있는 것조차 힘들어해서 최선을 다해 도와줬지요. 밥 냄새를 싫어해도 밥은 먹여야 했기 때문에 아내를 방에 두고 밖에서 음식을 한 뒤에 수라상 갖다 놓듯 식사를 준비해주었습니다.

임신에 대한 기존 생각이나 지식이 실제로 겪은 것과 어떻게 달랐나요?
'내가 임신에 대해 아무것도 몰랐구나' 싶었습니다. 막연하게 출산의 고통만 생각했는데 옆에서 지켜보니 임신이란 여성의 몸이 완전히 망가졌다가 다시 되돌아와야 하는 과정이라는 걸 새롭게 알았어요. 모두가 임신한다고 해서 아무렇지 않은 것은 아니더라고요.

임신 중에 아빠의 가장 중요한 역할은 무엇인가요?

엄마를 잘 보필하는 것. 그리고 엄마가 온전히 건강을 유지하고 태교에 집중할 수 있도록 다른 걱정거리를 줄여주는 것이라고 생각해요. 엄마는 자신이 임신했다는 걸 늘 인식하고 있기 때문에 필요한 준비를 알아서 하는 반면, 아빠는 실감이 나지 않아서 쉽게 자기 일로 여겨지지 않을 수도 있습니다. 출산과 육아에 필요한 것들을 두 사람이 함께 고민하고 준비하면 좋을 것 같아요. 저는 이 부분에서 그렇게 잘하지는 못했지만요.

아빠의 태교가 정말 필요할까요?

구체적인 영향은 사실 잘 모르겠지만, 아빠의 태교는 물리적으로 떨어진 아기와의 관계를 형성하는 데 도움이 되는 것 같습니다. 아빠가 태교에 참여하면 엄마의 기분도 좋아져서 아기에게도 좋은 영향을 주지 않을까요.

임신 기간 중 아내에게 서운한 적은 없었는지요.

물론 서운한 적도 있었지만 그걸 어떻게 말할 수 있겠습니까. 이전에는 나에게 더 집중되었던 에너지가 분산되어서 예전 같지 않다는 느낌은 들었지만, 현실적으로 그렇게 될 수밖에 없기 때문에 받아들여야 했어요. 만약 내가 몸이 아파서 아내에게 전처럼 애정 넘치게 대해주지 못한다면, 그걸 가지고 아내가 '왜 변했냐'며 섭섭해하지는 않을 것 같아요. 회복되도록 함께 도와주겠죠. 마찬가지라고 생각해요.

다시 아내의 임신 때로 돌아간다면 어떻게 하고 싶은가요?

임신 중에 둘만의 좋은 시간을 많이 가져서 딱히 아쉬운 건 없지만, 해외여행을 가지 못한 게 마음에 남습니다. 영화나 공연을 많이 보지 못했던 것도요. 아기가 태어나면 당분간 해외로 나가는 건 어려울뿐더러, 나간다 해도 객지에서 육아하느라 정신없을 거예요. 아기가 태어난 후로는 당분간 둘만의 여행은 꿈도 못 꾸니 태교 여행은 해외로 가는 게 좋다고 생각합니다.

아기 초음파 영상이나 사진을 처음 봤을 때의 느낌은 어땠나요?
처음에는 그냥 콩 같은 형태여서 큰 감흥은 없었습니다. 오히려 심장 소리를 처음 들었을 때가 더 감동적이었고, 나중에 태아가 자라서 움직이고 손가락도 빠는 모습을 봤을 때가 더 신기하고 벅찼어요. 기계를 이용하긴 했지만 잠시나마 아이와 연결될 수 있어서 좋았습니다.

첫 태동을 느꼈을 때를 기억하는지요.
태동을 처음 느꼈을 때 큰 감동을 받았어요. 엄마는 일찍부터 움직임을 느껴왔겠지만 아빠는 뒤늦게 처음 느낀 것이니까요. 내 자식이 생겼다는 걸 알고는 있었지만 제대로 실감하게 된 것 같아요. 그러다 아기가 태어나서 처음으로 등본을 떼었을 때, 내 이름 밑에 아이 하나가 더 생긴 걸 보니까 진짜로 아빠가 되었다는 실감이 났지요.

아내의 임신 기간 중 가장 힘들었던 경험은?
밤마다 아내는 다리에 쥐가 나서 정말 힘들어했어요. 그전까지 우리는 임신을 하면 자다가 쥐가 날 수 있다는 걸 몰랐지요. 어떻게 해줄 수가 없이 그냥 자다 깨서 주물러줄 뿐이었는데 아내가 힘들어하는 모습을 보니 무력감이 느껴지더라고요.

임신 기간에 대해 더 하고 싶은 말이 있나요?
……참 행복했었다.

출산

아빠의 출산 준비에 대해 말해주세요.

출산용품을 구입할 게 많은데 미리 너무 많은 걸 사지 않아도 됩니다. 출산교실에 가면 아기를 안고 씻기는 것도 알려주지만 막상 실전에서는 거의 잊어버리게 되지요. 진통할 때 호흡법을 열심히 배웠는데 병원에 가니 의료진이 이렇게 하라고 다 알려줬습니다. 출산교실에 가면 기능적으로 배울 게 많지만, 반드시 그때 배우진 않아도 된다고 생각해요. 일단 인형이랑 아기는 굉장히 다릅니다. 그리고 출산 후에 다시 동영상을 찾아보면서 실습하는 게 도움이 되었어요. 그렇다고 출산교실에 가지 않아도 된다는 건 아닙니다. 가보면 우리와 같은 상황에 놓인 동지들이 있고 심정적으로 아내와 함께할 수 있고, 무엇보다 출산이 우리 모두의 일이라는 걸 실감하게 되는 것 같습니다.

진통이 오면 남편들은 머리채 휘어 잡힐 준비를 해야 한다는 둥 우스운 통념들이 많은데, 정말로 진통 중에 남편이 해야 할 일과 절대 해선 안 될 일이 있다면 무엇일까요?

생각해보면 내가 진짜 아픈 상황이라면 누군가가 내 옆에서 위로랍시고 어설프게 하는 모든 짓에 화가 날 것 같아요. 마찬가지로 아내가 진통이 와서 고통스러워하고 있을 때 분위기 전환을 해보겠다고 어설픈 농담을 던지면 안 됩니다. 심지어 간지럼을 태우는 남편도 있다고 들었어요. 바로 욕을 먹을 짓이죠. 아내는 지금 생전 겪어보지 못한 고통을 당하고 있다는 걸 기억하면서 아내와 진심으로 함께해야 해요. 남들 다 한다고 해서 그 고통이 결코 별 볼 일 없거나 일반적이지 않아요. 옆에서 호흡을 같이하고, 지금 잘하고 있다고 격려를 해주어야 합니다.

분만 징후를 보여서 내원한 뒤, 진통과 출산으로 이어지는 과정 중에 남편은 어떤 역할을 하게 되나요?

첫째, 보호자가 됩니다. 간호사(병원) 쪽과 아내 사이에서 의사소통을 하고, 부축을 해주는 등의 역할도 하고요.

둘째, 심부름꾼이죠. 아내의 요구사항을 들어주고 분만 대기실을 정리하거나 가지고 온 짐을 입원실로 옮기는 일도 합니다.

셋째, 진통이 시작되면 함께 호흡하고 격려합니다. 함께 있어야 한다는 게 중요해요. 배고파도 일단 참는 게 좋고요. 무통주사 맞고 잠시 잠들었을 때 잽싸게 식사하고 오면 되니까요. 이왕이면 빨리 나오고 냄새 없이 깔끔한 음식을 추천합니다.

넷째, 사진 기사입니다. 한 번뿐인 출산의 순간을 놓치지 않고 사진이나 영상으로 남기는데, 나중에 영상을 더 많이 보게 되더라고요. 산모에 따라서는 촬영을 싫어할 수도 있으니 사전에 합의를 해야 해요. 당신의 힘든 모습을 촬영해도 되는지. 처음부터 분만실에 따라 들어가지 않아도 간호사 한 분께 부탁드리면 촬영을 도와주실 수도 있어요. 덕분에 아이가 태어나는 장면을 영상으로 남길 수 있었지요.

마지막 역할은 연락망이에요. 과정마다 양가 가족들에게 연락을 돌리면서 산모와 아이의 안부를 전해야 하지요.

본인의 경험에 비추어봤을 때 출산 장면을 지켜봐야 할까요, 보지 않는 게 좋을까요?

병원에서는 선택권을 세 단계로 제시했어요. 아예 들어가지 않는 것, 분만이 완료될 즈음 들어가서 아내의 머리 쪽에서 대기하고 있다가 탯줄을 잘라주는 것, 그리고 출산 전체를 지켜보는 것. 남편이라고 해서 출산 장면 전체를 지켜볼 필요는 없다고 생각해요. 아내도 이걸 원치 않을 수도 있고요. 저는 분만이 완료될 즈음 아내 머리 쪽에서 기다렸다가 탯줄을 잘랐는데, 굉장히 감격스러운 경험이었습니다. 엄마에게 연결되어 있던 줄을 자르고 세상으로 나오게 하는 일을 아빠가 담당하는 느낌이었달까요. 그 역할을 아빠가 하는 것은 꽤 아름다운 일인 것 같아요.

갓 태어난 아기를 봤을 때의 느낌이나 감정은 어땠나요?

사실 상황이 좀 혼란스러웠어요. 감정을 살펴본다거나 느낌을 기억해놓는다든가 하는 여유는 없었지요. 아기가 태어나면 아빠가 할 일이 꽤 많아요. 탯줄도 잘랐고, 아이가 정상인지 살펴보고, 아이에게 목욕을 시키며 노래도 불러주었고, 산모도 위로해주었어요. 전체적으로 따뜻함을 느꼈고 가족의 첫 난관을 함께 헤쳐 나가는 기분이 들었어요. 그 순간 저는 완전히 초인이 되어 있었지요.

막 출산한 아내를 어떻게 도와야 할까요?

아내가 필요하다고 하는 것을 구해 주고, 아내가 하고 싶은 대로 할 수 있도록 도와줘야 해요. 그리고 겉으로는 괜찮아 보여도 가장 정신이 없고 혼란스러울 아내를 안정시켜야 합니다. 긴장을 풀 수 있도록 도와주는 게 필요해요. 그때는 할 말이 많아도 조금 자제하고 시키는 일에 군말 없이 따라야 하죠.

출산 후 입원하는 동안 남편이 병원에서 해야 할 일이 있다면?

몸이 불편한 아내 보필이 먼저입니다. 화장실 갈 때도 부축하고 필요한 심부름을 해주지요. 아기를 같이 보살피고 신생아실과 입원실을 왔다 갔다 하는 일도 해야 하고요. 아내가 치료나 관리를 받을 때 틈틈이 나가서 끼니도 챙겼어요. 아기 안는 법, 속싸개 싸는 법, 기저귀 가는 법을 검색하면 잘 설명해놓은 동영상이 많습니다. 병원에 있는 동안 미리 공부하면서 아기와 실습도 해보면 좋아요. 속싸개 싸는 법이 도움이 많이 되었던 것 같아요.

아내가 산후조리원에 있는 동안 어떤 시간을 보냈는지요.
롤러코스터를 타면 맨 처음에 천천히 탁탁탁 올라가잖아요. 조리원 기간이 바로 그 시간입니다. 흔히 조리원은 천국이라고 하는데 저에게도 좋은 기억으로 남았어요. 안전하게 아기를 맡기고 개인 시간을 누릴 수 있는 마지막 기회니까요. 이 기간에 놀 수 있다면 후회 없이 노는 게 좋아요. 이 시간에는 본격 육아가 시작될 때까지 최대한 힘을 비축해두면 좋아요. 조리원에서 같이 잘 수 없다면 집에서 혼자 영화도 보고 게임도 하면서 취미 생활로 밤을 새우거나 잠을 많이 자두세요. 육아가 시작되면 할 수 없는 게 많아집니다.
또 집과 조리원을 오가면서 아내의 심부름을 맡았어요. 조리원에서 아내와 영화와 드라마도 함께 보고, 미래에 대한 이야기도 나누었지요. 조리원에 추가 비용을 내면 남편의 식사도 준비되는데, 정말 맛있었어요. 이왕이면 면회 제한이 있는 조리원이 좋은 것 같아요. 방문객이 많이 오면 신경 쓰일 일이 많아 힘들 수 있어요.

육아

미리 준비한다고 해도 어쨌든 육아가 시작되면 내가 아무것도 몰랐다는 걸 깨닫게 됩니다. 그 상황에서 어떻게 육아에 임했는지요.

솔직히 처음엔 아내를 사랑하는 마음으로 선심 쓰듯 도와주는 자세로 시작했다가 된통 당했습니다. 육아라는 것이 만만하게 볼 일이 절대 아니라는 걸 깨닫고 날마다 태도를 바꿨어요. 그래도 가장 내면에는 '내가 사랑해서 결혼까지 한 이 예쁜 아내를 육아 전쟁에 혼자 내보내지 않겠다'는 전우와 같은 심정으로 함께 아이를 키우고 있습니다.

아빠에게도 육아 우울증이 올 수 있다고 하는데 비슷한 경험이 있는지요.

아이와 하루 종일 집 안에서 씨름하고 뒤치다꺼리하다 보면 '이게 사는 건가' 싶을 때도 있어요. 밤중에 깨서 우는 아기를 전담으로 2, 3일만 돌봐도 사는 게 말이 아니라는 생각이 들죠. 작업 마감 전날, 일도 못 하고 우는 아기를 안고 무릎을 굽혔다 폈다 했을 때는 온갖 감정이 밀려오더라구요.

보통은 육아를 엄마의 일로 여기기 쉬운데, 그것을 자신의 일로 받아들이기까지 어떤 생각의 변화가 있었나요.

두 가지 계기가 있었어요. 첫 번째는 어느 날 아내가 밖에서 일을 하느라 제가 아기를 혼자 길게 맡아야 하는 날이었어요. 정말이지 너무 힘들어서 아기가 칭얼댈 때마다 '아내는 나보다 잘하겠지' 생각하면서 아내에게 부탁할 생각만 계속했어요. 그러다 마침내 분노가 치밀어 올라서 아내가 오자마자 아기를 맡기고 심통을 부렸지요. 그러면서 너무 힘들었다고 하소연했는데, 그때 아내가 말했어요. "나도 날마다 그렇게 힘들어……."라고요. 머리가 띵했어요. 엄마라고 해서 아빠보다 덜 힘든 게 아니라는 걸 깨닫고 엄청 미안했지요.

나머지 하나는 아내의 요청이었어요. "일을 도와준다고 생각하지 말고 함께했으면 좋겠다." 저는 그 요청이 합리적이라고 생각했고 전적으로 동의한다고 대답했어요. 그 대답을 실천하는 중이지만, 여전히 도와주는 위치로 생각한 적이 너무나도 많아요. 그럴 때마다 다시 몸을 일으켜 함께하려고 노력합니다.

엄마가 하는 육아와 아빠의 육아 방법이 다르다고 생각하나요?

경험에 빗대어 볼 때, 엄마는 굉장히 섬세하고 다정하게 아이를 돌보는 것 같아요. 상대적으로 아빠인 저는 좀더 털털하게 아이를 돌보고요. 아이와 함께하는 신체적인 활동도 더 적극적이고 자주 합니다. 남자와 여자의 신체 구조의 차이 때문일 수도 있고 저희의 성향 차이일 수도 있겠죠.

우리나라의 출생률이 저조한 이유가 무엇이라고 생각하는지요.

우선 결혼이나 임신을 할 마음의 여유가 없는 것 같습니다. 경제적인 이유도 한몫하는데, 월급에서 월세 내고 공과금, 생필품 사고 나면 미래를 준비할 여유는커녕 이번 달을 넘길 여유조차 없을 때가 많아요. 아기 낳으면 월 20만 원을 양육수당으로 받는데 이걸로는 턱없이 부족하지요. 또, 자신의 인생에서 이루고 싶은 게 많은 젊은이들은 아이를 미루거나 계획하지 않을 수 있어요. 우리나라는 아이를 키우기에 좋은 환경이 아닙니다. 출산 휴가, 육아 휴직을 보장하고 보육 기관도 더 늘어나야 해요.

육아의 여러 과업 중에 가장 힘들었던 것은 무엇이었나요? 행복했던 순간들도 이야기해주세요.

가장 힘든 것은 턱없이 부족한 수면, 그리고 자유 시간이 없어진다는 거예요. 밤에 아기가 두세 시간마다 깨서 한 시간을 울고 간신히 잠이 드는 것을 며칠만 지속해도 삶이 피폐해집니다. 나중에 아기가 움직이기 시작하면 낮에 하루 종일 아기가 찾아와서 안아 달라, 과자 달라 떼쓰는데 쉽지 않지요.

그럼에도 불구하고 아기가 성장하는 모습을 보면 행복해요. 아기가 고개를 가누고, 옹알이를 시작하고, 뒤집고, 몸을 들어 기어다니고, 일어서서 걷는 모습을 보면 매일 보고 있어도 감회가 새로워요. 하루 종일 씨름하며 아기를 재운 뒤에 한다는 일이 고작 스마트폰으로 찍은 아기 사진, 영상을 보는 거라니깐요.

아빠가 되고 싶은 사람이 꼭 기억해야 할 것이 있을까요?

내가 육아할 때 막막하고 힘든 만큼 똑같이 아내도 힘들게 아이를 키운다는 사실이지요. 육아에 있어 아빠와 엄마는 단지 모유가 나오느냐 아니냐만 다르다고 생각하면 돼요. 아빠는 엄마 옆에서 돕는 사람이 아니라 함께하는 사람임을 기억해야 합니다. 직장에 다녀서 함께 있지 못해도 마음이 있다면 육아에 관심을 가지고 아내를 더 챙겨줄 수 있겠지요. 휴일에 혼자 쉬겠다고 빠져 있는 건 자기중심적인 태도라고 생각해요. 아내야말로 정말 쉬고 싶을 거예요. 정말 함께한다면 아내에게 기꺼이 자유 시간을 확보해줄 수 있지 않을까요?

에필로그

행복의 모양이 다채로워지길

아기가 생후 9개월일 때부터 이 원고를 썼다. 가족들은 너무 멀리 살고, 기관에 맡기기에는 아직 아기가 어려서 작업하는 동안 남편이 혼자 아기를 돌보며 이 일에 기꺼이 함께해주었다. 그는 원고 진행 상황을 물으며 일정을 관리해주었고, 이야기의 발상이나 정리 또한 도와주었다. 출산하고 망가진 몸으로 아이를 키우며 나를 잃어가는 것 같아 우울했을 때 남편은 내가 계속 글을 쓸 수 있도록 모든 것을 지원하겠다고 약속했었다. 그리고 그 약속을 충실히 지키고 있다. 남편이 정말 자랑스럽고 그에게 깊이 감사한다. 마찬가지로 엄마를 도와준 사랑스러운 나의 딸 새봄에게도 고맙고 미안한 마음이다.

온라인에 올린 글들을 지켜보시고 출간 제의를 해주신 새움출판사와 편집자분들께도 감사를 드린다. 돌쟁이 아기 키우며 책을 작업하는 일이 정말 쉽지 않았지만 출판사분들의 꾸준하고 따뜻한 응원이 큰 힘이 되었다.

제주 한림의 몇 카페를 전전하며 원고를 썼다. 몇 시간씩 죽치고 앉아 있었던 데다 아기가 중간중간 울기도 해서 죄송하기 그지없었다. 그럼에도 너그러이 참아주시고 더 챙겨주며 반겨주셨던 사장님들께 감사드린다.

원고를 쓰는 동안 나와 남편이 함께 활동하는 4인조 밴드 '싱잉앤츠'의 정규 2집이 발매되었다. 나름대로 좋은 곡이 많다고 생각하며 빚내서 자신 있게 내놓았지만 아무래도 폭삭 망한 것 같다. 모든 멤버가 자녀를 키우면서 힘들게 만든, 우주에서 500장밖에 없는 앨범이다. 정규 2집 타이틀은 '우리는 언젠가 모두 죽겠지요'이며 타이틀곡은 〈파국열차〉이다. 이래도 끌리지 않는다면 별수 없지만 이 책을 읽으시는 분들이 싱잉앤츠의 노래도 한 번쯤 들어주시면 좋겠다는 바람을 가져본다.

엄마가 되는 것은 분명 가치 있는 일이다. 하지만 우리 사회가 비혼자와 자녀 없는 부부에게도 안정과 행복을 주면 좋겠다. 사람은 저마다 다른 모습과 가치관으로 살기 때문에 모두에게 한 가지 방법을 강요할 수 없다. 아이 낳기를 선택한 사람과 선택하지 않은 사람, 혹은 의학적으로 임신이 어려운 커플과 입양을 결정한 분들 모두가 존중과 배려를 받는 세상을 꿈꾼다. 행복의 모양은 더욱 다채로워져야 한다. 이 책이 당신의 선택과 준비에 작은 도움을 줄 수 있다면 좋겠다.

2017년 가을,
장보영